目次



JN165753

主な登場人物

冨永真一………東京地検特捜部特殊・直告班の検事。

藤山あゆみ……冨永と同期の特捜部検事。被疑者を自白させる「割り屋」として知られる。

越村みやび……厚労大臣。四八歳という若さと美貌で国民的人気を誇る初の女性総理候補。

越村俊策………みやびの夫。金沢の「雪の鶴酒造」の一二代目当主。

黛　新太………総理大臣。現在二期目だが、任期満了後の三選をひそかに狙っている。

神林裕太………暁光新聞クロスボーダー部記者。

楽田恭平………投資会社ＪＷＦ代表。越村みやびの社会福祉制度改革のパートナー的存在。

片岡司郎………ＪＷＦの元ＣＦＯ。越村みやびの収賄疑惑を特捜部に告発する。

# 標的

# プロローグ

雪交じりの激しい雨の中を、一〇年落ちのハイエース・ワゴンが一直線に突き進んでいた。北陸自動車道を走っているとはいえ、乗り心地は最悪だった。しかし、越村みやびは一分でも早く目的地に着きたくて、不快な振動にひたすら耐えていた。

小松空港を出て約二時間半、ハイエースは、能登半島の突端にある陰気な施設に到着した。

スライドドアを開けると、冷たい雨が吹き込んできた。運転席から飛び降りた新田《にった》が傘を差し掛けてきたが、それを断って玄関の屋根の下に駆け込んだ。

四階建ての鉄筋コンクリート造りの建物は、築何十年も経っていそうだ。壁面は、雨と潮風で黒ずみ、所々ヒビが入っているし、非常階段の鋼鉄部分の一部は赤錆びが見える。

門に掲げられた看板だけが真新しかった。

『サービス付き高齢者向け住宅　わじまコウノトリ・レジデンス』

これが、サ高住とは！

急増する高齢者に対して、介護施設の圧倒的な不足と、単身高齢者が賃貸住宅に入居しにくい問題を解決するため、サ高住ことサービス付き高齢者向け住宅は、二〇一一年に国の補助事業として始まった。

新設のものだけでなく、従来からある適合高齢者専用住宅も、サ高住制度の要件を充《み》たせば補助金を受け取れるため、建物の築年数が経過しているサ高住も存在する――のは、みやびも承知していた。

社会福祉の充実は、政治活動の最優先事項だと標榜して厚生労働大臣に就いたみやびは、もっと快適な高齢者向け住宅を提供したいと思っている。だが、歴代の政権が超高齢社会の準備を怠ったために、圧倒的に施設数と人手が不足してしまった。

それを一気に解決するための「切り札」は、サ高住推進しかない。そう割り切っていたつもりだった。

しかし、目の前に建つサ高住は、余りにもみすぼらしく、まるで姥捨《うばすて》山だ。

「いつから、ここに？」

新田に尋ねた。新田は、みやびの実家が営む酒造メーカー雪の鶴酒造の杜氏《とうじ》だ。そして、訪問する相手は先代の杜氏の鍬守泰蔵《くわもりたいぞう》だ。

「五年前からです。おかみさんを亡くして、一人暮らしが億劫《おっくう》になったけれど、ホームヘルパーの世話になるのも嫌なので、ここに入ったと聞いています」

鍬守が会社を去ってから六年間、会うことはおろか、連絡すら取っていない――いや、それを許されなかったのだ。

金沢で一二代続く雪の鶴酒造の一人娘に生まれたみやびの暮らしは、酒造りの中にあった。両親を早くに亡くし、祖父母に育てられたみやびにとって、酒蔵は遊び場であり、蔵人《くらびと》や杜氏は身近な遊び仲間だった。

中でも鍬守は、ことのほかみやびを可愛がり、酒造りに興味津々《しんしん》のみやびに、酒造りのいろはを懇切丁寧に教えた。

金沢随一の杜氏と評判だった鍬守だが、定年を前に雪の鶴酒造から馘首《かくしゅ》された。

彼の息子が事業で失敗して莫大な借金を抱えて、泣きついてきた。勘当した息子だったが、命まで取られると怯《おび》えるのを棄《す》ておけずにカネを調達したのが運の尽きだった。息子は態度を改めず、借金は雪だるま式に膨《ふく》れあがり、やがて鍬守の財産を全て食い尽くしてしまう。

万策尽きた鍬守は、遂に会社のカネを横領する。また、息子は勝手に越村みやび私設秘書という名刺を作った上に、みやびとツーショットで写した写真を持ち歩き、それで信用を得てビジネスをしていたという事実も発覚した。

雪の鶴の功労者なのだから不問に付すべきだとみやびは強硬に擁護《ようご》したが、雪の鶴酒造一二代目の当主であり、夫でもある俊策《しゅんさく》は、妻の嘆願を退けて鍬守を馘首した。

その決定は、政治家として将来を嘱望《しょくぼう》されていたみやびのためだった。

そして、夫と公設第一秘書の大槻勤《おおつきつとむ》が二人揃って「鍬守には接触しないように」とみやびに厳命した。

だが、鍬守が腎臓病を患い、いよいよダメかも知れないと、新田から連絡があった。それでたまらず飛んできたのだ。

「どうして、こんな劣悪な施設にいるの?」

「何度も入院を勧めたんです。でもオヤジは、耳を貸してくれなくて」

ならば、私が説得しよう。

玄関ロビーは、薄暗く閑散としていた。管理人室の照明も落ちている。

「管理人は、常駐していないの?」

「私は会ったことがありませんが。奥に介護サービスステーションと、診療所があります」

「医者が常駐しているってこと?」

「オヤジさんは、週に三日、人工透析を受けていて、診療所の先生と看護師が往診してくださっているようです」

サ高住のあり方を検討する諮問《しもん》会議の答申書の文言を思い出した。

悪質なサ高住では、同じ慢性疾患の患者を集め、管理サービス会社指定の病院による治療を押しつける囲い込みと呼ばれる悪質な医療行為がまかり通っている。実例として多いのが「人工透析住宅」と呼ばれているサ高住だ——。

ここもそうなのだろうか。

「部屋に上がりましょう」

エレベーターが喘《あえ》ぐように三階で停まった。

換気が行き届いていないのか、空気が淀《よど》んでかび臭《くさ》い。その上、ほとんどの照明が消えている。

汚れでくすんだ扉が並んでいるが、人の気配が感じられなかった。

「入居状況はどうなの？」

「満室だと聞いています」

鍬守と名札が掛かった扉をノックして、部屋に入った。

声をかけると、虚《うつ》ろに天井を見上げていた目が、みやびに向けられた。

訪問者が誰か分かったのか、無理に体を起こそうとして、鍬守は顔をしかめた。慌《あわ》てて新田が支えに入る。

部屋の壁には、二六歳でみやびが衆議院議員に初当選した時の喜びの表情を伝える新聞記事や、官房長官就任時のインタビューカット、さらには厚労大臣として抱負を語る記事が貼られている。

「お国のために働いて多忙なみやびさんが、いらしてくださるとは……申し訳ない」

みやびはベッドに近づき、布団《ふとん》の上に置かれたやせ細った手を両手で握りしめた。

「もうすぐ、お酒大臣に就任してもらわなきゃいけないんだから、活を入れに来たのよ」

みやび自身は覚えていないのだが、幼少の頃は「オトナになったらソーリダイジンになる」としょっちゅう口にしていたそうだ。おまけに総理になった暁《あかつき》には、鍬守を「お酒大臣に任命する」と言っていたらしい。

建て付けが悪いのか、風が吹くたびに窓がきしむ。

「私のためにも病院できちんと治療を受けてください。お願いします」

「いや、もう私はこれ以上生きながらえたくないんです。どうか、そっと見送ってください」

その時、看護師が顔を覗《のぞ》かせた。

「鍬守さん、透析のお時間です」

「今、ちょっと大切なお客様がいらしているので、もう少し後にしてもらえないか」

「ダメですよ。ここは皆さん、透析が必要な方ばかり入居しているんだから、個人の勝手は、他の方に迷惑です。それとも、今日はやめますか」

最後の言葉が聞き捨てならなかった。

「あの、やめるっていうのは、本来すべき透析を行わないということかしら？」

みやびの介入に、看護師は表情を硬くした。

「そうです。最終的には、ご本人が決めることですからね」

透析を行わないなんて、ありえない。それは、死を意味する。

「だったら、今日はいいよ。ていうか、もう二度といいよ。俺はもう思い残すことはなくなった。ほっといてくれ」

鍬守が言うと、看護師は肩をすくめてドアを閉めた。

みやびは慌てて追いかけ、看護師を呼び止めた。

「私たちは引き上げます。なので、透析をお願いします」

「でも、ご本人が拒否されているんですから」

「それでも、お願いします」

語気が強かったせいか、看護師は煩《わずら》わしそうにため息をついて、準備すると返した。

「ここのサ高住に入居されている方は、皆、人工透析が必要な方ばかりなんですか」

「そうですよ」

「透析を行っている病院は決まっているんですか？」

「そうじゃなければ意味がないでしょ。そもそもここは、白雲会が所有しているんですから」

石川県では有名な医療法人だ。石川県内に三つも大病院を抱えている。みやびの選挙区にも病院がある関係で、政治資金も受けていた。

人命よりお金が大事な男、と陰口を叩かれている理事長の顔が浮かんだ。

連鎖して、総理の言葉を思い出した。

——経済的に豊かではない人たちにも、安心した場所を提供したいと思わんのかね。そういう国民にとって、サ高住は福音なんだ。

——本当に総理を目指すなら、時には志や信念を圧《お》し殺してでも大勢《たいせい》に身を置く努力が必要だ。てっぺんを目指すなら、長いものには巻かれろ、大樹の下にいろ。それを忘れてはならない。だから、ここは君の政策を引っ込めたまえ。総理になれば、いつでも実現できるんだから。

盤石《ばんじゃく》の態勢で政権を維持し、党則を変えて三期目に挑むのではと噂されるほどの権力者の言葉は重かった。

まともな政策などろくに打ち出せていない、どちらかといえば無能な権力者ではあったが、この時は素直に総理のアドバイスに従った。

「必ず総理になる」と夫と約束したのは、結局は国家を司る総理にしか、社会を変えられないと気づいたからだ。

総理を目指すのはまだ早い、あと五年待てと夫は言う。

しかし、国民が安住できる国であり続けられるように汗を流すのが政治家の仕事ではないのか。

国民が喘ぐ姿に気づかない政府とは、何だ。

それが、先進国の政治なのか。

もう、待てない気がした。いや、待つわけにはいかない。

＊

三億円の重みとは、こんなものか。

ホテルの一室で、段ボール箱に入ったカネを台車に積み換えた時のあっけなさに驚いた。

大きな夢の実現をカネで買う――。決意した時は胸が痛んだが、今はもう麻痺《まひ》した。このカネがあれば、多くの人が幸せになる。これは、必要悪なのだ。

信心などないが、今日ばかりは神に祈った。どうか、この大博打が成功しますように。

シーツで段ボール箱を包み込んで、廊下に出た。

大丈夫だ。誰もいない。ホテルの従業員に変装しているのだから、怪しまれることもない。バックヤードを抜けて、地階の駐車場に降りるだけだ。

エレベーターから下りた時、前方を確認せずに台車を押してしまった。

「おい、気をつけろ！　危ないじゃないか」

警備員に怒鳴られた。

「誰が乗って来るか分からないんだから、注意しろよ。客だったら、大変なことだぞ」

「すみません」

両肩で大きなため息をつくと、めまいに襲われた。額や首筋に汗が噴き出している。

もう一度、大きく深呼吸した。

あと一息だ。

埃《ほこり》っぽい地下駐車場の中を進む。やけに台車の転がる音が響く。

車に辿《たど》り着いて、段ボール箱三箱を積み込み、勢いよくハッチを閉めると、その場にへたりこんでしまった。

よく、頑張った。あとは、ここを出るだけだ。

車を発進させて出口に向かった時に、前方からのヘッドライトをもろに浴び、クラクションを鳴らされた。逆走していた。

慌《あわ》てて急ブレーキを踏み、ハンドルを右に切った途端に、強烈な音と衝撃に襲われた。ハンドルを切りすぎて、ボディの側面が柱を激しくこすったのだ。構わずアクセルを踏んだ。

そこから先は必死で、気がついたら外に出ていた。

青い空が、やけにまぶしかった。

もう大丈夫だ。

ルームミラーに映るホテルの建物がどんどん小さくなって行くにつれ、やけに早かった心臓の鼓動《こどう》が穏やかになっていった。

＊

「今度の連載企画では、話題のサ高住に焦点を当てる。キャップは、社会部遊軍の友坂《ともさか》君で、クロスボーダー《クロボー》部の神林《かんばやし》君と生活文化部の大塚《おおつか》君が担当だ」

週明けの朝、暁光《ぎょうこう》新聞東京本社に出社するなり引っ張り出された会議で、連載企画担当部長の森が宣言した。

冗談じゃない。俺は今、経産省官僚のインサイダー疑惑を追っかけてる真っ最中なんだ。

神林裕太《ゆうた》の上司で、会議にも同席しているクロスボーダー部長の東條謙介《とうじょうけんすけ》に抗議の視線を送ったが、向こうはこちらを見ようともしない。

「すみません、私は、介護福祉なんて門外漢です。人選ミスでしょ？」

神林は抵抗したが、森は顔をしかめた。

「東條さんは、君が適任だとおっしゃってるが」

おっさん、何を適当なこと言ってんだ！

「俺はそう確信してる。そもそもこれは命令なんや。神林、素直に従え」

「東條さん、適任の定義を教えてください」

場がしらけるのは分かっているが、簡単には従えない。

「おまえ、社会福祉とか嫌いやろ。こないだも、年寄りはみんな船に乗せて太平洋上で沈ませたらええって言うてへんかったっけ？」

酔った勢いではあるが、日本の成長を妨《さまた》げるのだから、姥捨て政策をやって欲しいと口走ったのは、事実だ。

大塚有紀《ゆき》が軽蔑《けいべつ》の視線をぶつけてきた。こいつは、年寄りを敬《うやま》えないような社会は、必ず滅びるというのが持論だ。

「それは面白いな、神林。そういう視点で記事を書け」

「いや、森さん、さすがにそれは新聞としてダメでしょう」

「サ高住の問題には、賛否両論ある。サ高住ビジネスは、高齢者を食い物にしているとして、大塚は断固廃絶を訴えている。確かに、悪質な業者や医者もいるのは事実だ。しかし、二〇二五年問題を考えると、きれい事ばかりも言ってられない。問題はあっても、サ高住を上手に活用して、超高齢社会を乗り切れという意見も欲しいんだ。だから、おまえのその発想は使えるだろ」

いや、使えねえよ、とは言えない。

神林の立ち位置ははっきりしている。財政赤字が積み上がる時代に、年寄りばかりに国家予算が使われるのは犯罪だと思っているし、だから年寄り優遇社会の撲滅を願っている。そんな奴に介護福祉の高尚なルポなんて、無理なんだ。

その上、有紀とコンビを組む連載なんて、最悪だった。実は交際相手だったが、二年前に大げんかして別れた。以来、こいつは俺を徹底的に無視し続けている。

「しかし、部長、私は、サ高住ってのが今一つ理解できていないんですよ。だからお役に立ちませんよ」

「サービス付き高齢者向け住宅をサ高住と呼ぶくらいは知ってるだろ。高齢者になると賃貸住宅に入居しにくいので、国が支援しようと始まった制度だ。老人ホームは、入所するのに高額な費用が必要か、待機時間が長いケースが多い。一方のサ高住はもっと安価で部屋を提供しながら、最低限のヘルスケアサービスを付帯している」

「へえ、いい制度じゃないですか」

　さっきよりも厳しい目で有紀が睨《にら》んでいる。

「国が一部屋当たり一二〇万から一五〇万円の補助金を出した上に、社会福祉施設ではなく賃貸住宅の扱いをしたことで、建設ラッシュが起きている。また入居者を食い物にする悪質な業者や新手のビジネスも横行しているため、政府も規制に乗り出したり、新しい法律の制定を模索している」

　社会部で長年、庶民生活に関する問題をライフワークで取材している友坂が、説明してくれた。

「二〇二五年には、団塊世代が七五歳の後期高齢者に達し、後期高齢者人口が二〇〇〇万人を突破。日本人の五人に一人が七五歳以上という超高齢社会がやってくる。その対策が圧倒的に遅れていることを考えると、サ高住の数すらまだまだ足りない。より一層の受け皿作りを並行しながら、制度を磨き上げるには、是非論では割り切れない問題が山積しているんだ。今回は、それを両論対立の形で提示していく」

「なっ、神林、やる気になってきたやろ。ここは有紀ちゃんに負けんええ記事を期待してるわ」

　東條が嬉しそうに言った。

＊

午後一時まであと数分となったところで、冨永真一《とみながしんいち》は、立会事務官の五十嵐鉄夫《いがらしてつお》に声をかけた。

「ちょっと出ます」

霞が関にある中央合同庁舎六号館A棟の受付を抜け、屋外に出ると、爽やかな風が頬を撫《な》でた。五月になって日射しは強くなっていたが、まだ暑さは感じない。

冨永は弁当の入った紙袋を持って、日比谷公園に入った。

ランチタイムを外したせいか、園内は人もまばらだ。

冨永は目当てのベンチに座ると、上着を脱いだ。皺《しわ》にならないように丁寧に背もたれにかけてから、途中で買った冷たいお茶で喉《のど》を潤した。

週に数回、弁当を持参するようになったのは、節約というより健康のためだ。このところ大きな捜査はないものの、仕事が終わるのはたいてい深夜だし、昼食を抜いた挙句、夜更《ふ》けのインスタントラーメンがディナーというのも日常茶飯事だ。妻の智美《ともみ》はそれを心配して、「どうせ子供たちにつくるんだから」と冨永の弁当も用意してくれるようになった。

といっても、わざわざ屋外で弁当を食べる習慣はない。今日は他に目的があった。

「座して事件を待つな。街に出て、情報《ネタ》を取りに行け！」という東京地検特捜部特殊・直告班副部長の羽瀬喜一《はせきいち》の号令一下、特捜検事たちの外出が増えていた。

冨永がこの日、日比谷公園で弁当を広げたのも、それが理由だ。

「ほお、愛妻弁当ですな。しかも、なかなか凝《こ》っている」

竹葉亭の紙袋を手にしたスーツ姿の男が、隣に腰を下ろした。

「お久しぶりです。すっかりご無沙汰してしまって」

男の名は、尾崎偉史《おざきたけふみ》。政策アドバイザーなる肩書で評判を上げている。

秋田県で起きた談合事件で、尾崎は知事に代わってゼネコン関係者を取り仕切ったとして秋田地検に逮捕された。

逮捕から一貫して否認を続けていた尾崎を取り調べたのが、当時秋田地検に在籍していた冨永だった。

長時間の取り調べが続くと、時に奇妙な関係が生まれることがある。否認を貫く相手とは、我慢比べの過程の中で、信頼や友情めいたものが芽生えるのだ。

尾崎との関係も、まさにそれだった。なぜか馬が合い、勾留《こうりゅう》期日ギリギリで、尾崎は完全自白した。

起訴後は知事の関与も認め、秋田地検は、収賄《しゅうわい》容疑で知事を逮捕した。

尾崎は一審で罪を認め、執行猶予付の有罪判決を受けた。執行猶予期間中は、実家で農業に勤《いそ》しんでいたが、かつて縁のあった政治家や行政マンが訪ねてくるようになり、政策や陳情のアドバイスを彼に求めた。

　尾崎自身は二度と政治には関わらないと誓っていたのだが、結局、餅《もち》は餅屋——と諦《あきら》め、めて東京に出て政策コンサルタント事務所を開いたのだ。


「ご子息はお元気ですか」

「ありがとう。元気にやってます。それにしても、まさか私がお役に立つようなことになるとは。世の中面白いもんですねえ」

「特捜部として成果を上げよというのが上層部の強い要望で。我が特殊・直告班は本来、市民からの情報提供や内部告発を受けて内偵を行うのですが、もっと積極的に動けと言われまして」

　かといって、永田町をうろつくだけで、すぐに悪い国会議員が見つかるわけでもない。羽瀬は、ブラックジャーナリズムを含めたメディア関係者と太いパイプを作れと奨励するし、政治家の秘書などとも接点を持てとも言っている。

　もともと永田町的な人脈作りに関心がなく、法務官僚にすら知り合いが少ない冨永には、なかなかの難問だった。

　そこで、情報を得るためと言うよりは、永田町文化について教わりたくて、尾崎に連絡したのだ。二人が接触するところは人目に触れない方がいいという尾崎のアドバイスで、日比谷公園でのランチとなった。

「でも、冨永さんは、昨年、大きな事件をモノにされたじゃないですか」

民自党の大物政治家、橘洋平《たちばなようへい》に関連した事件のことだ。確かに大きな事件だったが、あれは冨永が事件を掘り起こしたのではなく、親友からの情報提供を受けて動いただけだ。

「幸運だっただけです。それに、過去の話に過ぎないと、上からは言われています」

「宮仕えは大変ですな。だが、あの世界のネタを探すなら、心して取りかかって下さい。闇雲に足を踏み入れたら、厄介《やっかい》な連中のカモになるだけです」

既《すで》に他の検事が、ブラックジャーナリストにガセネタを摑《つか》まされた上に、週刊誌に暴露されて苦労していた。

冨永は、細かいタレコミ情報までチェックして潰すという作業を続けていたが、どれも根拠なき誹謗《ひぼう》中傷ばかりで、数日調べては見送ることの繰り返しだった。

「上は、民自党の次期総裁選に注目せよと言っているのですが昭和時代ならまだしも、最近の総裁選で、大きなお金が動くものですか」

もはや政治家に集金力がなくなった。さらに、規制も厳しくなり、かつてのように与党総裁選の票獲得のために政治家の間でカネが乱れ飛ぶようなことはない——というのが冨永の認識だった。

「少なくはなりましたけどねぇ。しかし今回は、久々に札束が動くかもと言われてますな」

尾崎が紙袋の中から鰻重《うなじゅう》を取りだした。

「冨永さんもご一緒にと思って、二人前買ってきたんですが、いかがですか」

「ありがとうございます。でも、これを食べないと殺されます」

学生時代に使っていたようなアルミの弁当箱に、海苔《のり》ご飯と、カロリーを抑えた野菜中心のおかずが彩り良く詰め込まれていた。

「あなたが、恐妻家だったとは初耳ですな。まあ、奥さまの愛情の深さは、その弁当に表れているけどね」

尾崎も鰻重を口に運んだ。

「それで今回の総裁選のことですが。黛《まゆずみ》総理三選出馬断念というのを『週刊文潮』が取り上げていましたが、それと関連がありますか」

羽瀬は呆《あき》れていたが、特捜部長の岩下希美《いわしたのぞみ》は、ありとあらゆるメディア情報をスクラップした上で、特捜検事に配布する。それらの記事の事実関係を調べよというのだ。

もちろん、検事らもメディアの記事はチェックしているし、司法記者たちの動きを探る者もいる。にもかかわらず、岩下は記事を配布する際に担当を振り分け、翌週の月曜の朝には、報告させていた。あからさまにメディア情報を、いちいち裏取りするなんて恥だった。

民自党総裁選ネタで、岩下が最もご執心なのが、「週刊文潮」の「黛総理三選断念で始まるバトルロワイヤル」という記事だった。

黛新太《あらた》は、前任者が任期半ばで辞任したため、幹部会の全会一致だけで総裁の座を射止めた。それが三年前で、二期目は堂々と党員全員が投票する総裁選挙で圧勝している。

民自党は、党則で総裁を二期四年と定めているのだが、黛は「私の一期目は、いわば緊急避難的に選ばれたもので、あれはカウントすべきではない。したがって、もう一期総裁を務める権利がある」と発言し、物議を醸《かも》した。

他派閥から不満が沸騰《ふっとう》し、結局、黛は三選出馬を諦めた。

「黛さんの出馬断念で、次期総裁選は代理戦争の様相だと言われています。すなわち、黛さんが推す越村みやび厚労大臣と、総理の最大のライバルで副総裁の大石さんが担ぐ青山省吾《あおやましょうご》経産大臣との闘いです。今はまだ、両者とも候補者を調整しているようですが、いずれにしても他の派閥を味方につけないと、勝算はない。そうなるとね、両派閥の中堅議員がカネを持って、どちらを支援するか決めかねている先生たちを訪ね歩きます。派手に動き回るでしょうから、そこから様々な情報が零《こぼ》れ出てきます」

「そんな情報が尾崎さんの耳にも入ってるんですか」

「あくまでも噂レベルですがね。ご興味があれば調べてみますよ」

尾崎は水筒に入れたコーヒーを紙コップに注いで冨永に渡し、自分も一口啜《すす》った。

「越村大臣の名が出たついでに、伺いたいことがあります」

二週間ほど前に、特捜部宛に送られてきた一通の封書があった。そこに越村が推し進めた法案成立のために、反対派議員にカネをばらまいたという告発が記されていた。

それを告げると、尾崎も承知していると言った。

「社会福祉健全化法ですな」

社会問題となっているサービス付き高齢者向け住宅の規制強化法案で、越村みやび厚労大臣が強く押し進めたのだが、結果的には先送りになったものだ。

「ご案内の通り、越村大臣は、社会福祉制度の充実がライフワークだと公言しています。そのため、サ高住で荒稼ぎする業者や医療関係者を厳しく取り締まることに意欲的でした。当初は業界から大反対の声が上がり、法案成立は難しいと言われていた。ところがメディアの後押しで世論が動き状況が一転、遂に成立かと騒がれたのに、土壇場になって総理の裁定で、法改正は見送られました。なるほど確かに、一連の流れには不自然な面があったかも知れませんな」

尾崎の曖昧な言い回しが気になった。

「尾崎さんは、デマだと思われますか」

「私は介護福祉関係に詳しくありません。なので、判断ができる程の情報を持っていないんですよ。それより冨永さんの印象は如何なんですか。その告発文に信憑性《しんぴょうせい》があったんですか」

「説得力はありました。でも、具体的な話がなく、裏付けとなる証拠もない。それで、今、厚労省の関係者に内密でヒアリングしていますが、判断材料が集め切れていません」

　検事の中には、少しでも怪しいと思えば、筋読みを優先し突き進むタイプもいる。だが、冨永は、先入観を排除して具体的な事実や証拠、当事者の証言があるまでは、前のめりにならないように努めている。

「社会福祉健全化法案は、一旦、成立の目処《めど》が立ったのに、黛さんの裁定で先送りされたでしょ。あれは、どことなくきな臭いなあと思ったんです」

「どういう意味ですか」

　二人の足下に鳩が集まっていた。尾崎は、残した米粒を地面にまいてから答えた。

「黛さんという方は、政策や法案について、流れというものを大切にします。彼自身の思惑がどうあれ、一度動き始めると、流れに委ねるタイプなんです。そうすることが、政権安定の秘訣だと考えている。なのに、あの時は、強引に法案成立を見送らせた」

「総理が、越村厚労相の不正に気づいた？」

「そうかも知れない。あるいは、あの法案が成立すると困る業界団体から懇願されて、待ったを掛けたのかも知れませんな」

　越村が推し進めようとした法案には、違反者を処罰する罰則規定があり、業界がそれに反発した。そんな業界団体の声を代弁する議員を、越村が根気よく説得し、成立の目処を立てたらしい。

　問題は、説得の際に裏金が動いたかどうかだ。

これ以上は憶測になるが、調べるだけの価値はある。

「一つ、不思議なのは、そういう衝突があったにもかかわらず、黛総理が、越村大臣を後継者に指名したことです」

「永田町は、一寸先は闇です。もしかしたら、総理の座を代償に法案成立を先送りにするのを、越村さんに納得させた可能性だってある」

「越村みやびといえば、清廉潔白を売り物にする気骨のある女性議員でしょう？　越村大臣なら、総理の座より、法案成立を優先する気がしますが」

尾崎から、大きなため息が漏れた。

「日本初の女性総理になれるかも知れないんですよ。法案の一つぐらい目をつぶるでしょう」

そんなもんなのか。

政治に期待はしていない。政治家が、クリーンだとも思っていない。

それでも、自らのライフワークと公言する社会福祉問題で絶対に必要だと訴えていた法案の成立より、自らの栄達を優先するという政治家の生理には不快感を覚えた。

「この国で一番まともな政治家は、誰ですか」

尋ねると、尾崎が笑った。

「今やまともな人は政治家になりませんよ。それに、まともな政治家じゃなくても、総理ぐらい務まります。要は、そこに至る過程が問題なんです」

「というと？」

「敵を作らず、些事《さじ》にこだわらず、その心持ちまさに行雲流水の人物こそが、総理にふさわしい。そのためにはね、いかに無理せず総理になれるかが大事なんだよ」

理屈は分かるが、いやな世界だ。

＊

「ちょっと残ってくれるか」

定例閣議を終えた黛新太総理は、越村みやび厚生労働大臣に声をかけた。

数人の閣僚の興味津々のまなざしが若き女性大臣に向けられている。

最後に官房長官が部屋を出て、重い扉が閉ざされた。窓のない閣議室は人けがなくなると、息苦しい空間に感じる。

「そんなに離れたら、話しにくいだろ」

閣議室の円卓では、総理の近くには重要閣僚が座るが、厚労大臣席に座ると、微妙に距離が開く。

「では、お言葉に甘えて」

越村は隣席に腰を下ろした。

「さて、越村君、その後、気持ちの変化はあったかね」

「不安は尽きませんが、せっかく、総理からいただいたチャンスを生かしたいと思います」

この女にチャンスを与えた覚えはない。ただ、一カ月前に彼女の腹の内を探っただけだ。なのに、この女は何を思ったのか、次期総裁選挙に立候補したいと言い出した。しかも、勝つ気でいるらしい。

越村は四八歳だが、議員としてのキャリアは長い。二六歳で初当選して以来、当選回数は八回を数える。さらに、黛が総理就任以降の計四度の国政選挙では、常に党の顔となって大活躍し、議席増に貢献した。その功労もあって、厚労大臣職に就きたいという当人の希望を叶えてやったのだ。財務、経産、外務の主要閣僚をどれ一つ務めていないというキャリアで、総裁選挙出馬などバカげているのだが、退任する黛が引き続き影響力を維持したければ、彼女を使うしかない。女性初の総裁がうまくやろうとするなら、後ろ盾《だて》は必要不可欠だ。そこに収まるつもりだった。

みやびは、何事にも意欲的で行動力は抜群だった。その上、与野党を問わず、他の議員を悪く言わない。相手が誰であろうと公平で誠実。そして見ようによってはあざといほど、常に謙虚だ。したがって官僚はもちろん野党からの評判も抜群だった。

週刊誌や政治系ウェブサイトの「総理大臣にしたい人物」投票では、いつも一位を独占している。

越村は社会福祉の充実を自身のライフワークに掲げ、「超高齢社会から目を逸《そ》らさず、お年寄りに幸せになってもらうことが、未来の若者も幸せにする」という信念で、社会福祉改革のための法案提出にも意欲的だ。

だが、民自党議員で、社会福祉に力を入れて権力を手中にした者などいない。なぜなら、社会福祉なんてものは所詮《しょせん》、国会議員が扱う事案ではないからだ。なのに、越村は国民から圧倒的な人気を得ている。

尤《もっと》も、そうした社会福祉向上に真摯《しんし》に尽力するという高潔な政治家の顔を持つ一方で、なかなかの策士でもある。

官房長官に調べさせると、みやびは既に派閥を横断して、中堅から若手、そして女性議員と連携して、着々と票を集め、独自に総裁選の準備を進めていた。黛の前では恭順《きょうじゅん》の意を示しているが、果たしてどこまで本心なのかは分からない。

可愛《かわい》い顔をして、強《したた》かな女かもしれない。一度、手痛い目に遭《あ》わせて、躾《しつけ》し直す必要があるかもな。

「総理、思いきって申し上げます。実はお願いしたいことがあります」

黛の思考を、みやびの明快な声が破った。

「何だね？」

「このたびは、総理のお力添えがあったからこそ総裁選への出馬を決意できました。しかし、私はまだまだ未熟です。万が一にも、私が総裁となった暁には、総理に最高顧問としてご支援いただければと思うのですが」

こいつは、私の腹の内を見透かしているのか。

「来月の国会の会期終了後、ただちに厚労大臣を辞職しようと思います。そして、総裁選出馬を正式に表明したいと考えております」

黛の目論見《もくろみ》より少し早いが、まあよかろう。

「なるほど、先手必勝を狙うんだね。承知した。私も腹をくくるよ」

みやびは立ち上がると、丁寧に頭を下げた。

「本当に、あの女にお譲りになるのですか」

みやびと入れ替わりで閣議室に戻ってきた官房長官の浅尾《あさお》が腹立たしそうに言った。

「どうしたものかねえ。僕が総理を続ける方が嬉しいという友人が多いからね。しばらくは様子見をしようかと思う」

「では、改めて彼女の身辺調査を徹底的に行います。どうも、彼女の周りにはよからぬ輩《やから》が集まっているという噂もありますので」

「どんな人種だね」

「身の程を知らない、成り上がりどもです」

「それが事実なら、彼女に決断を迫るよ。私を取るのか、無礼な成り上がりと組むのかをね」

いずれにしても、久々に面白いことが起きそうだ。陰謀好きの血が騒いだ。

総理に上り詰めると守勢に立つことばかりが多くてつまらない。
さて、みやび君、どこまで泥にまみれる覚悟があるのか。正念場の始まりだよ。

# 第一章　疑惑

## 1

東京地方検察庁特別捜査部、通称「東京地検特捜部」は、霞が関北東に聳《そび》える中央合同庁舎六号館A棟の九階および一〇階の二フロアに陣取っている。かつて検事総長伊藤《いとう》栄樹《しげき》が「巨悪は眠らせない」と檄《げき》を飛ばした日本最強の捜査機関で、検事三四人、検察事務官八七人は、日夜「特捜部でなければ暴けない悪」を追い続けている。

それがどんな「悪」なのかを定義づけられる者は皆無だが、冨永自身は、特捜部が追及すべき「悪」とは、権力者が巧妙に隠そうとする違法行為だと考えている。だから不正の端緒を探るための努力を惜しまなかった。

政策コンサルタントの尾崎と会ってから十日後の月曜日、登庁した冨永に、立会事務官の五十嵐鉄夫が、「副部長がお呼びです」と告げた。

催促かと思ったが、部長はともかく羽瀬がそんなことをやるとは思えなかった。

今のところは、羽瀬に報告できるようなものは何もなかった。

副部長室はワンフロア上にある。冨永は階段を使って一〇階に向かった。やけに靴音の響く廊下を通って副部長室を訪ねると、羽瀬の他に同僚検事の藤山《ふじやま》あゆみがいた。

藤山は見た目の印象とは正反対に、男顔負けのタフな仕事をする。そのうえ、被疑者を自白させる「割り屋」としての腕前は特捜部一と言われている。どこで覚えたのか言葉使いがやたらと雑だが、幼稚舎から大学まで慶應一筋のご令嬢という異色検事だった。

「おお、社長出勤だな」

始業時間の九時より早いというのに、開口一番、羽瀬に嫌みを言われた。

「失礼しました」

「いや先輩、謝らなくっていいっすよ。羽瀬さんが珍しく早いだけですから」

藤山とは修習五五期の同期だが、彼女はストレートで司法試験に合格しているために、年上の冨永を先輩と呼ぶ。

「で、大物は釣れたか」

「不徳の致すところで、成果は上げられておりません」

「情けないことだ。藤山もおまえも、たるんでるな」

「いやあ副部長、私たちは連日連夜、粉骨砕身《さいしん》、世間にはびこる巨悪はないかと這《は》いつくばって目を光らせているんですが、敵もさるもの。そう簡単には、発見できません」

藤山が茶化すような口調で答えた。睨まれるだけで、被疑者が自白したこともあるという強面《こわもて》の羽瀬に、こんな軽口を叩けるのは彼女だけだ。

「しょうがないな。じゃあ、俺がとっておきのネタをやる。越村みやびを狙え」

「うっそ」

先に藤山が驚いた。

「なんだ、冨永は驚かないのか」

「驚いています」

「だったらそういう顔をしろ。まあ、俺はやりたくないが、話を聞く価値はある」

羽瀬らしくない後ろ向きな発言だった。彼こそが、国会議員《バッジ》を逮捕起訴することに血道を上げている張本人だというのに。

「美人だからお嫌なんすか」

「俺としては美人の調べは楽しいから、大歓迎だ。だが、今どき珍しい気骨のある議員を潰すのは嫌なんだ」

業績や人柄などは立件する際の考慮に値しない、というのが口癖の羽瀬にしては珍しい発言だった。

「相手が誰であろうと違法行為があるのならば、見過ごせないと思いますが」

「やっぱ、先輩はぶれないなあ。悪い奴は全部捕まえる派っすね」

それほど過激ではないが、将来を嘱望されている議員だから潰したくないというのは、検事が持っていい発想ではない。

「ならば、頑張って立件しろ。まずは、この男に会ってこい。藤山も一緒に行け」

思わず藤山と顔を見合わせてしまった。こんな命令は異例だ。検事という仕事は、単独で意志決定した検察権を行使できるため、独任官庁といわれる。特捜部だけは複数の検事が共同で事件を追及はするが、それでも、取り調べは単独行動が基本だ。

なのに、二人で調べよとは。

羽瀬がA４の紙をこちらに滑らせた。片岡司郎《かたおかしろう》とある。

「どういう男ですか」

早くもぼやき節になった藤山を横目に、冨永は尋ねた。

「楽田恭平《らくたきょうへい》という人物を知ってるか」

「知っているといっても、週刊誌のインタビュー記事で読んだ程度ですが、確かヘルスケア関係のビジネスで大成功している人物ですね」

病院や介護施設経営のコンサルティングから再生支援、さらにはM＆Aまで手広く行っている人物で、メディアにもよく露出している。越村大臣と並んでサ高住潰しの急先鋒《きゅうせんぽう》と非難されている。

「藤山はどうだ」

「いけ好かない男ですが、今の医療介護業界の改革者として評判はいいですよ。過去に一度会ったことがあります」

「面識があるのか。それは好都合かもしれんな。片岡というのは、楽田が経営するコンサルタント会社の元最高財務責任者《CFO》だ」

「もしかして、そのCFOが越村がらみの賄賂《わいろ》のリストを持ってるとか？」

藤山らしい頭の回転の速さで、すっかり前のめりになっている。

「藤山、おまえの早合点は、いつになったら治るんだ。俺はまだ、何も言ってないぞ。

この元CFOが先週、弁護士を連れて特捜部長に面会を求めた。そして、楽田が越村に賄賂を贈り、その見返りに彼のライバル社に対する取り締まりの強化や法改正を強く求めたと告発したんだ」

もしかすると、とんでもない幸運が転がり込んできたかも知れない。まだ、羽瀬には報告していないが、尾崎の協力も得て、社会福祉健全化法案に関連した不正を調べていた。法案成立を目指す越村が、与党内の反対派議員にカネを握らせたという情報を、複数の関係者から得ている。

また、その裏金は、大臣の盟友と言われている楽田が提供したという情報もあった。

しかし、いずれも裏付けとなる物証がなかったのだ。

「それにしても、なぜ二人で話を聞くんですか。先輩か私かどちらかで十分っすよ」

「おまえらは、まだ半人前だからな」

言いたい放題だな。

「なんだ冨永、その不満そうな顔は。ちょっと大きな事件で成果を上げたら、もう一人前の特捜検事気取りか」

「いえ、そういうわけではなく。われわれが一人前の検事でないのであれば、一人前の検事が聴取すれば終わる話ではないでしょうか。半人前の二人で行動する本当の理由を教えてください」

いきなり羽瀬が両足をデスクの上に投げ出した。

「本当におまえは嫌なやつだな。冷静に何でもお見通しだという態度を見るたびに、俺は不愉快になる」

「改めます」

「本当は、俺がヤメ検付きの密告者など信用していないからだ」

弁護士同席でも厄介なのに、さらにヤメ検が同席するのか。確かに面倒そうではあるが、それだけが二人で聴取する理由とは思えない。

「ヤメ検弁護士って、どなたっすか」

「元特捜副部長の宮崎穂積《みやざきほづみ》だ」

テレビのワイドショーでコメンテーターとして出演している元東京地検特捜部副部長で、検察批判の急先鋒だ。

「またヤバいのが出てきたなあ。だから二人で行くんすか」

「というよりも、このタレコミは、臭うんだ。民自党の総裁選が始まる直前に、総理の後継者として出馬が取り沙汰されている現職大臣を、賄賂を贈った人物の金庫番が告発するなんざ、話がうますぎる」

それは冨永も同感だった。それもあって、内偵についてはしばらくの間、羽瀬に伏せていた。

「本当にやれるヤマなら大歓迎だが、功名心に逸《はや》って、事件の本質を見失い、我々が政争の道具に使われるのは避けたい。だから二人で、話を聞いて欲しいんだ。おまえらは、見込みで捜査をしないからな。また、まったくタイプが異なる独特の視点も持っている。それを俺は高く評価している」

けなされるより褒《ほ》められる方が居心地が悪い。隣の藤山も呆気にとられている。

「この密告が捜査に値するか否かを見極めてこい」

羽瀬が命令したら、我々はやるしかない。

「聴取は明後日午前一〇時から、ホテルオークラで行う。部屋の手配は終わっている。しっかり話を聞いてこい」

## 2

「まず、最初に言っておきたいのは、サ高住は全部悪質だという先入観を植え付けないでほしいってことだ」

全国有数の介護サービスグループ「ソレイユ・ピア・ヘルスケア」の社長は取材の冒頭から好戦的だった。

そんな偏見を持たない神林は、前のめりになっている有紀を見やった。

「お言葉ですが、消費者庁の発表では、そういうイメージを持たざるを得ません。このところサ高住に対しての苦情や不満の声が急増しているのは事実です」

有紀は空気を読まない女だ。彼女の堂々たる意見に、社長の顔つきがさらに険しくなる。

「中には悪質な業者もいるでしょう。でも、ウチは誠心誠意、入居者が快適であるよう心を砕いているんです。玉石混交の状態なのに、それを真っ黒だと断言する権利は、あなたがたマスコミにはないはずだ」

「いや、おっしゃるとおり。だからこそ、今日もお時間をいただいたわけで」と神林は取りなそうとするが、社長の不機嫌は収まらない。

「おたく、もしかして、ウチを悪の権化みたいに書いた記者じゃないのか。確かそいつも大塚って言った」

「弊社の大塚は私一人です。それに悪の権化とは書いてません。私は、御社が東陽町でオペレーションされているヘルシー東陽町ピアが、人工透析患者ばかりを集めて、医療費を荒稼ぎしているという事実を書いただけです」

「だが、違法行為はしてない」

ひでえ話だと思ったが、社長は賢いとも思った。

東京都江東区にある東陽町ピアの全三〇室の入居者全員が透析患者で、隣接する病院の医師が訪問診療して、人工透析を行っていた。

透析が必要だと診断されると、生涯にわたって週に二、三回の人工透析治療を受けなければならない。現在、日本には約三二万人もの人工透析患者がいる。

その費用は一カ月あたり三〇万円から五〇万円と高額だ。とはいえ健康保険に加入していれば、患者の負担が無償になるケースもあり、さらにさまざまな支援制度もあるから、病院側からすると安定的に高額の収入が得られる医療だった。

結果的に、入居者を囲い込むことになり、病院には莫大な医療費が入ってくる。一方の、ソレイユ・ピアは病院とコンサルティング契約を結び、利益の一部がキックバックされている。有紀は、それを「悪質」だと非難した。

しかし、違法ではない。

同様のケースは全国各地で認められるが、いずれも法的には問題にならない。

もちろん厚生労働省とて、黙って見過ごしているわけではない。二〇一四年度の診療報酬改定では、老人ホームやサ高住の入居者を対象とする訪問診療については、「同一建物における複数訪問時の点数」という項目を設けて、約四分の一に引き下げている。

東陽町ピアで訪問診療を行っている病院は、そのルールを遵守《じゅんしゅ》している。ただし、人工透析費用については従来と変わらない。

したがって、経済的合理性からすれば「賢いビジネスモデル」なのだ。

しかし、社会福祉の良心を振りかざす有紀のような記者に言わせれば、東陽町ピアは悪質となってしまう。

「それ以外にも、御社のサ高住には問題があると思われます。本来は出入り自由な居住者を、治療と介護のためにベッドに縛《しば》り付けているという実態も取材しています。それは入居者の行動の自由を侵害しているのでは」

「笑わせるな。彼らは満足しているんだ」

不満を訴える入居者がいれば、あの手この手の嫌がらせを繰り返し、服従か追放の選択を迫ると、有紀は記事で叩いている。

しかし、それも主観的な問題で、違法行為とは指摘しにくい。

酷《ひど》い話だが、つまりは取り締まれないのだ。

「あの、社長、この手の誤解に対する不満も含めて改めて伺いたいんです。私の認識では、サ高住は、日本の都市部での高齢者ケアの切り札になると思うんです。なのに、なぜトラブルが多いんでしょうか」

神林は努めて穏やかに質問しているのだが、社長と有紀はにらみ合いを続けている。

重苦しい沈黙がしばらく続いた後で、社長の視線が神林に移った。

「あんたも知っての通り、サ高住は老人ホームじゃなくて、高齢者のための賃貸マンションなんだ。かといって、入居者の健康を無視していいのかと言えば、それは違うだろ。お国の制度設計が違っても、入居するお年寄りに快適に暮らして欲しいという思いは一緒なんだ。だから、多くのサ高住は介護事業所を併設して、入居者のヘルスケアをサポートしている。食事を作るのも面倒だという声が多いなら、皆さんが安価で食事を楽しめる食堂を併設するのが人情ってもんだろ」

また、有紀が反撃しようと口を開きかけたが、神林はたたみかけるように「なるほど、よく分かります」と相槌《あいづち》を打った。

「東陽町ピアは、結果として人工透析を必要とする入居者が多く集まっただけの話だ。こっちの記者さんは非難するけど、訪問診療をお願いしている山田病院は、腎臓病では東京でも指折りの評判が高いところなんだ。そこと直結するサ高住ができたら、透析で苦労されている方が住みたいと思うのは、当然だろ。実際、今も三〇人以上が、部屋が空くのを待っているんだ」

十分説得力がある。社長は勢い込んで続ける。

「囲い込みを悪だと断じるけどね。サ高住の介護サービスや医療サービスの依頼先として企業や病院を特定するのは、別にカネの問題だけじゃないんだ。専属だからこそ、無理を聞いてもらえるし、施設環境の特徴も理解してもらえる。また、スタッフとのコミュニケーションも密になる。それのどこが悪いのか、俺には分からないね」

高齢者介護問題には、あらゆる点において格差があると神林は感じていた。従来、格差と言えば資産の差を意味した。だが、介護福祉の場合、機会や制度、さらに地域格差が大きい。

たとえば、早くから高齢者が増加した地方都市では、生活保護を受けているような高齢者でも、公営の特別養護老人ホームや高齢者施設に入所できる。

ところが、都会では圧倒的に収容施設が少なく、安心して選べる終《つい》の棲家《すみか》を奪い合っているのが現状だ。

しかも、介護福祉を司る厚生労働省の施策が、頻繁に迷走する。かつては、サ高住にサービスステーションを併設する方が望ましいという方針を出したこともあった。また、高齢者特有の慢性疾患のために、高齢者施設やサ高住に対して、医療機関に積極的な訪問看護を勧めたのも、厚労省だった。だが、この当初の指針に従ったサ高住を、今では、「囲い込みをしている」と厚労省自身が問題視している。

メディアや利用者から管理責任を問われると、問題解決ではなく方針変更の省令を連発して逃げようとする厚労省の体質の方が、神林には問題に思えた。

「そもそもさあ、記者さん。俺が我慢できないのは、厚労大臣が、事あるごとにサ高住を目の敵にすることなんだ」

「越村みやび大臣ですね」

確かに、サ高住や介護サービス関係者の悪質な部分について、越村大臣はこれまでに何度も非難している。

「悪質な連中を叩き出せば、御社のような誠意ある本物の企業だけが残るというのが、大臣の考えでしょ。むしろその方がいいのでは？」

「そういう考えもある。けどな、あの女は、俺たちのような新興勢力は十把《じっぱ》一絡《ひとから》げで潰そうとしている。あれは、絶対カネが動いてるぞ」

自社が不正を働いているなどと非難されると、そこの経営者は「政治家が俺たちのライバル社からカネをもらって潰そうとしている！」と声高に叫ぶ。

こういう輩には過去に何度も会ってきた。

だが、せっかくそこまで水を向けてくれているのだ、聞かない手はない。

「どんなカネが動いてるんです？」

「それは、ちょっと言えないな。けど、プラチナ・エンゼル会議ってググれば、大臣が誰とつるんでるか、すぐに分かる。ぜひ、やつらの悪巧みをすっぱ抜いてくれよ。それがマスコミの正義ってやつだろ」

社長、申し訳ない。新聞社の正義とは、俺たちが気に入らないやつらを潰す時に使うもんなんですよ。

胸の内でそう伝えて、神林は取材を切り上げた。

## 3

「なんで、あんな中途半端な取材をするわけ」

ソレイユ・ピア本社を出た途端に、大塚有紀が食ってかかってきた。

「あ、飯でも食うか」

「ちょっと、逃げないでよ」

すごい力で二の腕をつかまれた。

「有紀、こんなところで、ソレイユ・ピア取材の反省会をする気か」

昼食に出かけるらしい同社の制服を着た女性たちが、二人の脇を通り過ぎた。さすがに有紀も状況を理解したようで、それ以上は何も言わずに足早で歩き出した。

ランチと言っても、他の客には聞かれたくない話題になるのは目に見えている。適当な店が思い浮かばず迷っていたら、有紀が「いいところがある」と言って先に立った。

ソレイユ・ピアの本社ビルは、文京区音羽一丁目の都道音羽池袋線沿いに建っている。有紀はその道を池袋方面に進み、海鮮居酒屋「はなの舞」という名の店に入った。

「昼間っから、宴会でもやるのか」という神林の冗談は無視され、有紀は、奥のテーブル席がいいと店員に告げた。

どの席も半個室になっている。

神林の趣味じゃないが、贅沢《ぜいたく》は言ってられない。

「海鮮丼を一つ」

「じゃあ、僕は唐揚げ定食で」

店員が去るなり、有紀の目つきが変わった。

「で、ご説明いただけるかしら。なによ、あの弱腰な取材は。私はもっと聞きたいことがいっぱいあった」

「本気で会社を叩きたければ、それなりの情報を持ってぶつけない限り、きれい事を並べられるだけだ」

「へえ、東條さんのところにいると、まるで敏腕記者みたいな台詞《せりふ》を覚えるわけね」

反論する気も起きない。神林は、お茶で喉《のど》を潤した。

「ソレイユ・ピアは、お年寄りをカネ儲けの道具としか思ってない。だからこそ、何の迷いもなくビジネスをがんがん拡大できるのよ。そんなやつは、許せないでしょ」

「年寄りをカネ儲けの道具としか思ってないのは、あそこだけじゃないだろ。介護ビジネスという名の偽善事業をやってる経営者の頭の中はおおむね、カネ儲けのことでいっぱいだ」

「だからって、見過ごしていいわけ？」

「いや、しっかり叩きますよ。だが、叩きたい相手を叩く前に怒らせたら、ネタは取れない。それぐらいは分かるだろう」

「さすがは天下のクロボーね。大上段に構えるところからしか仕事しないんだ」

「何をムキになってるんだよ。介護ビジネス業界ってカネの亡者だらけで面白いじゃないか。どうせやるなら真っ向勝負しようぜ。だったらまず当事者を味方につけてしゃべらせないと」

神林自身が、東條からずっと言われ続けていることだ。

「そういうあなたの、いかにも分かったふうな態度が大嫌い」

それは失礼した。最初はしょぼい話と思っていたが、大きな社会問題をあぶり出せる気がして前のめりになっている。

クロスボーダー部の記者に求められているのは、従来の縦割りのセクショナリズムを排除した記事を書くことだ。部長の東條は、一企業や個人の悪行ではなく業界や社会システムによって生じる悪を浮き上がらせろ、というとんでもないミッションを押しつけてくる。

もっとも、悪についての明確な定義などない。あえて言えば合法的に悪事を働く輩を見つけて叩けということだ。

介護ビジネスを調べるうちに、どうやらこういう連中も、東條のイメージする悪のひとつかもしれないと神林は思い始めていた。

経済部に在籍していた時は、そもそも社会悪なんぞを掘り起こす必要がなかった。不祥事を起こした企業相手にどんな酷い言葉をぶつけても、向こうはひたすら謝るだけだ。あるいは、当事者のホンネを聞きたければ、同情するフリをして怒りをぶちまける場を提供するだけでよかった。

しかし、社会問題を取材しようとすると、取材拒否や拒絶反応という厄介な壁と闘わなければならない。

その壁を力技《ちからわざ》で破るのではなく、堂々と玄関から入る術《すべ》が、ようやく少しだけ身についてきたと神林は実感している。

「じゃあ、あのくそったれ企業は、あなたに任せるわ。せいぜいお友達になってちょうだい」

「おう、了解」

そこで料理が運ばれてきた。朝食抜きだったので、空腹の限界だった。神林はかき込むように食べ、食後のコーヒーで、ようやく人心地ついた。

「ところで、越村大臣のことだけど」

「神林君ともあろうお方が、あんな話、信じてるわけ？　越村大臣は素晴らしい大臣よ。社会福祉行政を正しく理解なさっている」

「いやに肩入れするんだね」

「当然でしょ。権力欲と金に目が眩《くら》んだ国賊みたいな国会議員ばかりの中で、越村大臣だけが唯一日本の未来を憂い、良くしようと行動しているんだもの。私は心から尊敬している」

有紀には、少しでも感銘を受けたら最後、全身全霊で応援するという傾向がある。それだけなら可愛いもんだが、盲信するからタチが悪い。たとえその人物の欠点や不正を知ったとしても、必要悪だから問題なしと臆面もなく断言する。

神林と別れることになったのも、当時彼女が肩入れしていたミュージシャンをめぐっての見解の相違だった。

「とにかく越村大臣は政治家の鑑よ。それにご実家は加賀百万石の時代から続く造り酒屋なのよ。裕福な育ちの人は汚職なんかとは無縁なの。まさに本物」

本物なあ。これも有紀の口癖だ。自分が高く評価する人物は全て「本物よ」と太鼓判を押す。

「じゃあ、ぜひ会ってみようぜ。彼女はサ高住に批判的なんだろう。話を聞いてみたい」

「バカじゃないの？　大臣は民自党の総裁選に出馬するんだから、今は無理に決まってるでしょ。大切な時に、つまらないことで邪魔したくない」

おまえこそ、バカじゃないのか。

「でも、社会福祉の充実は、越村大臣のライフワークなんだろう。しかも、彼女は悪質なサ高住業者を徹底的に叩いている。俺たちのインタビューを受ければ、総裁選にプラスになるんじゃないか」

物は言いようだ。案の定、有紀は自分に都合よく解釈したようだ。

「考えておく」

別におまえに許可してもらう必要はない。俺一人でも聞きに行くさ――と思ったが、そこは口にしなかった。

「ところで、ソレイユの社長が言ってたプラチナ・エンゼル会議ってなんだ」

「より充実した介護福祉行政を審議し、厚労大臣に答申する諮問機関よ。但《ただ》し、全然、怪しい団体じゃないから。長年介護福祉に携わり、良心的なケアを続けてきた有識者の集まりなんだからね」

有紀が褒めれば褒めるほど、怪しく思えた。

スマートフォンで検索すると、すぐに公式ウェブサイトが見つかった。

トップで微笑《ほほえ》んでいるのは、話題の人、越村みやび厚労大臣だ。男勝りの意志の強そうな顔つきをしている。

ページをスクロールすると、事務局長の顔写真が出てきた。

「これはこれは」

楽田恭平――。この男なら、よく知っている。

シビアなファンドビジネスで頭角を現した投資ビジネス界のスターだ。

楽田は、米国最大の医療介護系のコンサルタント会社に勤務した後に独立、製薬会社や医療ヘルスケア関係のM＆Aを手掛けて、国内外で成功を収めている。そう言えば、介護サービスや医療のコンサルタント会社も持っていたな。

過去に二度、楽田にインタビューした。人当たりの良さとクレバーな発言には説得力があるのだが、言葉の端々《はしばし》に胡散臭《うさんくさ》さが滲み、偽善者に見えた。

「ちょっと、楽田さんに、バカな質問をぶつけにいかないでよ」

有紀が目ざとく釘《くぎ》を刺してきた。つまり、ソレイユの社長が指摘していたのは、こいつの可能性が高いということか。

「なんだ、楽田恭平も顔見知りか」

「介護サービスやヘルスケアの勉強会でご一緒しているわ。民間サイドで越村大臣を強力にサポートしている相棒的存在よ。ねえ、裕太、分かってるわよね」

清廉潔白を標榜する日本初の女性総理候補と、投資ビジネス界の寵児《ちょうじ》のコンビにきな臭い噂あり……。デマかも知れないが、調べ甲斐はあるな。

「裕太、絶対に約束よ。楽田さんへの取材はＮＧよ」

有紀が睨んでいる。

神林はへらへら笑ってごまかしながら、ぬるくなったコーヒーを啜《すす》った。

4

雪の鶴酒造の本社は、兼六園を見おろす宝町にある。近くを流れる犀川《さいがわ》、さらには白山の伏流水である白吉《はくえ》の水によって江戸時代から加賀きっての酒蔵として栄え、宮内庁御用達の看板も掲げている。

日本四大杜氏《とうじ》の一つ、能登杜氏を擁する石川県は、酒どころとして知られる。県内には、「手取川」や「常きげん」といった全国的に人気の銘柄から、地元で長い歴史を刻んできた福光屋の「福正宗」、加賀藩御用達だったやちや酒造、さらには女性社長が奮闘して話題の御祖《みおや》酒造など、バラエティーに富んだ蔵が点在している。

そんな中で、雪の鶴は量より質にこだわり、その年の出来が悪ければ出荷しないほどの徹底ぶりだ。また、高級料亭をはじめとする和食店にのみ酒を提供しており、一般にはほとんど流通しない幻の酒として知られている。当主は、代々越村宗右衛門を名乗り、俊策で一二代目となる。

　酒の仕込みは寒い時期に行う。そのため五月も半ばを過ぎるこの時期は、酒蔵がほっと一息つく時期でもある。

　もっとも、そういう時こそ己を磨くべしと考える俊策は、国内外の醸造所や蒸留所を巡ったり、日本料理の名店を訪ね、新商品や販路のヒントを探す努力を惜しまなかった。だが、今年はそれらの活動を控えている。この数年厳しい状況にあった財務環境が限界に来ていたからだ。

　今日は朝から、財務状態の改善と売上向上策について、経営コンサルタントからのプレゼンテーションを受けていた。

　しかし、彼らは酒造業とは何ぞや、というそもそもの基本さえ満足に理解しておらず、財務の改善など提案してくるものの大半は、効果が見込めそうになかった。

「机上の空論はもういいから、具体的にどうすれば資金調達ができるかを教えていただけますか」

　俊策と並んで聞いていた総務部長が、若いコンサルタントの説明を遮《さえぎ》って尋ねた。

「ですから、何度も申し上げている通り、現状の財務状況では金融機関からの融資は難しいです。まずは財務改善を行った上で、バランスシートをですね」

「ちょっと待ってくれないか」

さすがに俊策も黙っていられなくなった。

「財務の改善が急務なのは分かっているんです。われわれが知りたいのは、これから一カ月以内に一億円を調達する方法です」

蔵元は、毎年酒を仕込み、それを売ることで生計を立てている。今年の酒を造る米が買えなければ、財務などいくら改善しても無意味なのだ。経営不振に瀕《ひん》すると、蔵元は「仕込みの米代がない」と冗談交じりに言う。そして、雪の鶴酒造はまさにその状態にあった。

「現状では、難しいですね。やるとしたら、現在保有されている不動産の中で、担保設定がない物件を、お売りになることでしょうか」

コンサルタントが即答した。はるばる東京からやってきて、服装だけは鼻につくほどのエリート臭が漂っているが、それと反比例して頭は空っぽらしい。

彼を紹介したメーンバンクの支店長が、腕組みして唸っている。体質改善して利益構造の構築を行うために、ぜひ話を聞くべきだと強く勧められたが、これじゃあ絵に描いた餅だな。

「原口さん、私たちはこんな方に、コンサル料を払わなきゃならないんですか」

俊策は口調だけは努めて穏便《おんびん》に言った。

「今の発言は、失礼じゃないですか。撤回してください」

自信過剰のコンサルタントが頰を引きつらせている。

「君は外に出ていたまえ！」

原口支店長が野太い声で、コンサルタントの抗議を一蹴した。コンサルタントはさらに抵抗したが、今度は力尽《ず》くで追い出した。

「越村さん、大変申し訳ない。もう少しまともな提案をすると聞いていたんだ」

「コンサル料は、お支払いしませんよ」

確か二〇〇万円だったはずだ。

支店長は答えない。

「原口さん、それでよろしいですね」

「致し方ありませんな。だが、それはともかく、つなぎ資金の算段をしなければならないのは、変わりませんよ」

「ひがし茶屋街のアンテナショップを担保に融資してください」

同席していた二人の幹部社員が驚いている。あれは、みやびの肝《きも》いりで開いた店舗だ。そして雪の鶴酒造の窮状を彼女は知らない。

「しかし、既に第二抵当権まで設定されていますから、僅《わず》かなものですよ」

「それで、一〇〇〇万円をお願いします」

米代としてはまだ足りないが、とりあえず一息つける。

「そんな無茶な」

「無茶は承知です。しかし、あんな不誠実なコンサルを呼んだ詫びだと思えば安いものでしょう」

支店長は、雪の鶴のファイルを開くと、電卓を叩き始めた。

「五〇〇万円が限界です」

「一〇〇〇万円です。さもないとわれわれは来年仕込む酒米も買えない」

「私の一存では決められません。上に諮《はか》ります」

そう言われたら、頷《うなず》くしかなかった。

とにかく時間が欲しい。

妻の総裁選挙が終わるまでは、カネの問題を表出させたくない。

「ひとつご提案ですが。厚労大臣である奥さまにも、少しご協力いただくというのは、難しいのでしょうか」

「というと？」

「大臣ともなれば、さまざまなおつきあいもある。そういう方々に、雪の鶴をもっと積極的にご利用いただくとか、ですね」

「あり得ないな」

「しかし、大臣は越村家のご嫡女《ちゃくじょ》で筆頭株主なんです。無理のない範囲でご協力いただくのは無茶な話ではないと思いますが」

先々代が生きていたら、この支店長は即刻クビになっているだろう。

雪の鶴酒造にそんな暴言を吐いて、ただで済む者など金沢にはいない。金沢市長だろうが国会議員だろうが、雪の鶴は支援こそすれ、支援されたことなどない。

義理の祖父は、世間でいうお大尽様であり、多くの企業や政治家のタニマチだった。そんな家筋に物乞《ものご》いをせよとは。

「既に、妻は個人で催すパーティーなどで、みなさんに『風雅』を味わっていただいてますし、我々だって積極的に試飲会を開いて、たくさんの受注を取るなどの努力をしている。それで十分でしょう」

俊策のいつになく厳しい口調に、支店長は空気を読んだ。

「分かりました。では、ひとまず先程の話で上層部の決裁を取ってきます」

支店長が不満そうな態度で部屋を出るのを、俊策は立ち上がりもせずに見送った。さすがに失礼だと思ったのか、総務部長の入江が後を追いかけた。

「とても、失礼な連中でしたね」

同席していた経営推進室長の筒井果穂《つついかほ》が嘆息した。

「貧すれば鈍するもんだよ。どれだけ目をかけてやっても不義理をする奴はいる。所詮人はそんなものだと思えと先々代がよく言っていた」

「哀しいですねぇ。じゃあ、縁起直しに一つ良いご報告を。昨夜、フランスから来ていたワインの輸出業者と会食する機会がありました」

筒井は、東京生まれの東京育ち、東大教養学部出身の変わり種で、めっぽう酒が強い。普段は東京日本橋にある東京オフィスに駐在し、雪の鶴の新しい販路の獲得やブランドイメージの向上などを担っている。今朝はこのミーティングのために始発に乗って東京から駆けつけてくれた。

「会食はフレンチだったんですが、お店に無理をお願いして、『風雅』と『風のたより』を皆さんに味わっていただく機会を設けました。嬉しいことに、評判がすこぶる良かったんです。自社で扱わせてくれないかというオファーもいただきました。それでちょっと調子に乗っちゃいまして。以前、社長と遊び半分で肉に合う酒を造ったじゃないですか。見本で一本だけ持ってたんで、それも試していただいたら、これがまた大評判！　こちらも扱いたいという方が複数いらして」

「そいつは嬉しいなあ」

筒井が、「ステーキに合う日本酒を造りましょうよ」と提案してきたのを機に、思い切って遊んでみたのが「しゅん」という名の純米大吟醸だ。二年寝かせて濃厚かつくっきりした酒の味を引き出した。無個性なほどお行儀の良い酒が雪の鶴の個性だと言われる中では、相当にアグレッシブな酒だった。

「それでご相談なんですが、蔵に眠っている三年物を含めて彼らに預けて、フランスでの拡販をまかせてみようかと思うのですが」

「いい話じゃないか。どんどんやってくれ」

「発想の転換だと気づいたんです。日本酒の海外展開は、これまでは日本酒が分かる業者に託してきましたが、結局うまくいかなかった。もしかしたら、ワインやビール、さらにはウイスキーを扱っている人たちの方が、わが社の酒の魅力を感じてくれる気がするんです」

このところ、ビジネスでは落ち込む話題しかなかっただけに、筒井の報告と提案は心からありがたかった。

総務部長が戻ってきた。

「社長、そろそろお迎えの時間です」

「あ、今日は、みやびさんがお戻りなんですね」

総裁選挙まで四カ月余りとなり、マスコミの注目も集っている。そのため俊策には小松空港まで迎えに来てほしいと、公設第一秘書に頼まれていた。

出掛ける準備をしながら、俊策は一通のメールを打った。

〝一度、お会いして詳細を伺いたい〟

相手は、以前から熱心に融資を持ちかけてきている人物だった。

# 第二章　違和感

## 1

越村みやび厚生労働大臣を収賄罪で告発するという片岡司郎の聴取を翌日に控え、冨永は越村の情報収集に追われていた。

楽田恭平の身辺調査は藤山が担当し、越村については冨永が引き受けた。

越村大臣は、石川県金沢市生まれの四八歳。一二代続く造り酒屋「雪の鶴酒造」を営む越村家の一人娘で、現在は同い年の夫で婿養子の俊策が社長を務めている。

先々代に当たる十代目は、政界のタニマチとして名を馳《は》せ、北陸選出の国会議員は党派を問わず支援してきた。また、地元選出ではなくても、与党で将来が有望視されていた若手議員の多くも、越村の祖父の恩恵に浴していた。

現総理の黛も、支援を受けた一人だ。その恩義もあって、越村が衆議院議員選挙に立候補した時から、黛が先頭に立って応援した。

ただ、越村は、最初から政治家を目指していたわけではない。

地元の公立高校を卒業後、金沢大学医学部に進んでいる。そして医師国家試験に合格したにもかかわらず、突然「国会議員になる」と宣言して、二六歳で衆議院議員選挙に初出馬した。

出馬表明した際のインタビューで、医師から政治家に転身する理由を問われ、「人の命を救う尊い仕事だと思って医師を目指した。でも、誰もがすこやかに生きられる社会を願うなら、日本のシステムそのものを根本的に改革する必要があると気付いた。それに取り組みたいなら、国会議員になるしかないと思った」と語っている。

政財界の人間が日常的に出入りするという実家の環境もあるが、思いついたらすぐにでも行動しないと気が済まない気質で、衝動を抑えきれず出馬に突っ走ったようだ。

準備期間が短かったにもかかわらず、清潔さとエネルギッシュなイメージ、さらに十代目の影響力もあって、越村はトップ当選を果たした。

それ以降、彼女の快進撃は止まらなかった。

若いうえに女性という、国会議員としてはマイナスに働きがちな要素を物ともせずに、筋の通った発言と行動力で、越村は瞬《また》く間に、与党・民自党一の期待の新人となり、民自党躍進の立役者となった。

だが、社会的に目立てば、嫉妬《しっと》ややっかみが必ず生まれる。

ご多分にもれず、不倫疑惑などのスキャンダルがリークされることもあったが、そんな誹謗《ひぼう》中傷などものともせず、精力的な行動で成果を上げて支持者を増やしてきた。

何より、現総理の黛と良好な関係を保ち続けたおかげで、越村に対するバッシングは、いつもすぐに鎮火していた。

冨永が調べたかぎりでは、カネの問題でも、不審なものはほとんどない。

地元の名家の出というだけでなく、彼女自身の裏表のないきっぱりとした人柄が人を引きつけ、地元のみならず東京にも支援者が多い。そのおかげで、越村の活動は健全な政治献金だけで充分足りているようだ。

片岡による告発で問題となりそうなＪＷＦ（ジャパン・ウエルネス・ファンド）代表の楽田恭平との関係についても、無難な間柄に思える。

社会保障の質の向上と財源の確保、さらに日本人の原点であるコミュニティを復活し、カネではなく行動で助け合える社会を目指すと越村は謳っているが、そのためには楽田のような人間が必要だった。つまり、楽田が投資やコンサルティングを行っている医療・介護産業の充実と連携が、越村の掲げる重要課題を克服する一助になるわけだ。もちろん、楽田は慈善事業をしているわけではない。それどころか、日本では最も医療介護ビジネスで成功している。越村は「志と良心のある民間事業者の成功があってこそ、日本の社会福祉は充実する」と発言しているので、両者の思惑は一致しているといえる。

一六年前に開催されたＷＨＯ主催の国際ウエルネス・シンポジウムで二人は出会っている。当時、楽田は米国最大のウエルネス・コンサルティング会社の主席研究員で、シンポジウムでの彼の発表に、越村がいたく感動して交流が始まったようだ。

その後、楽田が帰国すると、越村自らが主宰する「結《ゆい》の会」に楽田を引き入れ、二人の絆《きずな》はさらに強くなる。

今のところ、双方に金銭的な繋《つな》がりがあったという事実は摑めていない。楽田が、NPOとして立ち上げた社会福祉シンクタンクに厚労省から補助金が支給されているが、当時、越村は厚労大臣ではなく、衆議院の環境委員会の一員であり、厚労省に口利きできる立場になかった。

また、越村が厚労大臣就任後に立ち上げた医療介護抜本改革会議の委員にも楽田は名を連ねているが、それによって利権を得たという情報も見つかっていない。

それらの情報から窺《うかが》える越村像は、法案成立のために、反対派議員にカネをばらまいたり、資金の融通を楽田に頼むというようなものとかけ離れていた。

片岡への聴取が決まった直後、社会福祉健全化法成立運動に際して、楽田が関与していたかどうか調べて欲しいと、尾崎に頼んだ。

メディアへは、越村と共に積極的に露出していたようだが、カネの動きは摑めなかったと、先程報告があった。

片岡の登場で、越村への疑惑が強まりはしたものの、片岡が何を提供するのかが分からない現段階で、先走りは禁物だった。

片岡の聴取まで残り八時間を切った日の午前二時過ぎ、藤山が疲労困憊《こんぱい》の体《てい》で冨永の取調室に現れた。

「お疲れっす。コーヒー淹《い》れてきました。ひと息つきませんか。ビールでもと思ったんですが、お互い最後の追い込みですし」

「ありがたくいただくよ。腹も減ったし何か食おうか」

冨永は夜食にと用意していたサンドイッチを冷蔵庫から取り出した。

「うわあ、超嬉しいっす。私、昼からカロリーメイト三本しか食べてないんで」

冨永は人並みに昼食を摂ったものの、夕食はカップヌードルだった。

ポットに入ったコーヒーをカップに注ぐと、湯気とともに良い香りが広がり、空腹感がいっそう強まった。

「それで、越村の方はどうっすか」

「政治で国を良くしようという越村大臣の熱い思いには共感を覚えた。しかしあまりに志が高く日々の活動も完璧すぎるのがかえって気になる」

「なにしろ二〇代で初当選以来、清廉潔白がウリの民自党プリンセスですからね。そう簡単には、ボロは出しません」

サンドイッチを頰張る藤山の意見は、なかなか手厳しい。

「あれ？　藤山さんは越村推しじゃなかったっけ」

「政治家としては期待しています。だからといって、不正を働いていないとは限らないっしょ。捜査に当たって、政治手腕は勘案しませんから」

藤山の指摘通り、我々にとって、その人物が有能なのかどうかはどうでもいい。その行為が犯罪に該《あた》るか否かが問題なのだ。

「楽田との関係も、つけいる隙がない」

「互いに、仲良しなことを隠しませんからね。官民共働の相棒《バディ》だと喧伝《けんでん》しているんですから」

そういう記述が資料にもあった。

「一応、楽田についてまとめましたけど、めぼしい物はないっすね。強烈な物言う投資家《アクティビスト》として日本では知られていますが、国会議員との接点は思った以上に少ないっす」

藤山はA４数枚の資料を渡した。

「みやび先生とのおつきあいは古いですが、意識的に節度を守っているように見えます。そこが怪しいっちゃあ怪しいですが、今のところはそれ以上の深掘りはできないんで。厚労省には、社会福祉系の許認可がたくさんありますから、業者が政治家に便宜《べんぎ》を図ってもらうという構図はあるでしょうけれど、楽田の場合、介護施設の所有や運営にはタッチしないで、投資とアドバイスで利益を上げているので、許認可を求めるケースも皆無みたいですし」

たとえ不正を働いていても、一晩調べたぐらいで粗が出るようなことはしないだろう。

「それで、片岡の方はどうなった？」

「それがもう、さっぱりお手上げです」

片岡に関する資料は、楽田のものよりさらに薄い。

片岡司郎、三七歳。慶應義塾大商学部卒業と同時にアメリカに留学した。当時ワシントンＤＣに本社がある米国最大のウエルネス・コンサルティング会社に勤務していた従兄弟《いとこ》の楽田恭平が、現地で世話をしたようだった。それで、三年ほど学生生活を送っているが、アメリカでの学歴は定かではない。

そして、楽田が医療と介護に特化した投資会社を日本で設立したのを機に、片岡も帰国、ＪＷＦに入社している。

ただし、財務部門にいたせいか、ＪＷＦ勤務時代の情報は極めて少ない。結局、藤山が得たのは、親族の情報ばかりのようだ。

片岡家は、神奈川・厚木周辺に広大な土地を有する大地主で、同族企業の片岡土地開発が不動産業や観光業で業績を上げている。名門ゴルフ場も所有しているが、財務は極めて健全で、「石橋を叩いても渡らないほどの慎重な経営」を続けて、一族は繁栄してきた。司郎はその四男だ。

長男の太郎は、楽田と同じ年で親交も深い。総合商社に勤めた後、片岡土地開発の専務に就任、地元で大がかりな宅地開発や大学と産業を連携するプロジェクトを推進し、注目されている。

次男の治郎は東京大学工学部に進み、院を修了した後も大学で研究を続けている。専攻は人工頭脳だ。

三男はウィーン在住の指揮者として、頭角を現している。

兄弟はいずれもまばゆいばかりの経歴を誇るというのに、末っ子の司郎だけが、地味だった。

「いやあ、司郎はジス・イズ・一般人の典型っすよ。兄ちゃんたちが優秀なだけにコンプレックスのかたまりだと思いますが、犯罪に走ったりというような記録は見つけられませんでした」

他にある情報といえば、慶應義塾大在籍中に税理士資格を取得しており、中目黒に七○坪の一戸建てを持ち、八歳と五歳の子供がいる四人家族ということだけだ。

楽田と違って、メディアに登場したこともない。

「とにかく何もなさすぎです。顔写真を探すのだって苦労しました」

差し出されたのは、楽田と数人の男女が肩を組んでいるスナップ写真だった。

「右端の暗い感じの男が、片岡司郎君です」

黒縁眼鏡をかけた線の細そうな青年が、精いっぱいの笑みを浮かべている。

「これじゃあ、何の予備知識にもならないんで、昨日の午後、慶應に行っちゃいました。私とは出身学部が違うんですが、伝手《つて》をたどって司郎のゼミの先生を見つけたんです。ところが、教授は彼のことをほとんど覚えてないんですよ」

そんな影の薄い坊ちゃんが、未来の総理候補と呼ばれる大物政治家を告発するというのか。

それは、あまりに不自然なように思える。

「片岡氏は、なぜJWFを退職したんだろう？」

「それがまたよく分からなくてですね」

藤山は、インターネット検索で片岡の退任理由に関する情報を漁《あさ》ってみたが、まったくヒットしなかったらしい。

「そこで、ヘルスケア関係に詳しいアナリストに尋ねてみました」

日本中に友人がいるのではと思うほど藤山は顔が広い。冨永には、アナリストの知り合いなど一人もいない。

「で、片岡の退職は自主退任じゃなかったと判明しました。なんと、解任でした。CFOがクビになったとなれば、理由は二つしかありません」

「会社のカネを使い込んだか、粉飾決算がバレたか」

「ですね。そしてそれなりの企業のCFO解雇の真相を知りたいなら、ここから先は面倒なおっさんたちに頼るしかなくて」

藤山が言う「面倒なおっさんたち」とは、ブラックジャーナリストや総会屋の類いだ。そういう連中から情報を得ようとすると、後々面倒に巻き込まれやすい。

「まさか、誰かに声をかけたんじゃあ」

「三人に接触しました。ところが珍しいことに、どのおっさんにもまともな情報がなかったんです」

「クビになったのが事実なら、楽田を恨んでいるかもしれない。だとすると、本当に越村大臣の不正を裏付けるネタを持っている可能性はあるね」

そこで、社会福祉健全化法案にからむ疑惑について話した。羽瀬には、まだ報告するつもりはないが、藤山は知っておいた方がいいだろう。

「なるほど、だから、先輩は副部長が片岡の密告の件を話しても驚かなかったんすね」

「逆に、とても驚いたんだ。噂はいくつも聞いたけれど、いくら探っても、実際にカネが動いたのかという証言には辿り着けなかった。半ば諦めかけていた時の、棚からぼた餅だったんだ」

「さすが、京菓子司《つかさ》の御曹司《おんぞうし》」

藤山のオヤジ臭いジョークに、思わず笑ってしまった。

「余りにも出来過ぎな流れが信じられなかった。でも、CFOを解任されていたのなら、片岡は動かぬ証拠の一つでも持って現れるかもしれないな」

そして我々は、清廉潔白な日本初の女性総理候補を、破滅に追い込む捜査を始めるのかも知れない。

2

片岡聴取の当日、午前九時三〇分に冨永と藤山は、虎ノ門のホテルオークラのロビーで落ち合った。結局、庁舎内で朝を迎えた冨永と違って、藤山は一度自宅に戻って着替えて来た。さっぱりとした様子で、きれいにプレスされた黒のスーツを身につけている。

「お疲れっす。泊まりですか？」

「タクシー代を考えるとね。それに今日の主役は藤山さんだし。君がキリッと決めてくれているので助かるよ」

「私は、とにかく三〇分でも自宅のベッドで寝ないと体がもたないんです。そのためだけに西新橋なんてとこに住んでますから」

検察庁から徒歩一〇分で通える場所に住むなど、家庭のある冨永には考えられないが、藤山は高い家賃を払ってでも職住近接がいいらしい。

「ところで、今朝一番に面倒なおっさん一号から電話がありまして、片岡の解任理由を教えてくれました。ただ、ちょっと眉唾《まゆつば》ですが」

それでも情報が皆無の現状ではありがたい。

約束の時間までまだ少し間があるので、ロビーにあるカフェに入った。

「結局、ギャンブル漬けで辞めさせられたようです。競馬、競輪、ボートなどなどあらゆるギャンブルに手を出して借金まみれだったそうです」

それで会社のカネを横領したのか。財務責任者なら帳簿を少し触るだけで、かすめたカネを隠せる。

「横領した額は億単位だったそうです」

「でも、片岡の実家は大地主なんだろ。カネならいくらでもあるじゃないか」

「なんですけどね。これまでにもギャンブル癖が原因で、何度か父親から勘当されそうになってるらしくて。出来の悪い末っ子としてはそれ以上は頼れなかったのかもしれません。それでにっちもさっちも行かなくなってる時に、楽田にカネの使途を問い詰められて揚げ句に切り捨てられたら、逆恨みするのかもしれませんね。いずれにしても裏は取れていませんが」

「それにしても、なぜ、宮崎さんなんていう大物ヤメ検が片岡についたんだろうか。片岡が、ギャンブルで会社のカネを横領するような奴なら、宮崎さんに依頼するカネなんて到底ないだろう。誰か支援者がいたんだろうか」

明け方、不意に浮かんだ疑問だった。

「役員慰労金がべらぼうに高かったとか?」

「クビなら、そんなものは出ないだろう」

「確かにそうだ。ひょっとして宮崎さんは、JWFの顧問弁護士なんでしょうか。あるいは、片岡が個人的に親しかったのかも」

「JWFの顧問は、大神・浅村(法律事務所)だ。宮崎さんは、PPF所属だろ」

「宮崎さんは、PPFかあ。PPFってPOST PROSECUTOR FIRMの略なんでしょ。つまり、ヤメ検法律事務所って意味になる。そのネーミングのダサさでめまいしそうっすよ」

「ＰＰＦは規模は大きくないが、メディアを賑《にぎ》わす事件で成果を上げ、知名度の高い事務所だ。宮崎さんは、そこのパートナーなんだ。片岡ごときが個人で頼める相手じゃない」

では、誰が宮崎を片岡に紹介したのだろうか。

そこで聴取の時刻になったので、二人は席を立った。


特捜部の事情聴取の場合、マスコミの眼を避けるために、ホテルなどで行うことがある。この場合は、聴取される側が手配し勘定を持つのが通例だ。つまり、片岡が部屋を用意していた。

指定されたのは、別館一一階にあるスイートルームだった。そういう部屋を用意できるのだから、やはり片岡には経済的余裕があるのかもしれない。

冨永が客室の扉をノックすると、若い男が出迎えた。襟章を見て弁護士と分かった。

「東京地検特捜部の冨永と藤山です」

明るい部屋には、片岡の他に小柄な中年男がいた。

「おお、ご苦労さん。なんだ、やけに若い奴が来たんだな」

宮崎は最初から高圧的だった。彼は座ったまま第一声を発したが、対照的に片岡は立ち上がって頭を下げた。写真で見るよりもさらに卑屈に見える。

「本日はわざわざ出向いていただきありがとうございます。片岡です」

「君らは、何期だ」

おきまりの問いが飛んできた。司法修習生の期を尋ねているのだ。

「二人とも五五期です」

藤山が普段よりは幾分丁寧な口調で返した。

「五五期だと。俺より一八期も下か。ガキだな」

「大先輩から見れば、ひよっこ以下ですが、どうぞよろしくお願い致します」

藤山が、神妙な顔で挨拶した。

部屋には二人がけのソファが一脚と、テーブルを挟んで一人がけのソファ二脚しかなかった。

片岡と宮崎は各自一人がけのソファに陣取っているので、結果的に富永と藤山は二人がけのソファで肩寄せあって座るしかない。

「本日は、片岡さんのお話を伺うために参上しました」と藤山が切り出したところで、後方で控えていた若い弁護士が咳払いした。

「念のため、録音致します」

断りもなく、ICレコーダーがテーブルの上に置かれた。既に録音ボタンは押されている。

「録音する理由を教えてください」

冨永が言うと、宮崎は鼻で笑った。

「一応の保険だ。君らにうしろめたいものがなければ、気にしなくていいだろう」

「では、改めて」と仕切り直す藤山を、今度は宮崎が止めた。

「確認しておきたいのだが、これは調べではないという認識で良いんだな」

「情報提供者との懇談です」

「結構。では、この場で片岡さんが諸君に話した内容を理由に、彼を逮捕したりしないと誓いたまえ」

なんと横暴な。そんなものは誓えるはずがない。

「提供してくださった情報に関して違法性を感じたとしても、この場で逮捕はしません。誓えるのはそこまでです」

「いや、それは困る」

か細い声が割って入った。片岡だ。

「情報と証拠を提供したら、私の罪は一切問わないと、岩下特捜部長はおっしゃった」

我が耳を疑った。仮にも東京地検特捜部長たる者が、司法取引まがいのことを口にするなんて。あり得ない。

「それは、何かの間違いでは？」

「少し言い回しが違うが、それに近い約束を交わしたのは事実だ。私が保証する」

法律に関して素人の片岡が言うならまだしも、元特捜副部長の宮崎が言うのだから聞き捨てならない。

藤山は黙って片岡の様子を窺《うかが》っているので、冨永が代わって答えた。

「岩下が何を言ったかは存じませんが、情報提供の見返りに片岡さんが犯した罪を消すというお約束はできません」

「堅苦しいことを言うんじゃない。自らに不利益と分かっているのに、君たちに情報を提供しようと言ってるんだぞ」

宮崎の立場ならそう言うだろう。だが、それに応じるつもりはない。

「あの、今する話じゃない気がするんですけど。だって、そうでしょ。情報の中身が分からない段階で、取引も何もできないですから。もちろん片岡さんの情報が、私たちがのけぞるようなヤバい話なら、私が上を説得します。そういうことで、ご了承いただけませんか」

藤山は、弁護士のリアクションなどまったく気にせず、片岡にだけ話しかけている。

冨永としては、「割り屋の若きエース」と称される藤山の聴取手法を見るのが今日の密《ひそ》かな楽しみだったが、しょっぱなから全開だな。

「じゃあ、それを文書にしてもらえますか」

「だから、話を聞かないうちは、何の約束もできませんって。それよりも、とにかく前に進みましょうよ。悪いようにはしません。第一、我らが大先輩の宮崎弁護士に恥をかかせたりしませんから」

藤山は白々しい愛想笑いを浮かべて、宮崎に同意を求めた。

「まあ、致し方あるまい。片岡さん、始めますか」

この期に及んでも気持ちの整理ができないのか、片岡の指はせわしなく動き、眼鏡のフレームを神経質そうに何度も触っている。

「分かりました。では、まずは話を聞いてください」

片岡は姿勢を正し、ソファに座り直した。

3

神林は過去に二度ほど、楽田恭平を取材している。直近の取材が三年前だ。無沙汰の挨拶と共に楽田に取材申請すると、快諾のメールがすぐに返ってきた。それだけでなく神林に対して好印象があるようなメッセージも添えてあった。

有紀がいると面倒なので、神林は一人で楽田の会社を訪れた。

ＪＷＦは文京区本郷にある。金融業らしからぬ立地なのは「元外資系出身者が経営する投資ファンドというイメージを払拭《ふっしょく》したい」というこだわりがあるからだそうだ。

会社は順調に成長し、今ではヘルスケア関連の多数の企業を傘下に収めるグループホールディングスとして知名度を上げている。創業当時は本郷三丁目の雑居ビルの一室に入居していた本社も、東大の真正面にあるガラス張りのインテリジェントビルになった。

神林は受付を済ませると、エレベーターで最上階まで上がった。シースルーなので、眼下に東大本郷キャンパスを見おろせる。建物は四方を三メートルほどセットバックし、遊歩道として地元民に提供している。

フロアに着くと、秘書が待ち構えていて、見晴らしの良い会議室に案内された。ここからはキャンパスだけでなく、東京スカイツリーまで見えた。

「神林さん、お久しぶりです」

楽田は溌剌《はつらつ》としており、以前会った時より若返ったように見えた。力強く握手され、神林は早くも気圧《けお》されていた。

「何年ぶりになりますかね」

「三年です。大和ウエルフェアを買収なさったとき以来です」

「そうでしたね。あの時は医療介護ビジネスに新しい風が吹くと持ち上げてくれた」

楽田が熱く語る日本の医療・介護の現状と打開案が衝撃的すぎて、楽田は日本の福祉ビジネスを変える男とまで書いてしまった。

「あの記事は嬉しかった。ようやく日本のメディアの中で、僕の主張に共鳴してくれる記者が現れたと喜んだものだよ」

「だったら、その後の転売騒ぎの時のインタビューも受けていただきたかったですよ」

結局、楽田は大和ウエルフェアを外資系企業のライフ《L》・エナジー《E》社に転売し、老人ホームの入所者の多くが施設を追い出される事態を招いたのだ。

何としてでも楽田から単独インタビューを取ってこいとデスクに怒鳴られ、神林は何度も掛け合ったが、楽田は決して応じなかった。

いくら頼んでも、「お話しすることはありません。問い合わせはライフ・エナジー社にお願いします」の一点張りで、やがて神林の携帯電話は着信拒否された。

「あの時は、申し訳ありませんでした。僕もまさかあんな事態が起きるとは思っていなくてね。しかも、ライフ・エナジーといくつか機密条項を結んでいたので、答えられなかったんですよ」

その経緯については、あるビジネス誌で「今だから語れる大和ウエルフェア事件」という見出しの単独インタビューで答えている。昨年のことだ。

その記事はすぐに目を通したが、神林は動かなかった。既に部署を異動していたのと、ビジネス誌の後追いも癪《しゃく》だったからだ。

「それで、今日はどういうご用件ですか。確か、サ高住について聞きたいとのことでしたが、具体的には何をお知りになりたいんです」

「楽田さんは、サ高住について批判的だと伺ったんで、そのあたりをお話しいただければ」

「神林さんも部署が移ると、こういう問題を取り上げるようになるんですか」

まあ、そうでもあり、そうでもない。

「クロスボーダーといえばかっこよく聞こえますが、実際は、社会の歪《ひず》みを見つけて、リポートするような部署でして」

「面白そうなセクションじゃないですか。分かりました。私が話せる範囲であれば、何でもお答えしましょう」

神林はテーブルの中央にICレコーダーを置いた。

「その前に、神林さんは、サ高住をどの程度ご存じなんですか」

「一言で言えば、サービスのある老人マンションですよね。でも、このサービスというのがくせもので、介護サービスや医療サービスが必ず付随しているわけではない。大抵は隣に病院があったり、マンションの一階に訪問介護ステーションがあったりして、入居者にはすべてそこが対応している。しかし、老人ホームと違って、募集時には入居者の自由度を謳っているから、住めば住むほどそのギャップで不自由を感じてしまう」

にわか勉強で得た知識だった。

「さすが神林さん。正しく理解されてますね。現在、特別養護老人ホーム（特養）の入所待機者は約五二万人とされています。そのため、厚労省は特養の入所資格を厳しくして、待機者数を減らそうとしていますが、焼け石に水です。また、医療処置が必要な要介護者が入所する介護療養型医療施設は、かつて全国で一二万床ありましたが、まもなく全廃されます。その代わりとして導入した介護療養型老人保健施設は、ほとんど事業参入者がなく、頓挫《とんざ》しています。つまり、介護が必要なお年寄りが頼れる場所が圧倒的に足りないのが現状なんです」

そういう資料もたくさん読んだ。

「新規の特養の建設は検討されていないんですか」

「現状では、非現実的です。あと二〇年余り我慢すれば、高齢者人口は減少に転じるんですよ。新たに特別養護老人ホームを建てるのは、税金の無駄遣いになるんです。それを見越して、政府は在宅介護に力を入れてきたんです。これは、介護保険制度導入の最大の動機でもありますね」

しかし、それはうまく機能していない。

「在宅介護には限界があるというのが、やがて顕在化してきた。それで、介護が必要な高齢者が身を寄せる場を用意せざるを得なくなった。それが、サ高住――サービス付き高齢者向け住宅というわけです」

「楽田さんのお話だと、サ高住は介護問題の救世主に聞こえるんですが」

「まあね。実際、厚労省の中にもそう期待していた職員もいる。でも、玉石混交で年々悪質なのばかりが増えている」

有紀と一緒に取材したヘルスケア会社を思い出した。

「まずはネーミングに問題があった。いかにも介護サービスができるような名称だから、一般の人は騙《だま》される。また、サ高住をオペレーションしている会社は、単なる管理人では利が薄いので、おのずといろいろビジネスを作り上げる。それがヒートアップして、年寄りを食い物にする悪質業者が出てきた」

そこで、越村大臣が改革に乗り出したのが社会福祉健全化法案で、それを後押ししたのが、楽田が事務局長を務めるプラチナ・エンゼル会議だった。結果的に法案は継続審議となってしまったが、楽田はサ高住の抜本的改革を訴えている。

「楽田さんは、サ高住自体を否定はしていないんですよね」

「こういうシステムが存在すること自体は致し方ないと思っています。ただ、高齢者に賃貸住宅を提供するという目的と、介護や医療施設の不足という既存の問題を、一挙両得で解決しようとしたのが間違いだと思います」

「でも、私は、サ高住は良い制度だと思いますよ。診療所や介護事業者が住居と近接しているのは助かりますよ。外枠を変えず、質の向上と自然淘汰を待てばいいんじゃないですか？」

笑われた。

「あなたはもともと経済部の記者で、ビジネスと名のつくものは全て経済的合理性を重視するというスタンスが染みついているでしょうから、そういう発想ができるんですよ。でも、我々の業界では、自然淘汰を待っていたら、その間に、失われていく命があるんです」

それはそうだ。

「だったら悪質な相手だけを取り締まればよいのでは。新規参入が続き、いわゆる悪貨が良貨を駆逐している状態なわけでしょ。ならば、行政が介入して規制するしかないと思いますよ」

「まさしく。だから、僕は柄にもなく国の審議委員になり、社会福祉事業に造詣《ぞうけい》が深い越村大臣にもご協力いただいて、法律の整備を進めているんです」

越村が提出した社会福祉健全化法案では、サ高住の建築基準を変えようとしている。

「越村大臣と楽田さんは、サ高住キラーだという人もいますが」

そう言われているのは自覚しているようで、楽田は苦笑いを浮かべて肩をすくめてみせた。

「褒《ほ》め言葉だと解釈しています。いずれにしても、福祉でボロ儲けはできない。その点は、暁光新聞でもしっかりと訴えてくださいよ」

だが、儲けが見込めないビジネスは、やがて衰退していく。

「ＪＷＦでは、サ高住の運営企業に投資しないんですか」

「していますよ。入居者に配慮した優良企業には積極的に、資金と人的支援を行っています」

人とカネという両輪の投資で、当該企業を健全に成長させると、ＪＷＦは設立時から謳っていた。

「楽田さんを含む一部の業者による福祉マフィアが存在していて、そこに越村大臣や厚労省幹部までもが入って、排他的な囲い込みをやろうとしているという批判も耳にしたのですが」

楽田が呆《あき》れたように大げさなため息をついた。

「キラーの次は、マフィアですか。さすがに傷つきますね。批判されているのは、プラチナ・エンゼル会議のことでしょう。われわれは別に排他的でも、マフィアでもありませんよ。良貨が悪貨を駆逐するために連帯しようという意欲あるウエルネス関係者の会です。ちなみに来週、われわれの定期総会があります。よければ、いらっしゃいませんか」

誘われたものは断らない主義だ。

「喜んで。ところで、不良業者を追い出すために、どういう施策が必要だと思われますか」

「まずは、優良企業や団体がお手本を見せ、それを政府が後押しする制度づくりが必要です。さらに、違法者を厳罰に処すための法整備も急がなければならない。大事なのは、これを同時に実現することです」

具体的に言えば、プラチナ・エンゼル会議でお手本を見せ、それでも悪質なビジネスを変えようとしない企業には、社会福祉健全化法で天誅《てんちゅう》を下すわけだ。

「でも、そんなことをしたら、参入企業が減って、結果的に介護施設や住宅に入れないお年寄りが大勢出るのでは？」

「大丈夫ですよ。そういう時は、我々が政府の支援をいただいて、良き施設、良き高齢者住宅を責任を持って提供するように努めますから」

# 4

「越村みやび厚労大臣を告発します」

片岡は胸を張ってその名を口にした。

「つまり、動かぬ証拠をお持ちだという理解でいいですか」

藤山の念押しに、片岡は大きく頷いた。

「では、可能なかぎり詳細に教えていただけますか」

「その前にひとつお尋ねします。検事さんは、サ高住をご存じですか」

「サービス付き高齢者向け住宅、いわゆる老人マンションの一種でしょ」

「サ高住は、介護施設ではありません。基本はあくまでも賃貸住宅で、老人に優しいサービスも提供してくれる、というだけです。ところがイメージだけが先行してしまった。それを利用して悪質なカネ儲けを企む業者が後を絶ちません。楽田は、そういう業者を排除すべきだと、政府の審議会で訴えており、越村大臣も本格的な対策に乗り出しました。その鍵となるのが、社会福祉健全化法です」

「なるほど。確か、楽田さんも委員を務める審議会で提案し、越村大臣が今国会での成立を目指していたものですね」

「大臣と楽田は何としてでも、この法律を今国会で成立させたかった。そこで大臣が、反対する議員や高級官僚に対して、実弾を使うのが手っ取り早いと言い出したんです」

聴取が始まって間もないというのに、片岡はさっさと核心に触れた。だが藤山の表情は全く変わらない。

「えと、実弾って何ですか」

「決まってるじゃないですか。お金です」

「どういうお金ですか」

「当然、賄賂でしょ。反対派にカネを摑《つか》ませて、賛成票を投じてもらうためのカネです」

「片岡さん、言葉を選んで話すんだ」と宮崎が注意したが、片岡は気にしていないようだ。

宮崎がさらに介入しようとするのを藤山が止めた。

「片岡さん、賄賂という言葉は、結構微妙な言い回しでして、今はひとまず、法案を通すための支援を求めるお金としておきましょうよ。宮崎さん、これならよろしいでしょ」

よろしくはないだろうが、宮崎は渋い顔で同意した。

「話を整理しますね。越村大臣と楽田さんは、悪質なサ高住業者を駆逐するために、社会福祉健全化法を今国会で成立させたかった。そこで、反対派の国会議員や官僚にお金を渡して協力を求めたわけですね」

「その通りです。そして、その資金として、越村大臣は三億円を調達するように楽田に命じました」

「楽田さんが、三億円を出す見返りはなんですか」

「えっ、どういう意味ですか」

片岡が面食らっている。

「いくら法律を成立させたいからと言っても、楽田さんに利益がないのに、お金は出さないでしょう。当然、社会福祉健全化法が成立すれば、楽田さんに大きな利益が生まれるのでは？」

「バカな！　あなたは、楽田をそんな悪どい奴だと思っているのか。あの人は、ただ、この国の社会福祉制度を良くするために、無私の気持ちで、大臣にお金を提供したんだ」

どうやら本気で怒っているようだ。片岡は、楽田の会社をクビになったのではないのか。いわば楽田は恨むべき相手なのに、なぜ庇《かば》うのか。

「はあ、そうですか。カネを出した以上は、やっぱ見返りがないとダメだって思うのが人情だと思うんですがねぇ。楽田さんはもっと高尚なんですね」

「藤山さん、あなたにはわからないだろうが、あの人は、本当に凄い人なんだ。だから、その辺にいる卑しく強欲な奴と一緒にしないでほしい」

「失礼しました。お詫びします。それで、その三億円のお金は、楽田さんご自身で越村さんに手渡されたのでしょうか」

藤山の取りなしで、片岡の怒りは幾分収まったようだ。

「だと思います」

「つまり、片岡さんは、実際の現金授受の現場をごらんになったわけではないんですね」

しばし躊躇《ためら》った後、片岡は続けた。

「現金を手渡すところは見ていません。ただ、お金を用意したのは私ですし、それを指定の場所——実はまさにこの部屋だったんですが——ここまで楽田と一緒に運んだんです」

「どうやって？」

「ホテルまでは私の車で。駐車場からは、二人で手分けしてこの部屋に持ち込みました」

「重かったでしょう」

「とても。でも、男二人ですから、なんとかなります」

一億円の札束の重さは一〇キロほどだ。

三億円の全てが一万円札の場合、一億円分の嵩《かさ》は、縦三〇センチ余り、横四〇センチ弱、高さは一〇センチしかない。大きめの段ボールなら、一箱で入る。

「ちなみに、お金を入れた段ボールって、どのぐらいの大きさですか」

「これぐらいの大きさの箱を三つ」と言いながら片岡は両手を広げてサイズを示した。

運送などに使われる高さ三〇センチほどの大きさだ。

「なるほどね。それが三箱かあ。結構な量ですね」

「三億円ですよ。当然です」

ＣＦＯでありながら、片岡は現金で三億円を見たことがないのではないかという気がした。

だから、藤山のとぼけた質問の意図が見抜けないのだ。

「じゃあ、この部屋で楽田さんから、越村大臣に三億円が渡されたわけですね」

「現金を運び込んだら部屋を出るように言われたので、私は地下駐車場で待機していました」

「だったら、この部屋に誰が受け取りに来たのかは、ご存じないわけだ」

「まあ、そうです。でも、楽田は、越村大臣の秘書が一人で取りに来たと言ってましたから」

伝聞では、まったく証拠にならない。

「ところで、それはいつの話ですか」

「失礼」と言って片岡は手帳を開くと、該当する日を指し示した。

「今年の四月一四日です。手帳に、一六時、オークラと書いてあります」

神経質そうな小さな文字がページを埋め尽くしている。

「この手帳はお預かりしても？」

「いや、それは困る。コピーがありますんで、そちらをお渡しします」

手帳を全部チェックしたいところだが、現段階では、そんな強制力はこちらにはない。

「ちなみに、越村大臣から念書や領収書を預かってはいませんよね」

「ありませんよ、そんなものは。でも、越村大臣が、反対派対策としてお金を出すよう楽田に強要した時の肉声は録音してあります」

5

「サ高住に参入する悪質な業者を蹴散らして、その分を楽田さんが一手に引き受けるとは、太っ腹な話ですね。既に準備を始めてるんですか」

神林は、言葉を慎重に選んで質問した。楽田の計画に対してこちらが懐疑的であるのを悟られたくない。あくまでも好意的であると思わせなければ。

「これからの三年で、首都圏や関西圏、中京圏を中心に、二〇棟四〇〇〇戸のハイパー・サ高住を提供する計画です。そのための新会社も立ち上げます。そして設立資金や人材紹介、さらには事業内容やオペレーションなどについてはＪＷＦがサポートします」

楽田はよくぞ聞いてくれたと言わんばかりに喜んでいる。

悪質なサ高住運営企業を排除するというのは、高齢者やその家族にとって朗報ではあるが、同時に楽田の独擅場《どくせんじょう》になるわけで、一気にビジネス拡大が見込まれる。

穿《うが》った見方をすれば、楽田は政府に働きかけて、自身の利益を獲得するための法律を制定させようとしているともいえる。

「ＪＷＦは、直接経営しないんですか」

「ウチは、投資と医療・介護コンサルの会社です。事業会社を直接経営するなんて、あり得ませんよ」

　楽田のビジネスは、建物や土地などの資産を保有しない。カネと知恵と人材を駆使し、投資先企業をコントロールすることで利益を上げている。万が一の時は負債を最小限で止めるさまざまな安全弁を張り巡らしているのだ。

　株主が直接経営するのは、百害あって一利無しというのが楽田の持論だ。優秀な経営者を抜擢し、高収益を上げるように常に目を光らせておくほうがいいという発想だった。

　実のところ、これは資本主義の企業経営としてはあるべき姿といえる。ただ、日本で、こうした体制を徹底している企業は少ない。

「では、ハイパー・サ高住を建設する企業は、ＪＷＦホールディングスの傘下に入るんですよね」

「ウチは、五一％を保有できれば十分なので、現在、投資を募っています。いずれは、もう少し投資額を減らす可能性もありますが、まずは、入居者が安心して暮らし、快適な介護や医療を享受できるようにこれまでのノウハウをフル活用したいので、過半数は握るつもりです」

　社会福祉健全化法が施行されると、楽田には大きな富を築くチャンスが転がり込んでくるわけか。

「ところで、従来のサ高住とハイパーとは、何が違うんですか」

「端的に言うと、より暮らしやすい高齢者向けマンションの創造です」

訪問介護やデイサービスセンター、あるいは二四時間対応する医療機関との連携などを充実させる一方で、あくまでも個人の選択の自由とプライバシーを尊重するというのが、ハイパー・サ高住なのだという。

「理想の高齢者住宅とは、入居者の自主性を徹底的に尊重することに尽きると思っています。食事はもちろんちょっとティータイムしたい時なんかにも割安で利用できる食堂や、トレーナーが常駐して健康相談もできるスポーツジムなども併設します。会員になれば、割引や、入居者特典もある。でも、それを利用しなければならない義務はないんです。環境は整えるが、強制はしない。そこがハイパーならではのメリットです」

サ高住の問題は、施設が指定した介護サービス事業者や医療機関を半ば強制的に利用させられる点にあった。そういう無理強いを徹底的に排除するらしい。

「また、ハイパーと銘打つ限り、併設する施設には最新の機器をそろえ、その空間はラグジュアリーを目指します。名前はまだ明かせませんが、新会社のトップは、福祉大国で成功したカリスマ的人物が就きます。期待してください」

「良いことずくめじゃないですか。さすがだなあ」

白々しく聞こえないように努力した。だが、神林にはより高度な囲い込み施設という印象しか持てず、巧妙に施設が儲かる仕組みを構築しているに違いないという疑念ばかりが膨らんだ。

「良貨が悪貨を駆逐する。それが、ハイパー・サ高住の目標です」

「でも、それだけ充実していると、家賃とか管理費が高くなるんじゃないですか」

「施設内のサービスをすべて利用する会員がいらしたら、従来のサ高住よりは二割から五割ほど割高になるかもしれません。でも、社会福祉健全化法が成立すれば、国交省及び厚労省からの補助金も期待できるので、近隣の賃貸住宅の家賃とほぼ同価格に抑えられると思います。むしろ、コストパフォーマンスはピカ一だと思いますよ」

　コストパフォーマンスか。さっき楽田は、介護サービスに経済的合理性を持ち込まないでほしいと言ってなかったか。

「三年間で二〇棟というのは、凄い勢いだ、既にモデルルームもあるんですか」

「二週間後に、目白に一棟、先行オープンします。これは通常のサ高住として申請して建設したものですが、クオリティーとしてはハイパー仕様になっています。内覧会の招待状をお送りしますよ」

「だったら、弊紙でも取り上げますよ。ところで、このハイパー・サ高住について、越村大臣はどのようにお考えなんですか」

「ハイパー・サ高住は、プラチナ・エンゼル会議で検討したアイデアをもとに造っています。したがって、大いに支援してくださるという約束をいただいていますよ」

「それは、さらに補助金が出るってことですか」

「補助金だけではなくて、たとえば政府系金融機関からの低利融資や、介護保険をより柔軟に利用できる制度改革を進めてくださるだろうと期待しています」

至れり尽くせりだな。

越村と楽田は介護福祉界のゴールデンコンビと言われているのだから当然だが、ここまでべったりだと、ソレイユ・ピアの社長でなくても、「あれは、絶対カネが動いてる」と勘ぐりたくなる。

「じゃあ、越村大臣が、民自党総裁選に出馬するために、厚労大臣を辞任するのは痛手になるのでは」

「そうかなあ。越村さんが目指しておられるのは総理大臣ですよ。厚労大臣とは権限の大きさも強さも違います。大歓迎です」

今日のところはこのあたりで引き下がろう。そして、越村と楽田が参加しているエンゼル会議やハイパー・サ高住の内覧会を見た上で、再度切り込めばいい。

そう思って取材を終えようとした時、神林は、ＪＷＦについて調べた際に、偶然見つけた些細《ささい》なひっかかりを思い出した。

「つかぬことを伺いますが、御社のＣＦＯが最近退任されてますが、何か理由があるんですか」

「ああ、片岡君のことですか。特に理由はないですよ。実家がデベロッパーなんですが、専務を務めている長兄から、戻ってくるようにせっつかれて断れなかったようです。任期半ばなんですが、快く送り出しました」

# 6

――反対派を一人ずつ説得していたら、いくら時間があっても足りないわよ。

――手っ取り早く寝返らせる必要があるな。

――そのためには資金が必要になる。

――どの程度ですか？

――ザッと見積もって三億円。

――三億かあ。

――楽田さん、あなたほどの人なら、はした金でしょ。日本の未来がかかっているの。男気を見せてちょうだい。


片岡が持参したＩＣレコーダーには、女性一人、男性二人の声が録音されていた。

「女性は、越村大臣です。そして、男性は私と楽田です」

確かに女性の声は、越村大臣と言えないこともない。

だとしても、これで賄賂の証拠と言うには、曖昧過ぎた。「手っ取り早く寝返らせる資金」が、賄賂だと推理できないこともない。だが、反対派工作として世論を刺激するキャンペーンのための資金を用意したと主張されてしまうと、簡単には切り崩せないかもしれない。

　あまりにも不確定要素が多すぎた。

「生々しい会話っすねえ。大臣は、録音をご承知だったんですか」

「まさか。私の独断です。楽田も知りません」

「え？　なんで、そんなことしちゃったんです？　それってボスを裏切るような行為じゃないですか」

「楽田を守るためです」

　片岡の声に力が籠《こ》もる。だが、藤山の目を見ようとしない。

「越村大臣のおねだりが目にあまったんです。彼女が楽田にカネをせびるのは、これが最初ではありません。私が知るだけでも、これ以外にも三度、合計で五億円はくだらない」

「つまり総額だと八億以上！　それはたいそうな金額っすね。それらのお金が楽田さんから越村さんに渡ったことを裏付ける証拠をお持ちですか」

　藤山はペースを変えず、攻め込んでいる。

「残念ながら、楽田から聞いた話です。造り酒屋の一人娘なのに、越村議員はカネに困っているようだね、とも言ってました」

　片岡の話は、すべてが曖昧だった。三億円をこの部屋に運んだ話も、さきほどの録音も、総額八億円という賄賂も、伝聞推定ばかりじゃないか。

「さすがの楽田さんも、越村さんの金の無心には呆れてたんでしょうね」

「どうでしょうか。彼は越村大臣に心酔していますからね。カネを出すのに抵抗感はないと思います」

「えっ、そうなんですか。では、片岡さんの一存で越村大臣を告発するおつもりですか」

「もちろん。私のやろうとしていることを知れば、楽田はあらゆる手段を使って止めるでしょう」

「それでも越村大臣を告発なさりたいんですね」

「楽田のためです。あんな寄生虫をいつまでも、のさばらせてちゃダメだ」

「でも、この録音が証拠になれば、楽田さんもマズい状況に追い込まれますよ」

「なので、できましたら、それなりの配慮をお願いできますか」

　この男は、自分の告発の意味を理解しているのだろうか。

　楽田が、越村に三億円の賄賂を贈った段階で、越村は収賄罪に、楽田は贈賄罪に問われる。また、越村がその賄賂のカネを使って国会議員を買収した場合、贈賄罪で立件されることになる。そして、カネを提供した楽田も贈賄の共犯になる可能性が高い。

　にもかかわらず、片岡は楽田の罪を問わないでくれと懇願している。

　とても、司法取引が成立するレベルの罪ではない。宮崎が付いているというのに、事前にそんなレクチャーも受けなかったのだろうか。

　思い詰めたように藤山を見つめる片岡のそばで、宮崎は無表情を貫いていた。

「申し訳ないのですが、今は何のお約束もできません。ただし、片岡さんがお持ちの録音記録では、越村大臣が賄賂を強要していたとも取れる。その場合は、情状酌量の可能性もあります。ただ、全くのお咎《とが》めなしというわけにはいきませんよ」

片岡が縋《すが》るような目で、宮崎の方を見た。それまで黙って聞いていた弁護士は「無論、それは彼も理解しています。そうでしょ、片岡さん」と突き放した。

片岡は唇をきつく結んで、それ以上は何も言わなかった。

「これが録音された日付は分かりますか」

「今年の三月二六日です」

「それを裏付けるものがありますか」

「ICレコーダーに録音日時が記されています」

片岡がかざしたレコーダーを受け取った藤山はディスプレーを確認すると、冨永にも見せた。

二〇一七年三月二六日一六時〇四分とある。

「このレコーダーは、預からせていただけますか」

「それは困ります。他にも大切な記録がたくさん入っていますから。代わりに、コピーを差し上げます」

上着のポケットからフラッシュメモリーを取り出して、テーブルに置いた。

「片岡さん、もし、本当に告発したいのであれば、ICレコーダーをお預かりして、精査する必要があるんですよ」

「預かり証を書いてもらうよ」

　弁護士が割って入ってきた。

「もちろんです。では、お借りしますね」

冨永が、預かり証を作成している間に、藤山は聴取を再開した。

「録音は貴重な証拠ではありますが、あれでは越村大臣への立件は難しいと思います」

「なぜです。明らかに大臣は、楽田に三億円を要求している。そして、私はここにカネを運んでいるんです。録音と私の証言が揃えば、動かぬ証拠になるじゃないですか」

　片岡がムキになっている横で、宮崎は無表情で手元のスマートフォンを見ている。

　現職大臣を収賄容疑で立件することの難しさを宮崎は重々承知しているはずなのに、それについて片岡に説明しなかったのだろうか。

「ここに記録されている越村大臣の発言は、法案の反対派を味方にするために、三億円が必要だということだけです。政治家に賄賂として使うとはおっしゃっていません。もしかしたら、合法なPR費用かもしれません」

「そんなはずがないだろ！」

　片岡が声を荒げた。

「だったら、そんなはずじゃない証拠が必要なんです。宮崎先生、ご理解戴《いただ》けますよね」

「越村大臣が、法案を通すために三億円が必要だと言った約二週間後に、楽田氏と片岡さんは、同額の現金を持参してこの部屋に持ち込んだ。越村大臣の秘書に渡した時には、片岡さんは立ち会っていないが、楽田氏から説明を受けているんだ。伝聞ではあるが、話は一つに繋がる。十分立件に値するだろう」

何を言ってるんだ。本気でそんなことを宮崎が考えているのであれば、この人の下に仕えなくて良かったと思うほどの暴論だった。

「お言葉を返すようですが、宮崎先生、この部屋に片岡さんがお金を運んだのは事実でしょう。でも、受け渡しを見ていないんです。証拠にはなりません。また、さきほどの録音の会話だけでは、越村大臣が賄賂を請求したとはみなせません。そもそもあの録音自体に証拠能力があるのかも疑問です」

藤山の主張は、筋が通っている。だから、宮崎は反論しなかった。ただ、片岡だけが激高している。

「宮崎先生、まさかこの情報提供で、我々が立件に動くと思われたわけではないっすよね。もっと凄い爆弾をお持ちなのでは?」

藤山は確信したように宮崎を攻め込んでいる。

「あるには、ある」

「つまり、楽田氏が越村大臣に貢《みつ》いだカネの流れが分かる裏帳簿とかですかね」

「そんなものはない!」と隣で片岡が否定しているのに、宮崎は平然と「コピーだがね」と返した。

弁護士失格。いや、宮崎を雇ったのが片岡でないなら、宮崎の発言は、その依頼主の意向かも知れない。

日本初の女性総理となる確率が、日に日に増している越村みやびを追い落としたい政治家なら、これぐらいの告発はやるかも知れない。

片岡は捨て駒か……。

「先生！　変なこと言わないでください」

片岡が宮崎を睨みつけている。

「では、それを提供してくださいね」

「君らが、片岡君の罪を問わないというなら、提出する」

「私はどうでもいい！　それよりも楽田の罪を可能な限り軽くしてください！」

片岡が声を振り絞った。

「片岡さん、最初に申し上げた通り、司法取引はできません。でも、全面的に捜査に協力してくださるなら、上と相談する余地があるかもしれません。いずれにしても、ここから先の交渉は、裏帳簿のコピーをいただいてからにしませんか。いつもらえますか」

藤山は朗らかに宮崎に詰め寄った。

「片岡君、どうだね。ここはお二人を信じて、コピーを渡さないか」

「楽田を救うのが条件だ」

「ねえ、片岡さん、私は先程からずっと、あなたの正義に感動しています。越村大臣は、自身の意向を通すために、カネで反対派をねじ伏せようとした。しかも、そのカネは、業者に出させる。そんな奴が総理大臣になったら、この国は終わる。

絶対、そんな汚い奴を総理にしてはなりません。あなたはそう思って、私たちとお会いになったんでしょ」

藤山の声色が変わっている。優しく宥《なだ》める声だ。

片岡が何か言おうと口を開きかけたが、藤山は構わず続けた。

「それほどに勇気ある正義の人を、私たちは尊敬しますし、それに報いたいと思います。既にＪＷＦを辞めているにもかかわらず、楽田さんを庇い続けている片岡さんの忠誠心にも感動しました。そのお気持ちも大事にしたいと思います」

「ほんとですか！」

「そのためには、楽田さんにも全面的にご協力していただく必要があります。それはご理解いただけますよね」

前のめりになっていた片岡がみるみる落胆した。

「楽田は越村大臣に惚《ほ》れ込んでいます。楽田は協力しないでしょう」

「そこは任せてください。我々が必ず説得します」

片岡が大きなため息をついた。抵抗するのを諦めたようだ。

「その裏帳簿のコピー、いついただけますか」

「近いうちに」

そうは言いながら、片岡は相変わらず藤山の目を見ようとしない。

「できるだけ早くいただきたいんです。相手が相手なだけに裏付けを固めてから、動きたいと思っています。それに精査するには時間がかかるんです。私たちが捜査していると相手側に知れると、証拠が隠滅される恐れがあります。ですので、一刻も早い方がいい。明日にでも、いただけませんか」

「おいおい、もう少し猶予をくれないかな。彼だって裏帳簿のコピーを渡すには勇気がいるんだ」

「明後日の午後一時、ご指定の場所に、私が受け取りに参ります」

藤山が有無を言わさず宣言した。

片岡は黙って頷いた。

「ちなみに、越村大臣が受け取ったとされるお金は、誰に渡ったんでしょうか」

「社会福祉健全化法に反対していた連中です」

「具体的には、どなたですか」

「そんなもの、知るはずがない」

藤山が腕組みをした。

「録音時の会話から推測すると、懐柔する対象についての相談もあったと思うんですよね」

「私は聞いていない」

「反対派に渡したのは、間違いないんですかねえ」

「存じません」

本当に知らないのかもしれない。

「話は変わりますが、CFOをお辞めになった理由を伺えませんか」

「それは、関係ない話だろ」

すかさず宮崎から異議が飛んできた。

「そうでしょうか。片岡さんは、JWFでCFOを長年務めてこられて、その職を辞任された直後に、告発しているわけですから、普通なら気になるところです」

「一身上の都合です」

「一身上のご都合って、どんな?」

## 7

みやびが東京に戻るので、公設第一秘書の大槻が迎えにきた。予定より早い到着だった。俊策がダイニングルームで新聞を広げていると、「少しお時間ありますか」と声を掛けてきた。

午前六時前という早朝なのに、隙のないダークスーツに身を包んだ大槻は、多くの人が抱く政治家秘書のイメージそのものだった。二年前に還暦を迎えたはずだが、毎朝三キロのジョギングを欠かさないほどエネルギッシュだ。

妻を見送るためだけに早起きしたものの、眠気が取れずに朦朧《もうろう》としている俊策とは、そもそも性根が違うのかもしれない。

みやびが大学病院を辞めて、衆議院選挙に立候補すると言い出した時、当時存命だったみやびの祖父・十代目宗右衛門が、秘書の大槻を選挙運動員に就かせた。

商業高校を卒業した大槻は、大蔵大臣を務めた国会議員の金沢事務所で事務員を務めていた。その後、地元秘書として一目置かれるようになったところを、十代目がスカウトしたそうだ。社交的で顔が広かった大槻は、雪の鶴酒造の十代目の名代として、国会議員から県議、市議までと深い繋がりを築いた。

おかげで、突然の出馬という準備不足も、大槻がすべてカバーしてくれた。後援会の組成や各選挙区対策などは大槻に任せ、みやびは心置きなく演説に集中し、多くの有権者に笑顔で握手するだけでよかった。彼女は何の苦労もなく勝利をつかんだのだ。

パジャマ姿でコーヒーを啜《すす》っていた俊策の前に、大槻が座った。

「小耳に挟んだのですが、ひがし茶屋街のアンテナショップをお閉めになるとか」

大槻は雪の鶴酒造の現状についても熟知している。

「理由を伺ってもよろしいでしょうか」

俊策は、広げた新聞から視線を上げなかった。

「費用対効果が悪かったんです」

「いやあ、俊策さん、今はタイミングが悪いですよ。周囲は別の勘ぐりをします」

「どんな？」

つい感情的になってしまった。

「雪の鶴酒造の経営が傾いているのではと思われますよ」

「下衆《げす》には、勝手に勘ぐらせておけばいいでしょう」

「俊さん、普段ならそれでいいが、今やみやびさんは総理への階段を上り始めた人なんです。捨て置けませんな。ぶっちゃけ本当のところを教えてください。会社の経営が苦しいのでは」

大槻が、俊策のことを〝俊さん〟と呼ぶようになったのはいつ頃からだろうか。当初は〝若旦那〟だったが、みやびがやめてと言ったので〝俊さん〟に変わった。

「そんなところです。みやびには迷惑をかけませんから」

「兼六信金に相談しましたか」

そこで、支店長が連れてきた経営コンサルタントの無能ぶりとともに伝えた。

「それなら、私に任せてください。良い資金調達先があるんです。先々代がお世話した方で、相談すればきっと支援してくれます」

「ありがとうございます。そんな金主《きんしゅ》がいるなら、みやびの総裁選につぎ込んでやってください。会社の方は、なんとかしますよ。私の方でも当てがあるので」

「それはどういう金融機関ですか」

「私の友人です。ヤミ金じゃない」

大槻が神経質になるのは当然だった。だが、カネの出どころは言いたくなかった。

「資金源は幾つあっても困らないでしょう。ここに一度連絡してみてください。私の紹介だと言ってもらえれば、ちゃんと対応してくれます」

大槻がメモ紙片をテーブルに置いた。「睦実《むつみ》商事」という社名、大阪市内の住所と電話番号、そして社長の名が達筆で記されている。

「怪しい会社じゃありません。繊維の卸問屋です。社長の睦実さんは経営が苦しくなった時、十代目から支援を受けた時期がありましてね。以前から恩返しをしたいとおっしゃってくれているんです。力になってくれるはずです」

「ありがとう。恩に着ます」

「何を水臭いことを。みやびさんが東京で思う存分暴れられるのも、俊さんのおかげです。ほんとは酒造会社の経営者よりも、政治学の研究者として生きたかったんじゃないかと思っています。だから、これぐらいはお手伝いさせてください」

自分は会社経営には向いていないという自覚はある。そもそもビジネスというものが性に合わない。そんな本音など誰にも言ったことはないが、大槻はお見通しだったようだ。

「大槻さんには、何でもバレるんだね。でも、ご安心を。頼りないけど、酒造りは楽しいから」

「俊さんが一二代目を襲名してからというもの、社内の風通しがずいぶんと良くなりました。あなたは誰に対してもフェアだし、社員の意見を採り上げるのもお上手だ。リーダーとしての素晴らしい素質があります」

大槻は褒め上手だ。

「ありがとう。ところで、私の過去の問題は大丈夫だろうか」

半年ほど前に、ある週刊誌に「日本初の女性総理候補を操る元過激派の夫」という記事が出た。といっても、既に世間が知っている話がほとんどで、そこに歪んだ邪推《じゃすい》をまぶした低俗なものだった。俊策は大学時代に政治的な活動をしていたが、過激派に所属したことはない。十代目の薫陶を受けた俊策が、そんな方向を向くわけがないのだ。

俊策は、小学生の頃からみやびと仲が良く、越村の家にも何度も通った。そのたびに、みやびの祖父である十代目越村宗右衛門は目をかけた。幼い頃に父を亡くしていたせいもあって、十代目と過ごす時間が俊策は大好きだった。十代目は知識の宝庫のような人で、俊策はそれを貪欲に吸収した。

俊策が、政治に関心を持ったのも、十代目の影響が大きい。政治家のタニマチとしては北陸一の存在だった十代目は、子ども二人を相手に政治について話すことを特に好んだ。

今の総理大臣をどう思うか？

日本人は、幸せだと思うか。

幸福とは何か？

おまえたちが総理大臣になったら、どんなニッポンにしたいか——等々、政治といっても他愛のない話題ではあったが、俊策はそれが楽しくて夢中になった。

中学生になった時、俊策は何度も頼み込んで、十代目が主宰する政治塾「流水塾《りゅうすい》」に参加した。そして、大人たちの議論を聞きながら、難しい政治学や哲学の本を読み漁った。

みやびが誘う遊びにはつきあったが、それ以外は、流水塾に入り浸った。

時に政治とはダイナミックな力のゲームであると同時に、社会を豊かにするための最強のシステムであるという理屈が、俊策にはたまらなく魅力的だった。

そして、政治にとって最も重要なのは、パワー・オブ・バランスで、その舵取《かじと》りこそが政治的リーダーの真骨頂だという戦略性も面白かった。

学校教論の母との二人暮らしの俊策には、政治家を目指すだけの財力はなかった。それでも、政治に関わりたいと願い、やがて政治学を極めることで、為政者にアドバイスするという地位が築けるのではないのかという可能性を見つけた。

高校二年の夏、大学に進学するか、母を楽にさせるために就職するかの選択に悩み始めた頃に、「話がある」と十代目に呼ばれた。

「俊策は、政治家になりたいと思ったことはないのか」

「僕には資金がありませんから、諦めています。代わりに、大学で政治学を学んで、日本のお役に立ちたいと思っています」

「いい心がけだな。ならば、いっそのこと、私の息子にならないか」

十代目は、冗談好きだった。また、からかわれているのだと思ったが、いつになく目が真剣だった。

「私は十一代目だった一人息子を早くに亡くしている。孫はみやび一人だ。あの子はあの通り、天真爛漫《らんまん》、自由奔放の人生を生きるだろう。どうやら医者になるつもりのようだし」

みやびの進路希望については、本人からも聞いていた。彼女は、国境なき医師団で働くのが夢なのだという。

「俊策、私には雪の鶴酒造を守る義務がある。そのためには、跡継ぎが必要なんだ。おまえが政治家を志すというのであれば、養子は諦める。だが、政治学であれば、蔵元の主であってもやれるだろう。これから一〇年、しっかり政治学を学べ。そして、雪の鶴の主となった暁には、流水塾の塾長として、日本の政治に物申して欲しい」

雪の鶴酒造と流水塾という十代目にとって命と同じぐらい大切なものを与えるとおっしゃっている――。

そう考えるだけで震えた。

「雪の鶴酒造と流水塾は喜んで支えましょう。でも、養子になるのは」

「君には失礼だと思ったが、お母様の了解は得ている」

そんな……。

「それから、おまえのガールフレンドとの問題には、案がある」

「何の話ですか」

「おいおい私は、自分の孫が誰に夢中かぐらいは知っているぞ」

つまり、みやびとつきあっていることをご存じだと言うことだ。

「おまえが、私の養子になると、みやびとは夫婦になれない。そこで、みやびは私の妹の養女にしようと思う」

面倒な話だが、それによって二人は、法律上従兄妹《いとこ》同士になるために、婚姻が可能になるという。地方の名家では、けして珍しい話でもないと言われた。

しかし、さすがに即答できる話ではない。俊策は時間がほしいと返した。

「では、ひとまず大学で政治学を学びなさい。もちろん、大学院にも進むんだ。資金は私が支援する。そして、博士号を取得した時に、もう一度、養子の件を相談しよう」

そして俊策は京都大学に進み、政治学を学んだ。ただ、学ぶだけではなく、政治的な活動には積極的に参加して、生きた政治を理解しようとした。市民団体を立ち上げたり、学内で様々な政治討論会を主催した。しかし、暴力的な過激派や、偏った政治思想や宗教に与《くみ》したことはない――。

にもかかわらず、その週刊誌は、俊策を危険思想の持ち主で、過激派と現在も繋がっていて、フィクサーのような隠然たる力を有していると書き立てた。

そして、みやびの政治行動の根幹には、アナキズムが浸透しているとまで書いた。

みやびは激怒し、即刻告訴すると息まいたが、俊策が説得してやめさせた。

結局、黛の庇護もあって、問題はすぐに収まったが、総裁選が始まると、再び蒸し返されるかもしれない。

「あら、二人でしっぽりしちゃって、どうしたの？」

ダイニングルームの入口にみやびが立っていた。

いつからそこにいたのだろうか。

「これはお嬢、今朝は一段とお美しい」

大槻も焦ったのか、口調が芝居じみていた。

「大槻、ちょっと俊策と二人にして」

大槻は「一〇分後には出発ですから」と言い置いて部屋を出た。

「いよいよ始まるわ。明後日には、後任の厚労相が決まり、私は総裁選挙に専念します」

俊策は、みやびの手を握りしめた。

「頑張れ。僕にできることがあれば遠慮なく言ってくれよ」

「おそらく何度か、東京に来てもらうことになる」

「夫婦睦まじいところを見せるためだね」

「そうよ。それと、あなたに会わせたい人がいるの」

みやびが俊策のカップを手にしてコーヒーを啜った。

「誰？」

「未来政策総合研究所の理事長、安斎誠三《あんざいせいぞう》」

安斎は元東大総長で、保守の論客としても知られていた。

「これはまた、凄い相手じゃないか」

「安斎先生がね、あなたに未来研の理事になってほしいとおっしゃっているの」

驚いた。安斎のような人物は、俊策のような政治キャリアを嫌っているはずだ。

「ぜひ、受けてほしい」

つまり、越村みやびの夫は極左の過激派ではなく、保守系の論客なんだとアピールしようというわけか……。

正直なところ、そんなものは受けたくないが、妻の意図は理解できる。

「ごめん。俊ちゃんの政治思想がニュートラルなのは分かってる。でも念には念を入れたいの。どうか協力してほしい」

「いいアイデアだと思う。喜んで会いに行くよ」

妻を乗せたレクサスが自宅前の坂を下りていくのを見送った後、俊策は一人ダイニングルームに戻った。

広げた新聞の上に載っているコーヒーカップに、みやびの口紅の跡が残っていた。

# 8

片岡聴取の翌朝、冨永と藤山は副部長室を訪れた。

羽瀬は二日酔いなのか、目をしょぼつかせて梅干し入りの熱い茶を飲んでいる。

藤山は一通り報告してから、片岡が提出したＩＣレコーダーを再生した。

「これが証拠か」

「ここで言及している三億円を、楽田と二人でホテルオークラのスイートルームまで運んだという証言もあります。でも、片岡は、現金を受け取った相手については把握していません」

藤山は、昨日の聴取の要点を記したメモを羽瀬に渡した。

羽瀬は一読すると、机に放り投げた。

「なんだこれは」

「お叱りはごもっともです。こいつの話は、一から十まで信用できません。越村大臣を収賄で訴えると言ってるのに、贈賄側の楽田はお目こぼししてほしいなんてあり得ません」

「そもそもこの録音は、証拠にならんだろ」

「ですね。明らかに編集されています」

藤山はICレコーダーを、電子鑑識を担当するデジタルフォレンジック班に回したと、報告した。

「唯一の収穫は、片岡がJWFの裏帳簿のコピーを持っていたことぐらいです。そこに具体的な事実があれば、一歩前進ではあります。でも、越村大臣側がカネを受け取った事実が摑めないと意味がありません」

「問題のスイートルームは、証言どおり越村大臣の秘書が予約していたのか」

「令状がないと、宿泊者名簿は見せられないと言われたので、手つかずです」

「じゃあ、すぐ取れ」

簡単に言うが、判事にどう説明するのか、さらに、それで判事が納得するのか、甚《はなは》だ疑問だった。

「羽瀬さん、これは私の心証ですが、片岡はとんでもない嘘《うそ》つきです。どこまで話を信用してよいものか。こういう奴を信じて動いた結果、最後は全部ウソだったなんて悲劇が待っているかもしれません。越村大臣追及は諦めた方がよいかと。

もっとも、裏帳簿のコピーはいただいて、楽田を脱税でパクるのはやるべきだと思いますが」

「冨永はどう思う」

「大筋では藤山検事の意見に賛成です。片岡の証言によると、越村と楽田の両名は社会福祉健全化法案反対派の議員にカネを握らせていたそうです。これまでにも、そういう噂はありました。ただ、いくつか引っかかる点がありました。そもそも、片岡が告発する動機が分かりません。したがって、もう少し調べてから結論したいと思います」

片岡に会う前から、この噂に関する証拠を探していたことは、羽瀬には伏せた。確証を手に入れるまでは、上司にさえ報告しない――。特捜検事の鉄則だった。

「なんだ。藤山とは意見が分かれるんだな」

「片岡の弁護士が宮崎さんであるという点にも違和感があります。宮崎さんの弁護士報酬は高額です。カネに困っている片岡が気軽にお願いできる相手じゃないです。また、宮崎さんの方が、越村大臣の告発にやたらと執着している印象を受けました。そのためなら片岡が逮捕される可能性や楽田が贈賄で逮捕されるのは当然という立場でした。片岡が、楽田の罪を軽くしてほしいと訴えているにもかかわらずです」

羽瀬はこれ見よがしにため息をついた。

「冨永の話は、いつも要領を得ないな。で、何が言いたいんだ」

「不可解なことが多すぎます。したがって、早計な判断をすべきではないと思うんです」

「藤山、どう思う?」

「冨永検事の指摘は一考に値するかと」

羽瀬が両足をデスクに載せた。

「片岡を操る黒幕が別にいると思っているのか、冨永」

「そこまでの確信はありません。しかし、片岡が自らの意思で告発しているのかどうかには、疑問が残ります。それに、越村と楽田の関係について、もっと調べなければ、判断できないと思います」

「俺が関心があるのは、片岡の垂れ込みが越村大臣に対する収賄事件に繋がるかどうかだ。それは分かっているんだろうな」

「ですが、片岡の言動や行動に対する違和感が解明されないと、先に進めないのでは」

「やっぱりおまえはずれてるな。奴の行動の理由が分かったところで、捜査着手の判断の決め手になるとは思えん」

「もう少し、調べさせてください」

羽瀬がじっとこちらを見つめている。冨永は黙って耐えた。

「よし、冨永、おまえは好きなだけやってみろ。ただし、報告は怠《おこた》るな」

羽瀬が別件のファイルを読み始めた。

打ち合わせは終わりだということだ。

# 第三章　胎動

## 1

六本木ヒルズ——夜空に光り輝くこの建物を目にするたび、富の象徴そのものに思えて、冨永は嫌な気分になる。

そのイメージは銀座とは異なる。銀座は富を散財させるが、六本木ヒルズは富を所有していることを誇示している。いずれにしても冨永には縁のない場所だ。

この日は、午前一〇時に、ヒルズ内の法律事務所で約束があった。

東京メトロ日比谷線の六本木駅を降りて、地上に上がるエスカレーターから見上げたビルは、夜の雰囲気とはひと味違ったにぎやかさがある。

入館手続きを済ませて、高速エレベーターで高層階に向かった。フロアを降りると、すぐ目の前に法律事務所の受付があった。

事務所内は、壁も天井も上質なウッドパネルが張り巡らされ、間接照明が柔らかい光を放っている。法律事務所というより高級ホテルのラウンジのようだ。

「よお、ついに転職を決意したか」

案内された会議室で景色を眺めていた冨永は、聞き覚えのある声に話しかけられた。かつて同僚だった検察ＯＢ弁護士の丹波満《たんばみつる》が立っていた。二年ぶりの再会だったが、また腹まわりの肉が増えて、額も広がっていた。

「いや、そうじゃないんだ」

折り入って相談があるという以外何も言わずにアポイントメントを取ったので、早合点したようだ。

「なんだ、違うのか。腕利きの特捜検事を引っ張れそうだとウチのパートナーに言っちゃったぞ」

丹波は豪快に笑い、冨永の背中を叩いた。豪放磊落《らいらく》で楽天的という、検事には珍しいタイプの性格で、昔は職場で悪目立していたが、今はリラックスして楽しそうだ。

「ちょっと教えてほしいことがあるんだ。元東京地検特捜副部長の宮崎さんについてだ」

「宮崎って、宮崎穂積か？　あんまり思い出したくない名前だな」

丹波は検察官時代に、宮崎の部下だったことがある。初めて仕えたのは、新任明けと呼ばれる任官二〜三年目の検事の時で、長崎地検に勤務していた。そこの先輩検事が宮崎だった。そのうえ、同じ大学のゼミ出身という関係もあって、宮崎は何かと丹波に目をかけた。

その後、丹波は法務省刑事局に出向して、そこでも宮崎の下で働いたが、その時に宮崎と大喧嘩して検事を辞めている。

「申し訳ないな。宮崎さんといえば、おまえしか思いつかなかったんだ」

「それは光栄なことだ。で、何を知りたい?」

「弁護士としての評判と政治への関心」

「宮崎さんをパクるのか」

思わず笑ってしまった。察しの良い丹波には、そうではないと伝わったようだ。

「じゃあ、おまえらが狙っているバッジを弁護するのか」

冨永はそれにも答えなかった。

「宮崎さんの弁護士としての評判は、ダブルB以下かな」

「日本語で言ってくれないか」

「平均以下ってところだ。ただ、ヤメ検だから、良い顧問先をたくさんお持ちのようだな」

平均以下というのは、先日の片岡への聴き取りを思い出しても頷ける。

「評価が低い原因は何なんだ」

「まず、傲岸不遜《ごうがんふそん》な気質だな。それと物事に対する決めつけが強い。俺がシロだと言うのだからシロだ! てな感じだな。おまけに、いまだに検事の感覚が抜けないのか、時々依頼人そっちのけで、持論を貫くようなこともあるらしい」

それも、先日の印象と重なる。

「そんな勝手をやって、弁護士業が務まるのか」

「堂々と大弁護士様をなさってるぜ。曲がりなりにも東京地検特捜部の副部長を務めたお方なんだ。その箔《はく》だけで、大抵の奴らはひれ伏す。ただ、デリケートな事件を直接任せるとなると、難しいかもしれんな」

「費用は高いのかな」

「べらぼうに」

やはり、そうか。

「ちなみに宮崎さんは、誰の弁護をやるんだ?」

抑えていた丹波の好奇心が頭をもたげたようだ。

「いずれ話すよ。それで宮崎さんが受ける依頼には、決まった条件とかあるのか」

「とにかく目立つ訴訟をやりたい。これは噂だが、当人は政界入りをもくろんでいるらしい。最近は、テレビの出演も増えているだろ。あれもそのための活動だな。だから、冤罪《えんざい》事件や悲惨な殺人事件、さらには政治家や官僚の汚職事件、とにかくどんな事件だろうが、メディアが注目するなら、しゃしゃり出る」

検察官のキャリアアップには二つの階段があるといわれている。一つは東大法学部出身者を中心とした連中が法務官僚として上り詰めていく階段だ。検事ではあるが、事件捜査よりも、犯罪対策や法整備などに力を注ぐ。彼らが目指すのは、検事の世界の頂点である検事総長だ。かつて法務省の建物が赤レンガだったので、「赤レンガ派」などと呼ばれることもある。

もう一つは、叩き上げで検察一筋に上る階段で、それなりの実績を残すと、特捜検事となる。宮崎はこちらのタイプで、現役時代は、強引な捜査や自白の強要などは日常茶飯事、とにかく結果を求めた。しかし、さしたる成果は挙げられず、冷遇されたのに腹を立てて退職している。

「宮崎さんの政界入りというのは、どれぐらい現実性があるんだ」

「俺にも分からない。既に六〇歳近いし、次の国政選挙で立たなければ、その先は難しいんじゃないのかな？」

「出馬すれば当確か」

「落ちてほしいが、結構な大物がバックについているという話だから、バッジは獲るかもな」

「その大物って誰だ？」

「黛総理らしいよ」

## 2

丹波の事務所を出て携帯電話を見ると、藤山から何度か着信があった。ヒルズから出たところで、折り返し連絡を入れた。

「あっ、先輩、ヤバいことが起きちゃいました」

「それは、朗報？　それともまずいってこと？」

藤山は「ヤバい」という言葉を、最悪と最高、どちらの場合にも使う。若者にとっては今や常識的な用法らしいが、冨永には馴染《なじ》めなかった。

「失礼しました。最悪な事態が起きました。片岡から裏帳簿のコピーの譲渡を拒否されたんです」

午後一時に、藤山は片岡に指定された場所までJWFの裏帳簿のコピーを受け取りに行くはずだった。まだ、約束の時刻までは一時間以上ある。

「もう少し考えたいとかで、片岡本人から電話が掛かってきまして。コピーなしじゃ始まらないのに冗談じゃないっしょ。それで、とにかく会いましょうと説得したのですが、改めて連絡するといわれて、電話を切られました」

「今、どこですか」

「中目黒の駅を出て、片岡の自宅に向かっているところです」

「じゃあ、こっちで宮崎さんに電話を入れてみようか」

「そうしてください。私はとにかく片岡をつかまえて、説得しますので」

ＩＣレコーダーの録音に比べれば、Ｊ.ＷＦの裏帳簿は情報の宝庫である。越村代議士を追及するならば、有望な証拠になる可能性が高い。

冨永は人目につかない場所を見つけると、宮崎の名刺を取り出した。携帯電話の番号はなかったので、事務所に電話を入れた。

　宮崎は事務所にいた。

「お電話代わりました」

「お忙しい中、恐縮です。東京地検の冨永です」

「おお、なんだ？」

　いきなり声の調子が横柄になった。

「本日、藤山検事が、片岡司郎氏から裏帳簿のコピーをいただくことになっていたのはご記憶ですか」

「ああ、確か午後一時にホテルオークラのロビーだったな」

　どうやら、片岡はコピーの受け渡し拒否を、宮崎に伝えていないようだ。

「先程、ご本人から連絡があり、裏帳簿のコピーは渡せないと言ってきたそうです」

「何かの間違いだろ！　昨晩、彼に念押しの電話をしたら、ちゃんと渡しますと言ってたぞ」

「では、コピーの提出の拒否は片岡さんのご一存なんですね」

「ありえん！　ちょっとこちらで確認するので待ってくれ」

　一体何が起きている。

　片岡と宮崎の行動は、何から何までちぐはぐだった。

宮崎の依頼人は別にいると考えると、二人のコミュニケーション不足に、一定の説明は付く。だとしても宮崎は、片岡の代理人なのだ。あまりにも仕事が杜撰《ずさん》過ぎる。

そもそも、国政に打って出ようとしている最中に、次期総理になるかもしれないような大物議員の告発に関わっていいのだろうか。

しかも、丹波の話では、宮崎の後ろ盾は、越村を後継者指名すると噂されている黛なのだから、もはや理解不能だった。

宮崎からの連絡を待つ間に、立会事務官の五十嵐宛にメールを打った。

立会事務官とは、検察事務官の職種の一つで、煩雑な事務仕事などを行い、検事をサポートするのが主な仕事だ。特に特捜検事の場合、検事自ら捜査活動に携わるため、立会事務官の業務も多岐にわたる。職務上の必要性から、立会事務官は検事の影のように行動をともにするのが常だ。ところが、今回は限られた人員で下調べをしているので、五十嵐には、越村代議士の政治資金収支報告書についての精査を任せていた。

定年まであと二年という五十嵐は、豊富な経験値もさることながら、検察庁内外に幅広い人脈を持ち、頼れる存在だ。

追加で宮崎の政治活動を調べてほしいと五十嵐にメール送信したのとほぼ同時に、宮崎から電話が入った。

「私の知らないところで、片岡君の気分を害したりしてないだろうな」

待たせたことへの一言の詫《わ》びもなく、いきなり高飛車な一言が飛んできた。

「あの時、お会いしてから後は接触していませんから、それはあり得ません」

「しかし、私の電話にすら出ないのだから、よほどのことがあったんじゃないか。そうすると君らの仕業以外考えられんからな」

代理人からの連絡すら無視しているのか。それは異常事態だった。

「とにかく今すぐ、彼に会いに行ってくる。そして今日中には必ず手渡すように説得するので、いつでも動けるようにしておいてくれ」

「藤山検事に伝えておきます」

「いや、あの小生意気な女検事は無礼だから、君が行ってくれ」

「片岡さんはどちらにいらっしゃるんですか」

「それは言えんな」

粘るべきか迷ったが、こういうタイプは、一度言わないと決めたらいくら粘っても無理だろう。

「ところで羽瀬の反応はどうだっただ？」

「は？」

いきなり話が飛んだ。

「越村代議士への告発を、特捜部長の岩下に持っていった時は、羽瀬にやらせるとのことだった。それで羽瀬に連絡したら、おまえら二人を寄こすと返された。失礼な話だと抗議したが、羽瀬は聞く耳を持たなかった。一昨日の話は、ちゃんと羽瀬に報告したたんだろ。羽瀬はどうするつもりなんだ」

　それは言えんなあ、と返してやりたいところだな。

「宮崎さん、申し訳ありませんが、それはお話しできません。ただ、関心を持っているからこそ、裏帳簿のコピーをいただきたいと申し上げたんです」

「そうか。君はどう考えている？」

「私は、まだ何とも」

「貴様、それでも、特捜検事か！」

「面目ございません」

　挑発には乗りたくなかった。

「越村をやれば、おまえはヒーローだぞ」

　称賛が欲しくて検事をしているわけではない。黙っていると、宮崎が怒鳴った。

「女が総理大臣になるような国に、未来はないぞ。それぐらいの見識を持って事件に当たれ」

　あまりにも不快なので、話題を変えることにした。

「ところで、宮崎さん、片岡さんとどのようにお知り合いになられたんでしょうか」

「何の話だ」

「こんなことを言っては、片岡さんに叱られますが、平凡で地味な片岡さんと、検察OB屈指の大物である宮崎さんが、なぜ繋がるのか私にはわからないんです。どなたのご紹介で、代理人をお引き受けになったのでしょうか」

急に黙り込まれた。

返事を待っていたのに、電話が切れた。

3

「楽田がきな臭いって、何の話をしているわけ?」

サ高住問題をテーマにした連載企画の打ち合わせの席上で、楽田の話をしたら、有紀が食ってかかってきた。

「ソレイユ・ピア・ヘルスケアの社長が、あまりにも断定的に楽田は政治家と結託して甘い汁を吸っていると糾弾するんで、ちょっと調べたまでで」

「それで? 調べた結果は?」

有紀の顔が険しくなった途端、キャップの友坂が機先を制した。

「だから、きな臭いんです。悪質なサ高住対策の切り札といわれているのが、社会福祉健全化法です。楽田も審議委員を務めるプラチナ・エンゼル会議という厚労大臣直轄の諮問機関が主導して、先の国会での成立を目指していました」

神林は、そこで法案についてまとめた文書を友坂に差し出した。

「違法行為や利用者に対して被害を及ぼした場合には、罰則規定もある法律なんですが、これが成立すると、新規参入はかなり厳しくなります。つまり、従来の介護事業者だけで、富の果実を独占できるようになる。はっきり言って、これは介護マフィア・パラダイス法です」

「神林君！　いい加減にしなさいよ！　悪質なサ高住の管理運営事業者による囲い込みや詐欺まがいの契約でお年寄りが財産を失っているのよ。だからこそ、そういう法律が必要なわけでしょ。社会福祉のいろはも分からないような業者が参入することこそが、間違いなのよ」

有紀は断固、弱者の味方らしい。神林は黙って肩をすくめた。

「大塚、感情的になるな。そんなことぐらい、こいつも分かっているだろう。それより、一部の業者が、政治家と結託して介護ビジネスを食い物にしているとしたら、そっちの方が重大事だぞ」

「人を見たら泥棒と思えって発想やめませんか。確かに介護ビジネスは、しばらくは成長が望める業界でしょう。でも、プラチナ・エンゼル会議のメンバーは、みなさん、長年介護や社会福祉事業に携わり、その過程でさまざまな疑問や問題点を処理してきた方々なんですよ。それをまるで利権団体みたいな色眼鏡で見るのは、恥ずべき偏見です」

偏見なあ。

じゃあ、社会福祉事業に長年携わってさえいれば、誰でも善人だと信じ込むのはどうなんだ。

「まあ、大塚の言うことも一理あるな。この法律を見る限り、良い法律に見えるぞ」

「でも、新規参入業者には相当高いハードルを設けていますよ。要介護の年寄りが毎日のように増えている時代に、そんな厳しい制約をかける法律なんてものがまかり通ったら、結局は貧乏人があぶれてしまう危険だってある」

「そうならないように、政府が厚い補助金を出すんでしょ」

「しかし、そんな財源をどこで確保するんだ。年々、国の借金が増えているんだぞ。だからこそ、苦肉の策でサ高住ができたんだろ」

　神林が言い終わらないうちに、有紀がヒステリックに机を叩いた。

「神林君は全くわかってない！　キャップ、この連載企画の趣旨はなんですか。社会福祉健全化法バッシングですか？」

　友坂はしばし唸《うな》ったまま答えない。

　こういう時に東條でもいてくれたら、「おもろそうや。もっと調べんかい！」と言い放って議論終了なのに。

「この連載企画の趣旨は、超高齢社会に突入する日本社会の断層に光を当てることだ。急増するサ高住のトラブルにフォーカスして、日本が抱える高齢者介護の問題を功罪並列できれば、企画としては成功だな」

「だとしても、利権だとかという視点は不要では？」

　有紀が見下すように顎《あご》を上げて、神林を見ている。

やれやれ。こいつみたいな奴が記者なんかするからマスゴミって言われるんだ。国の主導で新しいビジネスが動く時は、何らかの利権が必ず生まれる。その利権は大抵、大物政治家に近い場所にいる連中が独占する。これはいつの時代も機能する仕組みだ。

「功罪並列するなら、利権はデメリットの一つでしょ。ただ、最初から利権食いありきで取材しているわけじゃありません。楽田とその会社は越村大臣と近いので、いろいろおいしい思いをしているのではという感想を述べたまでで」

「あのさぁ、フロンティアで汗をかいている人を、利権屋という発想でしか見られないってておかしくない？」

有紀は腕組みをして、神林に対する軽蔑を隠さない。

「高齢者の福祉を考える場合、財源の問題を無視するのはあり得ないと俺は思ってます。大塚記者に叱られるでしょうが、俺からすれば年寄りには、これ以上はもう税金なんて使ってほしくない。そんなカネがあるなら、子供や若い世代の支援に回すべきです」

「それは、問題のすり替えでしょ。これは、財政問題や子供の貧困がテーマじゃないんだ、その学生みたいな青臭い線引きは。

社会はみんな繋がってるんだ。高齢者の社会保障関係費を増やせば、おのずと若い世代に対する予算が削られる。

「紙面構成は森部長と相談する。大塚は、社会福祉健全化法の良い面と未来への展望を取材して、原稿にしろ」

ようやく有紀も納得したのか、鼻息荒くノートにメモしている。

「で、神林の方も遠慮なくデメリットを探れ。財源の問題や、介護マフィアの問題も突っ込め」

助かった。これで、有紀と二人で取材に行くこともないだろう。

「期限は、一週間だ。来週のこの時間に、原稿を提出しろ」

「一週間なんて、時間足りません。私三〇人以上は取材するつもりなんで」

バカかおまえは。

「とにかく期限は一週間だ」

友坂が立ち上がった。

会議室から出ようとしたところで、有紀に捕まった。

「私に黙って、楽田さんに取材に行った理由を教えてくれないかしら」

「なぜ、いちいち大塚様に取材許可を取らなきゃならないんだ」

有紀は、会議室のドアを閉めてから答えた。

「私も、楽田さんに伺いたいことがいっぱいあったの。でも、あなた一人で先に行ってしまったから、取材依頼がしにくくなった」

「彼は別に気にしないよ」

「私が気にするの。記者はいつでも誰にでも好き勝手に取材ができて当然、という、あなたの俺様記者様の発想が許せないの」

だったら、記者をやめればいい。

「俺たちが同じ人物に何度も取材するのは、それが必要だからだ。俺は、楽田さんに聞きたいことがあったから、アポをとった。おまえも聞きたいことがあれば、取材を依頼すればいいだろ。一人が心細いと思うなら、喜んでご一緒してやるよ」

言ってすぐに、言い過ぎたと反省した。

だが、覆水盆《ふくすい》に返らずだった。

有紀の目が、マジで怒っている。

「あなたがそういう奴だったの、忘れてた。俺の方が頭が良くて記者としても優秀だという傲慢を、隠そうともしないもんね」

「そんなことは思ってない。それに、おまえの方が、はるかにエリートだろうが」

有紀は、生活文化部のエースと評されている。それに引き換え、俺の方は東條謙介のパシリとしか思われてない。

「へえ、そうなんだ。いずれにしても、取材先がバッティングしないように、打ち合わせしときましょ」

「それは時間の無駄だろ。おまえ、さっき三〇人以上は取材したいって言ってたじゃないか。だったら、限られた時間を有効に使おうぜ」

そこでいきなりドアが開いて巨体が現れた。東條だ。

「おお、お疲れちゃん。有紀ちゃん、相変わらずかわいらしいな。今度、二人で呑《の》みに行かへんか」

「お疲れさまです。東條部長、今のご発言、セクハラです。失礼します」

これは救いの神だと思うべきだ。

「じゃあ、俺も」

「そう言わんと座れ。話があるねん」

先に東條が腰を下ろした以上、断れなかった。

「おまえ、越村を潰したいんやってな」

いや、そんなこと言ってないぞ。

「何の話ですか」

「友坂ちゃんが言うてたぞ。おまえが、越村と楽田とかいう偽善者の関係を洗いたいと言うてると」

あのおしゃべりが！

「そこまでの強い意志はないです」

「けど、おまえ、この時期に、越村みやびを汚職事件《サンズイ》で追及できたら、めっちゃおもろいぞ」

「私が興味があるのは、楽田の方ですから。それに、越村大臣は、あと数日で辞任するんでしょ」

「なんや、やる気ないんか。残念やな。せっかくええネタを教えたろと思《おも》たのになあ」

そんなものは絶対に聞きたくない。聞いたら最後、とことん使い走りさせられる。かといって、無視したら、しばらく酷い嫌がらせが続く。災厄覚悟でええネタを乞うた。

「ヤメ検の宮崎穂積って、知ってるか？　あいつが爆弾を持っている」

通常、その程度の噂は無視する類だが、東條が持ってくるとなると、限りなく事実に近いネタの場合が多い。

「どこ情報ですか」

「本人。まあ、そこがちょっと嬉しないねんけどな」

「つまり、宮崎さんというヤメ検から、東條さんが直接お聞きになったんですか」

「そんなとこや。せやから、おまえ、明日宮崎に会《お》うてこい。これが連絡先。明日午前一一時に、おまえが事務所に行くと伝えてある」

ヤメ検の取材なんか勘弁してくれよ。俺は、記者としてのキャリアの大半が経済部なんだ。しかも、地方支局時代から検事とは肌が合わなかった。

理屈をこねて断ろうと顔を上げたら、既に東條の姿はなかった。

4

地下鉄霞ケ関駅から地上に出たところで、藤山から電話が入った。

「あっ、先輩、すみません。今、片岡さんのご自宅にお邪魔しています。裏帳簿のコピーは入手できそうなんですが、ちょっと問題がありまして。片岡さんとご家族の身の安全を保証してほしいそうなんです」

声の調子から察するに、珍しく藤山が焦っている。

「誰かに狙われているんですか」

「金色のバッジつけた怖いお兄さん連中です。借金返済のために会社のカネを横領したのが、楽田氏にバレた時に、横領したカネを返すために、ヤミ金に手を出したそうです。結局、楽田氏からはクビを宣告され、途方に暮れていた時に救ってくれたのが宮崎さんだって言うんですよ。ヤミ金と交渉してもらったそうです」

「宮崎さんと片岡さんって元々は面識がなかったんだろ？　なのにどうやって片岡さんが窮地に追い詰められているのを知ったんだろう」

「変な話なんですが、宮崎さんから突然連絡が入ったそうなんです。片岡さんは、誰の仕業か見当もつかないみたいですけど」

そこで、丹波から聞いた話を藤山に伝えた。

「黛総理、ですか……。いやあ、どんどんヤバくなりますねえ」

「宮崎さんがどうやって知ったかはともかく、越村大臣を告発するなら、借金の全額を肩代わりしてやると、宮崎さんは言ったようです」

「片岡さんは言葉を濁《にご》してますが、少なくとも宮崎さんからは強く説得されたようです。その流れで一昨日、我々に会ったものの、そこではじめて楽田さんと片岡さん自身も逮捕される可能性が高いと気づいて怖くなった。

なかったことにしたいけれど、宮崎さんはそれを許してくれない。だから、宮崎さんからも逃げているという次第です。なりゆき上、私の一存で、片岡さんのご家族はお守りしますと約束しました。羽瀬さんにも連絡して、安全な場所と車の手配をお願いしました」

ますます道筋が見えなくなってきた。

電話を切ったら、ため息が出てしまった。

情報提供者が代理人の弁護士から逃げ、それを検察が匿《かくま》う――。

全てが破綻《はたん》しているような茶番劇が、起きている。

おそらくは、越村みやびを攻撃するために仕組まれたものだろう。だが、刺客が、自分の役割を理解できていなかった。

現金を楽田と運んだことを証言し、越村が楽田にカネを無心する会話の録音記録を渡せばお役御免だとでも、宮崎に言いくるめられたんだろう。

ところが、それだけの証拠では、検事は許さなかった。その上、迷惑を掛けるつもりがなかった楽田までも罪に問われると知って、片岡は混乱してしまった。

暴力団関係のヤミ金からカネを借りた片岡は、窮地《きゅうち》から逃れたい一心だったのだろうと理解できるが、それよりも問題なのは、片岡を道具にして越村を告発しようとした宮崎の方だ。

冨永は、一度思考を中断して、合同庁舎に戻ると、五十嵐は外出中だった。

頭をクリアにするために、コーヒーを淹《い》れた。そこで改めて問題点を、法律用箋《リーガルパッド》に書き出した。

一体、宮崎は誰のために動いているのか。

丹波の話からすると、黛総理が真の依頼人という可能性もあるのだが、越村大臣は、黛の後継者と目されている。そんな人物を刺すとは思えない。

それに、宮崎が片岡の苦境を知っていたのも妙だ。

分からないことだらけだ。

唯一の希望は、追い詰められた片岡が、検察に助けを求めたことだ。

5

俊策は朝から社長室に閉じこもり、昼食も取らずに先月の売上台帳を睨んでいた。

前年と比べて、二割も売上げが下がっている。そのうえ長年取引をしてきた農家が、前年よりも一割高い値段でないと米を売らないと言ってきたのだ。

その背景には、日本全国の優良酒米《さかまい》を高価で買いあさる酒蔵の存在がある。酒米の調達にいよいよ暗雲が立ちこめてきた。

来年の酒を仕込む資金もなく、この先、外部からの支援を得られないならば、雪の鶴酒造は数カ月で破綻するだろう。下手をすれば、みやびの総裁選挙の最中に倒産することもあり得る。

俊策の口から思わずため息がもれた。デスクの引き出しを開き、大槻から渡されたメモを取り出した。

睦実商事――。大阪の船場に本社がある中堅繊維商社だった。インターネットで調べた限りでは、堅実な経営をしている。社長の顔写真も出ているが、温厚そうな老人だ。

それにしても、一面識もない相手を訪ねて、いきなり五〇〇〇万円ほど用立ててもらえませんか、と頼むような非常識がまかり通るものなのか。

大槻が「絶対安心だから」と太鼓判を押す相手なのだから、信用していいはずだ。なのに、気が進まない。大槻の言うがままに金策に走るのが癪なのだ。

そもそもわれわれ夫婦は大槻に依存しすぎている。

みやびが提案する政策や演説については、俊策がほとんど一人でサポートしているが、選挙に勝つために重要な三バンを大槻に全任している。

三バンとは、後援会という地盤、知名度という看板、そして、資金力という鞄の三つを指す。大槻は三バン維持のために、石川県内をくまなく回り、徹底的に固める下ごしらえに努めてきた。対策も万全で、とにかくみやびのマイナスイメージにつながるものは徹底的に排除してきた。

それだけでも大変なのに、まもなく始まる総裁選の対応に追われて、大槻は昼夜を問わずかけずり回っている。

だから、せめて会社の苦境ぐらいは俊策一人で乗り越えたいのだ。

それに俊策が頼ろうとしているのは、名門として知られている外資系金融機関だ。融資を受ける相手としては申し分ない。

「社長、そろそろお時間です」

秘書が遠慮がちに告げた。

「分かった。すぐ、準備する」

メモを引き出しにしまうと、俊策は背広の上着に手を通した。

正面玄関には、黒塗りのクラウンが停まっていた。後部座席のドアを開いて、運転手の大島が控えている。クラウンといっても購入してから十五年以上は経っているし、先代から運転手を務める大島も六九歳だ。

「航空プラザで、よろしいですか」

「お願いします」

小松空港に隣接する航空プラザは、日本海沿岸唯一の航空資料館だ。資料館には戦闘機の実機などが展示されており、一部が自衛隊基地で飛行訓練が見える小松空港と併せて航空マニアの人気を集めている。

その研修室で、融資を申し出ている銀行と会う予定だった。相手はバーゼル《B》・ダイヤモンド《D》・バンク《B》というプライベートバンクで、睦実商事の話が来る少し前に、向こうから融資を持ちかけてきたのだ。

　最初の接触は、俊策の携帯電話番号宛てにきたショートメールだった。

〝ある方のご推薦をいただいて、御社に投資をしたいと考えております。一度、お目にかかりたい〟とだけあった。

　社名を検索すると、スイスでは実績があるプライベートバンクだと分かったので、ひとまず俊策から連絡を入れてみた。

　――ある篤志家《とくしか》の方が御社に投資をしたいとのことです。経営方針には一切嘴《くちばし》は入れません。雪の鶴のお酒がお好きだそうで、贔屓《ひいき》筋のひとつとして考えて欲しいと仰《おっしゃ》ってます。ただしその方のプロフィールは明かせません。

　匿名の方から投資を受けるわけにはいかないと返すと、ならば、弊行が直接投資するとご理解いただきたいと返された。

　事前に届けられた提案書には、投資額は一億円とあった。それだけあれば、より良質の酒米、山田錦を調達できるし、設備投資にも力を入れられる。

　返済は五年満期で、利子はわずか三％とある。しかも、無担保だ。いつ倒産してもおかしくない中小企業に対しての投資としては、「カネをドブに棄てるようなあり得ない」ものだった。

　話がうますぎると返すと、ＢＤＢの窓口である阪上弘《さかがみひろし》は、「弊行独自の与信システムは世界的に高い評価をいただいております。そのシステムで十分に精査した上でのご提案ですので、ご安心を」と言うばかりで埒《らち》が明かない。

ともかく、会ってみた印象で決断しようと思っていた。だが、売上見込みをチェックして、そんな悠長に構えていられないことに気づいた。

しかもBDBからは、「面談の上、融資を受諾戴けた場合、即応できるよう契約書を持参致します」という連絡があった。

車は北陸自動車道を南下している。

「酒は大丈夫ですか」

俊策は大島に尋ねた。謎の篤志家が大好きだという「風雅」ほか売れ筋の酒を何本かプレゼントするつもりだった。

「お言いつけのものを三本ご用意いたしました」

それにしても……。一体、どこの誰が雪の鶴酒造などというボロ会社に投資をしようなどと考えたのだろう。

担保は不要かも知れないが、融資に際しては精査《デューデリジエンス》を徹底的に行うものだ。なのにウチに対しては財務諸表の提出を求めてもいないし、工場見学にも来ていない。それで低利融資をするというのは、不可解だった。

とはいえ、大槻が推薦した大阪市内の繊維商社からカネを借りるよりは、いいように思えた。

俊策に直接連絡してきたことと、何より、世界的に名の知れたプライベートバンクが窓口だということが、安心材料になったのだ。

輸出量は大してないものの、雪の鶴酒造のファンは、世界中にいる。中には世界で指折りの大富豪もいて、彼らには、門外不出の特別醸造品を提供するなどのサービスも惜しまない。

そういう大富豪の一人が、雪の鶴酒造の窮状を知って匿名で「あしながおじさん」を名乗り出てくれたのかもしれない。

ならば、利用しない手はない。面談次第で融資を受けることにしよう。やはり信用できないとなれば、その時は大阪に出向けばいい。

6

片岡の隠れ家《セーフハウス》は、豊島区南大塚にある古びた料亭跡だった。欧米の捜査機関のように証人保護のためのセーフハウスを、検察庁は保有していない。

そこで藤山は知人が保有している建物を調達した。普段は空き家だが、時に外国人を対象としたパーティーの会場や宿泊所として提供しているらしい。

冨永が玄関の格子戸を開けると、エプロン姿の藤山が出迎えた。

「管理のおばあさんしかいないので、部屋の掃除や夕食準備の手伝いをしてまして」

エプロンをはずすと、藤山はスリッパを冨永に勧め、玄関脇の小部屋に案内した。

六畳ほどの和室にテーブルが置かれ、椅子が四脚並んでいる。料亭だった頃は、控えの間として使っていたと思われる部屋だった。

「片岡がびびりまくってるんで、今日はここから離れない方がいいと思いまして。それで、ご足労いただきました。すみません」

藤山が手にしていた封筒を差し出した。

「ちょっと、がっかりのブツです」

中には数枚の文書が入っていた。裏帳簿のコピーだ。固有名詞が一切なく、一〇桁以上の数字が羅列され、その入出金が記録されている。カネの動きも頻繁で、額は常に一〇万ドル以上だった。口座番号が特定できれば宝の山なのだが……。

「どこかの匿名口座ですか」

「そのようです。このうち7891で始まる口座は、楽田のスイスのバーゼルにあるプライベートバンクの口座番号だそうです」

スイスのプライベートバンクが相手となると、簡単には情報提供に応じないだろう。

「楽田はバーゼル・ダイヤモンド・バンクに口座を持っています。しかし、ここに記されている口座番号が、楽田のものであると裏付ける証拠はありません」

7891から始まる口座からの出金回数が突出している。これが楽田の口座である可能性は高い。

「越村大臣の口座番号は、分かるんですか」

「片岡は知らないみたいです。ひとまず、これを羽瀬さんに見せますけれど、これが越村大臣追及の物証になりますかねぇ」

大きな期待を寄せていただけに、冨永も拍子抜けした。

「いずれにしても、ここで行き止まりです。さすがに羽瀬さんもあきらめるでしょう」

藤山は嘆息している。

「なんとかして、口座の主を探れないものかな。ちょっと考えてみるよ」

意地を張っているのではない。

確かに片岡が提供した情報は曖昧すぎて、証拠として弱い。しかし、楽田と越村の間で何らかのカネが動いていたのは確かな気がする。

手に入れた裏帳簿もガセだったわけではない。そこに記された情報が、現段階では解読不能なだけだ。

楽田や越村の口座番号が分かれば、介護関係者からの密告とも繋がる。

ＪＷＦの関係者に何の聴取もしていないし、越村大臣の懐具合も調査していない。内偵を終えるのはまだ早い。

7

閉館前だったこともあって航空プラザ内は、閑散としていた。顔見知りの受付に声をかけると、「お客様は、展示場を見学されてますよ」と告げられた。

実機展示場には、約二〇機の航空機が展示されている。ジャイロコプターから、セスナや自衛隊の偵察機まで、マニアが好みそうな機種が並んでいる。

「あっ、越村社長！」

日本初の超音速高等練習機・三菱T－2のコックピットにいた男が声を掛けてきた。

「ここはいいですねえ。私は、パイロットになるのが夢でして。今も飛行機を見ると興奮しちゃうんですよ」

コックピットから降りてきた阪上は、子どものように目を輝かせている。

「人目もありますので、応接室でお話を伺います」

相手が名刺を出そうとするのを止めて、俊策は歩き出した。

「社長は航空プラザには、よくいらっしゃるんですか」

「いえ、滅多に。ただ、日帰りで東京にお戻りになるとメールで書いてらしたので、ここが良いかと思いました」

「ほんと、ベストチョイスです！」

親しげで明るい。スイスのプライベートバンクのイメージにそぐわぬ男だが、その職種の誰もが慇懃《いんぎん》な紳士というわけではないだろう。

応接室に腰を落ちつけると、阪上はさっそく書類を広げた。

「お約束通り簡単な契約書を用意してまいりました」

契約書は、英文と日本語で四通あった。

時間を掛けて全てに目を通した。

「ご融資をして下さる方は、なぜこれほどまでに弊社に肩入れして下さっているんでしょうか」

「雪の鶴酒造のお酒のファンだそうです。そして最近、酒造業界は経営が厳しいという新聞記事を読まれたそうです」

たったそれだけの理由で、まともな精査もせずに、一億円を低利で貸してくれるのか。

「プライバシーは明かせないということでしたが、せめて『風雅』がお好きな理由だけでも、お教え戴けませんか」

「うーん、困りましたね。私の立場では、何も申し上げられないんですよ。でも、大ファンでいらっしゃいます。今日、越村社長にお会いすると報告したら、来年の新酒を二〇本、予約したいと言《こと》づかりました」

「お安いご用です。それで、融資の条件については、この契約書にも記されていますが、当方の経営に参加するご意志はないのですね」

「その通りです。その誓約の証《あかし》として、契約書に一文を入れるように命じられました」

どう考えても話がうますぎる。しかし、契約書を見ても、詐欺めいた罠《わな》はなさそうだった。

顧問弁護士に相談することも考えたが、この一件は俊策一人で収めたかった。ならば、決断するしかないか。

「では、お言葉に甘えます」

俊策は、署名した。

「お振り込みは、先日、メールで伺った口座でよろしいですね」

俊策が頷くと、阪上は契約書をファイルにしまった。

「日本語と英語の一通ずつの契約書を、書留で会社の方にお送りします。それと、入金は、今週中にはお振り込み致しますので」

「そんなに早く対処いただけるんですか。助かります。くれぐれもよろしくお伝え下さい」

俊策は、阪上に一本、あしながおじさんに二本、非売品の特別純米大吟醸をプレゼントした。

「私の分まで！　ありがとうございます。今度、東京に来られた時は、ぜひお食事でも」

そう言いながら、阪上は帰り支度を始めた。

「あっ、そうだ。一つ言い忘れておりました。ご融資ですが、これで足りなければいつでもご相談下さいということでした」

なんだって……。

そんな無制限の融資があっていいのか。

# 8

「総理、お見えになりました」

執務室で、内閣法制局長官からブリーフィングを受けていた黛に、政務秘書官が声を掛けた。今日付で厚生労働大臣を退任し、後任との引き継ぎを済ませた越村が挨拶《あいさつ》に来たのだ。

黛はデスクの引き出しを開け、録音装置のスイッチを入れた。

仕立ては良いが華美ではない黒のスーツに身を包んだ越村が現れた。

「先程、鳴瀬《なるせ》先生に厚生労働大臣の職務を滞りなく引き継ぎました」

「うん、ご苦労さん。辞任会見もつつがなく終わったのかね？」

「はい。厚労相としての総括について申し上げました」

総裁選挙絡みの質問も出たようだが「それは、本日夕方にあらためて」と答えたという報告を受けていた。

「心残りは社会福祉健全化法の成立が間に合わなかったことです」

「総理になれば、何でも思い通りさ」

黛がタバコをくわえると、すかさず越村が身を乗り出して、ライターで火をつけた。

「ところで、身辺整理は大丈夫だろうね。総裁選ともなると、敵陣は今まで以上に針小《しんしょう》棒大《ぼうだい》に攻撃してくるからね」

「総理のご指導に従い、徹底的に身ぎれいに致しました」

「カネの問題も大丈夫かね」

「はい。清廉潔白が信条ですから」

思わず鼻先で笑いそうになった。それをこらえて、入口に近い場所に控えている浅尾を見遣《みや》った。

いきなり、浅尾の手元から音声が流れた。

——反対派を一人ずつ説得していたら、いくら時間があっても足りないわよ。

——手っ取り早く寝返らせる必要があるな。

——そのためには資金が必要になる。

——どの程度ですか？

——ザッと見積もって三億円。

——三億かあ。

——楽田さん、あなたほどの人なら、はした金でしょ。日本の未来がかかっているの。男気を見せてちょうだい。

越村の口が半開きになっている。

「女性の声は、君だね」

「まさか、そんな根拠がどこに」

「片岡司郎という人物に覚えがありませんか」

浅尾の冷たい声が割って入ってきた。陰険さでは永田町一だと、黛は評価していた。

「いえ、そんな人は知りません」

激しく動揺して思考停止に陥っているのだろう。喉が詰まったのか、声がくぐもっている。

「知らないってことはないでしょう。あなたが介護問題のエキスパートとして重用しているジャ《J》パン・ウ《W》エルネス・ファ《F》ンドのＣＦＯだった片岡ですよ」

「その方だったら、面識がある程度には知っております」

「そいつが、東京地検特捜部にこの録音を持ち込んだんですよ」

「そんな……」

人はあまりに驚くと無意識に立ち上がるというが、越村も下手な役者のように中途半端に腰を浮かしている。

「越村君、もう一度尋ねるが、このやりとりに覚えはないのかね。片岡なる人物は、特捜部の検事に、女性の声は君だと断言しているそうだ。男の声は楽田と片岡自身であるとも言ったそうだよ」

「何かの間違いでは？」

「私もそうであってほしいと願っている。まさか、私が次の内閣総理大臣に推そうとしている人物が贈収賄で捜査されるなんて、想像するだけでも怖気《おぞけ》立つね」

「片岡は、あなたが無心した三億円を、都内のホテルで渡したとも証言しています」

浅尾が追い打ちを掛けた。

「総理、待ってください！　こんなデッチあげ……」

「特捜部は、この捜査にエース検事を充てたそうです。過去には橘洋平元副総理の捜査を担当したこともある敏腕です」

「全く身に覚えのないことです」

声のボリュームが上がっているのは虚勢を張っている証拠だ。

「片岡は楽田の会社の裏帳簿まで提出したそうだぞ。越村君が強がりを言うのは勝手だが、その結果、救えるものも救えなくなるんだ。正直に白状してしまったらどうかね」

額に汗をにじませている将来の総理候補にとどめを刺した。

「大変申し訳ありません。録音された会話については、私と楽田氏、そして片岡氏との間で交されたものです。その点は認めますが、賄賂を求めたわけではありません」

「じゃあ、この三億円とは何のカネだね」

「社会福祉健全化法成立実現のためのプロモーション費用です。法案に懐疑的な先生方に理解を深めていただくための資料やセミナー、さらにはメディアを巻き込んだＰＲ戦略を考えておりまして」

「見苦しい。越村先生、そんな言い訳が、特捜部に通じると思いますか」

浅尾が途中で遮って、厳しい口調で詰《なじ》った。

「いえ、官房長官、真実なんです。私が楽田氏に賄賂を求めたことなど一度もありません。そもそも私は政治資金に困っておりません」

面白いな。これほど狼狽《ろうばい》する越村の姿を初めて見た。

「越村先生、李下《りか》に冠《かんむり》を正さずという格言をご存じですか？　あなたが潔白かどうかは、問題じゃないんだ。この時期に、特捜部に目を付けられた。それが深刻な事態だというのが分からないのかね」

「重々承知致しております。私の不徳の致すところで、総理や官房長官にご迷惑をおかけしましたこと、面目ございません。かならず善処致します」

「君には無理だよ。もう私が握り潰した」

「えっ」

越村が土下座しかけるのを、黛は「見苦しいことをするんじゃない！」と一喝した。

越村は慌てて立ち上がると、もう一度頭を下げた。

「ところで君は、私の派閥内で若手の囲い込みをしているそうじゃないか」

既に黛総理の時代は終わった。これからは若手が、新しい日本を生み出すために結束すべきだと言って越村は、当選三回までの若手議員を焚《た》き付けている。

「風雅の会なる勉強会が、もうすぐわが派内にできるそうだね」

「弊社の日本酒を味わいながら、未熟な若手議員で切磋《せっさ》琢磨《たくま》する勉強会です」

「なぜ、私は事前の相談を受けていないのだろうねぇ」

「準備万端整ってからご相談に上がるつもりでした。総理と官房長官に名誉幹事にご就任いただきたく考えております」

「わが派内で、派閥を設けるのは厳禁だったはずだが」

「総理、風雅の会は、あくまでも勉強会でして」

「越村先生、あなたがどう思われようと、風雅の会は派閥内派閥なんだ。反論の余地はない」

浅尾は容赦しなかった。

「大変失礼致しました。私の浅はかな行動を心からお詫びします」

「さらに、上野《うえの》にも妙な秋波を送っているそうだね」

幹事長を務める上野は、元々は黛の後継者と目されていた。

「とんでもないことでございます。私はただ、大先輩である上野先生にいろいろとご指導いただければと思い……」

「それを軽挙と言うのだよ。君は、私に言われた通りに行動すればいい。それが嫌なら、我が派を離脱してくれていいんだよ」

「私は政治家になったその日から、ずっと総理だけを見て忠誠を尽くして参りました。その気持ちに偽《いつわ》りはございません」

総理の後継者に指名されているからこそ、この女は恭順の意を示しているが、総裁の座を手にしたら、直後から党外しをしてくると読んでいる。だからこそ、警察庁警備局公安課の知人に頼み、徹底的な身辺調査を依頼したのだ。

越村はもちろん、プラチナ・エンゼル会議の幹部全員の自宅やオフィスを盗聴し、PCのハッキングまでして監視した。そしてJWFの片岡の不正を知った。そこで、次期衆院選への出馬を狙っている宮崎を使って、バカげた密告劇をお膳立てした。

陰謀ごっこがこんなに楽しいとは思わなかった。癖になりそうだ。

「じゃあ二人で、君の総裁選出馬会見に出かけるとするか」

# 第四章　圧力

## 1

未来政策総合研究所の理事長、安斎誠三との会食は、向島《むこうじま》の料亭で行われた。雪の鶴の得意先で、気心も知れている。

妻の今後を左右しかねない大切な会食だったが、俊策はリラックスして、礼儀を失しない程度に明るく安斎との会話を盛り上げた。

齢《よわい》八六には見えない安斎は健啖家《けんたんか》で、出された料理を実に旨《うま》そうに味わう。それに引き替えみやびは、どこか上の空で、食事にもほとんど手をつけず、日本酒ばかりを呑《の》んでいた。

会食も半ばを過ぎて、徐々に安斎の質問が核心に迫ってきた。そして、安斎のライフワークである日本の教育について、問われた。

「志と誇りを失えば、その国は滅ぶ――。私の師である十代目越村宗右衛門の教えです」

「ああ、越村先生は本当に素晴しい憂国の士であった。彼の言葉はどれも、私にとっての教科書だ。私が最も大切にしているものだよ」

今は政策提案をするシンクタンクの代表を務める安斎だが、一九七〇年頃までは、最後の大物右翼の側近だった。近年では、Ｗｅｂ上での右翼や左翼なるものが騒いでいるように見えるが、安斎のように天皇陛下を崇拝し、打倒米国を叫ぶ昔ながらの右翼は、今や化石のような存在だ。

十代目はそういう人物たちとも酒を酌《く》み交わし、日本の未来を語り合った。当時、日本が国家として成熟するためには思想論争だけでは足りないというジレンマを抱えていた安斎は、未来への展望に対する十代目の視点に感銘し、金沢に通うようになった。

その傾倒ぶりは今も衰えず、自身の総研が開催する若者向けの政治研修会で「流水の教え」という十代目の語録をまとめた小冊子を配布しているほどだ。

それだけに、十代目の思想の影響を受けて育った俊策の言葉にも、感じるものがあったようだ。俊策は続けた。

「現在の日本の教育には、日本人としての矜持《きょうじ》を持つ素晴らしさを学ぶ時間が少ないと思います。愛国心は軍国主義に繋がるという短絡的な発想の呪縛《じゅばく》から逃れられないからでしょうね」

「日教組のせいだな。だが、今や日教組の教育支配も廃《すた》れたというのに、日本人としての誇りを教える授業がないのは、残念だ。愛国心というのは、政治思想と関係なく育む

「ものだと思うがね」
「まったくです。もっとも、最近になってようやく、政権が修身的道徳教育の復活を叫ぶようになりましたね。だからといって押しつけがましい思想教育になって欲しくない
と思います」
「なんと」
表情は柔らかなままだが、目つきが鋭くなった。
安斎が、修身教育推奨者の一人であるのを分かって踏み込んだ。
ただ安斎の考えにお追従《ついしょう》を並べるだけでは、信用は得られない。そのお眼鏡にかなう
ためには、時に安斎に議論をふっかける必要がある。
「僭越《せんえつ》ですが、思想というのは、血肉であると考えています。頭でっかちの理論ではな
く、日本の食を味わい、日本の酒を嗜《たしな》むがごときものとして、私たちが毎日それを取り
込み、血肉として吸収していくものです。したがって、アイデンティティが持てない子
どもたちに、理屈だけを詰め込むのは、誤りだと思っているんです」
「なるほどな。では、どうすればいい？」
「子どもを教える教師が、日本で生まれた意味を語ってこそ意味のある教育になると思
います。日本人に生まれた意味を、教師と生徒が一緒に考えることから始めるべきです
ね。大切なのは、気づかせることでは？」
それまで安斎がたびたび口元に運んでいた杯《さかずき》が、テーブルの上に置かれた。安斎は俊

策を見据《みす》えている。

「越村先生、あなたは素晴らしい伴侶《はんりょ》をお持ちだ。俊策さん、ぜひ我が総研に参加戴いて、日本の未来について共に考えましょう」

「未熟者ですが、よろしくご指導ください」

「よし、飲もう！」

さらに上機嫌となった安斎がお銚子《ちょうし》を手にしたのを見て、俊策は両手で杯を差し出した。

「安斎先生と主人は、きっと意気投合すると思っておりました。ぜひ、末永くご指導ください」

普段の明るさを少しだけ取り戻して、さすがのみやびも感に堪えないように頭を下げて、安斎に酒を注《つ》いだ。

「越村先生、いや、みやびちゃん、久しぶりに嬉しい会食をありがとう。それに、今回の総裁選挙の建て付けは素晴らしかった。この勢いで走り抜けて欲しい。ただし、黛に呑まれんようにせんとならんぞ」

「とおっしゃいますと？」

「既に気づいているだろうが、あの男は陰湿な輩《やから》だ。己の権力欲のためにはどんな手でも使う。まあ、君も側近が長かったろうから、何度もそういう場面を見てきたろう。しかし、君が力を持てば持つほど、奴は君を支配しようとする。それを覚悟したまえ」

「心得ています。それについて一つ伺いたいことがあるのですが」

「何でも聞いてくれ」

「どうすれば、総理の支配から逃れられますか。そして、そのタイミングを知りたいんです」

「みやび、なんてことを尋ねるんだ」

「あなたは黙っていて。安斎先生、どうかご教示ください」

みやびは何か思い詰めている——。

大槻から、昨夜遅くにそういう相談の電話があった。

どうやら、総裁選出馬会見前に官邸に挨拶に出向いた時に、総理と何かあったようだとも言っていた。

——ご本人は必死で隠されていますが、かなり衝撃的なことがあったようです。それで、精神的に不安定になっておられます。

大槻の読みは間違っていなかったわけか。

「君が総理として結果を残すことだ。国民が黛を忘れ、総理と言えば越村と言い出すようになるまで踏んばるんだ。その時、黛は過去の人になる。ただ、しばらく時間は掛かる。そうだな、あと一年は派手に動かない方がいいな」

「一年、ですか……」

「ここに来るまでは山あり谷ありでやってきたんだろう。もうひと頑張りしたまえ。志と誇りを持って愚直に進め。たとえ転んでも、必ず起き上がるんだ」

それからは、若かりし頃の安斎の武勇伝へと話題が移った。なごやかな時間だったが、時折みやびは心ここにあらずというような表情を見せた。予定を一時間以上オーバーして、安斎を玄関口で見送ろうとした時だ。

「『流水塾』をもう一度始めてはどうかね」

みやびが官房長官に就任した時、一部のメディアが「夫は過激派を育てる政治塾を主宰している」と騒ぎ立てた。それで致し方なく活動を中止していた。

「十代目のＤＮＡを引き継ぐためにも続けたいのですが……。今は余り目立たぬ方が良いような次第でして」

安斎が俊策に近づいて耳元で囁《ささや》いた。

「大きな悩み事があるようだね。彼女には君が支えだ。頼むよ」

安斎も気づいていたか。

俊策は「お任せ下さい」と返した。


安斎の車を見送った後、俊策は「もう少し呑まないか」と誘った。

「もちろん。シャンパンで乾杯しましょ。あのカミナリ安斎をたらし込むとは、さすが俊策」

造り酒屋の娘のくせに、みやびは日本酒よりワインを好む。

「別にたらし込んだわけじゃないよ。安斎さんの思想に共感することがたくさんあっただけだ。でも、僕もホッとしている。これで、みやびは安心して闘えるな」

また、みやびの瞳が不安の色になった。

「みやび、総理との間に何があった？　大槻さんが心配していた。このところのみやびは変だと。それにさっきの安斎先生への質問も驚いた。いつまで黛支配を我慢しなければならないのかなんて口にして、いったいどうしたんだ」

「ちょっとね。誰がボスかを忘れるなとお叱りを受けた。それで、へこんでいるだけ。でも、もう大丈夫」

みやびは強がっている。こんな時は、何を言っても心を開いてくれない。

「安斎先生から、みやびをしっかり支えるように言われた」

「もう、十分支えてもらっているわよ。だから、心配しないで。これで、私は全力で前を向いて闘える。それより飲みましょう」

## 2

電車の所要時間を読み違えてしまった。おかげで神林がＪＲ立川駅に到着した時には、既に約束の時刻を過ぎていた。

そのうえ、駅の北口も南口も同じような商業ビルがひしめいてるせいで勘が狂い、目的地とは反対方向に進むというミスまでやらかしてしまった。

すっかりテンションが下がったまま、なんとか目的のビルを見つけ、エレベーターに飛び乗った。汗だくで目指すフロアに降りると、大きなポスターが目に飛び込んできた。人の良さそうな紳士が笑顔を向けている。宮崎だ。

安心な社会、幸福な家庭を――とキャッチコピーがいかにもわざとらしい。

次期総選挙に、宮崎が出馬予定か、という週刊誌の記事を思い出した。もしかして、立川から出馬するのかもしれない。

年内解散かもしれないというこの時期に、元大臣の贈収賄を告発なんかしたら、選挙活動どころではなくなるのに。

あるいは注目株の越村元大臣を告発して名を上げようという魂胆《こんたん》なのか。

それなら、俺はこのオッサンに利用されるわけか……。

さらに気が重くなった。

遅刻を詫《わ》びて、宮崎との面会を求めた。

幸いにも門前払いされずに済んだ。事務所の仕切り壁の向こうから複数の人の声が入り乱れている。景気が良さそうだな。

「大変申し訳ございません。あいにく、宮崎が遅れておりまして。しばらくお待ちいただけますか」

「もちろんです」

だが、三〇分待っても現れる気配はなかった。応接ブースに並べられたリーフレットなどを読んで過ごすうちに、宮崎が立川市を含む東京二一区から出馬予定だと知った。検察幹部であったことを謳《うた》い文句に、犯罪を抑止し、より安全で安心できる国づくりを目指したいとある。

神林はいかにも興味ありそうな態度で、部屋のあちこちに貼ってある宮崎のポスターをスマートフォンで撮影したりもしてみた。

だが、一時間近く待つうちに、さすがにやることがなくなってきた。

壁で仕切られた部屋の向こうが賑《にぎ》やかになった。昼休みだ。

応対してくれた女性スタッフが通りかかったので、呼び止めた。

「宮崎さんは、まだ遅れそうですか」

「あっ、すみません。先程連絡があって、今日はお会いできないそうです。他の者がお伝えしませんでしたか」

「どなたからも。じゃあ、明日はどうですか」

「私は、先生のスケジュール管理をしていないんで、お答えできないのですが」

そう言って、彼女は同僚とオフィスを出ようとした。

「ちょっと待った。じゃあ、スケジュール管理をされている方を、ここに連れてきてください。それはあなたの責任だと思うけど」

途端に女性スタッフは、ふくれっ面になった。

こんな適当な人材を揃《そろ》えて国政選挙に出るなんて、すでに敗色濃厚じゃねえのか、宮崎さん。

同僚たちから「先に行くね」と見切られた女性スタッフが、オフィスに戻っていった。待つ間に、神林は東條にメールを送った。

〝お疲れ様です。

一時間も待たされたあげく、今日は会えないそうです。東條さん、プッシュお願いします!!〟

「失礼しました。ここの事務所の管理をしております野口と申します」

いかにも地味な、ねずみ色の背広を着た男が現れた。

「暁光新聞の神林と申します。本日は宮崎さんと一一時にお約束があり、参りました。ところが今日はこちらにお見えにならないとのことです。明日のご都合を聞かせてください」

野口は老眼鏡をかけると、黒い能率手帳を開いた。

「あいすみません。今週の予定はもういっぱいでございますね」

本当だろうか。

「いつなら空いておられますか」

「左様ですな。来月三日の午後であれば」

二週間以上も先じゃないか。

「野口さん、私がこちらにお邪魔したのは、宮崎さんの方から折り入って話があると言われたからなんです。なのに、そんな先にしか会えないんですか」

「宮崎が、神林様とアポイントメントを取られていたことを、私は存じ上げておりませんでしたので、本人に確認しておきます」

「今、ここでやってください」

強気に出たら野口がたじろいだ。

「それは、ちょっと」

あえて神林は何も言わなかった。ついに相手が根負けして携帯電話を取り出した。

「ああ先生、野口でございます」とまでは聞こえたが、そこから先は背を向けて声を潜《ひそ》められたので、話は聞こえなかった。

「本人に代わります」

野口が電話を差し出した。まだ通話中だ。

「暁光新聞の神林です」

「無駄足を踏ませてしまってすまんねえ。実は、ある案件について情報提供をしようとしていたんだが、依頼人が告発を取り下げちゃってねえ。申し訳ないねえ。じゃあ」

抗議する前に電話は切れた。神林は、野口に携帯電話を返さずリダイヤルした。

「なんだね。こんなことぐらいはそっちで処理するのが秘書の仕事だろう。いいな、妙に勘ぐられるようなことをしないで、記者を追い返せよ」

「先生、妙な勘ぐりってなんですか」

「なんだと！」

「先生、告発の有無はどうでもいいんで、越村元大臣の情報提供をお願いしますよ」

そこまで言って、野口に携帯電話を奪われた。

「先生、大変失礼致しました。記者が勝手にやったことで」

慌《あわ》てふためいている事務局長を置いて、神林はオフィスを出た。

スマートフォンには、東條から返信が来ていた。

〝急に怖《お》じ気《け》づきよったたんかいな。俺は立ち回り先を捜すから、おまえは自宅《ヤサ》を当たれ！〟

3

弁当を食べていたら、冨永は副部長室に呼ばれた。

「藤山は？」

羽瀬はベストのポケットに両手を突っ込み、両脚をデスクの上に投げ出している。機嫌が悪そうだ。

「片岡と家族の護衛のために、大塚におります」

「そんなところに、ウチの出先があったっけ」

「藤山の知人が貸してくれたそうです」

「すぐ、呼び戻すんだ。あの案件は終わった」

「終わった、とは？」

「捜査中止が申し渡された。撤収だ」

「しかし、楽田は海外に資金をプールしていて、その口座から越村に裏金を送っている可能性があります」

「証拠は？」

持参した裏帳簿のコピーを差し出した。

「なんだ、これは。こんなものが、証拠になるか」

「匿名口座の口座番号です」

「口座の持ち主を特定したのか」

「７８９１で始まるのは楽田の口座だと、片岡は言っています」

「言っていますじゃ、証拠にならんだろ。ダメだな。終わりだ」

「判断が早すぎませんか」

「おまえ、俺に意見するのか」

「意見ではなく、質問です。急に捜査を中止する理由を教えてください」

「上層部の判断だ」

「岩下部長は、積極的だったのでは？」

「もっと上だよ」

「どなたですか」

「おい冨永、いいかげんにしろ」

政治家の捜査に、さまざまな政治的思惑が働くのは分かっているが、せめて理由くらいははっきり知りたい。

冨永は、黙って立っていた。

「おまえの強情は天下一品だな」と羽瀬がため息をつきながら「赤レンガだ」と続けた。

法務省から横槍《よこやり》が入ったのか。

「官房長が、民自党の総裁選に大きな影響を及ぼすような調べをするなとおっしゃってな」

官房長は、政治家の窓口となる一方で、法律や制度成立を実現するための根回しを行う裏方の要《かなめ》だ。代々、検察庁から出向した検察幹部が就《つ》く。

「そもそもICレコーダーといい、このコピーといい、証拠が弱すぎるんだ。その上、片岡が告発を取り下げた」

「まさか」

そんなはずはない。片岡は、本気で越村を訴えるつもりだった。ずっと付き添っている藤山は何も言ってない。それに告発を取り下げたら、片岡は逃げ場を失うではないか。

「副部長、それは宮崎さんの独断では。片岡は、告発を取り下げていません」

「もう、いいんだ。この話は終わりだ。とにかく、すぐに戻ってこいと藤山にも伝えろ」

羽瀬が苛立《いらだ》っている。彼も不本意なんだろう。冨永と目も合わさない。

「終わり、というのは、片岡司郎から寄せられた告発についての捜査は中止、という意味に取ればよろしいですよね」

「それ以外に、どんな意味があるんだ」

「越村みやびに疑わしき事実があれば、私個人の責任で調べる——。それをお止めになっているわけではない」

羽瀬は立ち上がると窓際に行って、背を向けた。

好きにすればいい、という意味だと解釈して、副部長室を出た。

証拠不十分、あるいは徹底的に追及した結果、シロだと判明して捜査を終了するというなら、素直に従う。しかし政治的配慮なんぞで、目の前にある疑惑を放置するわけにはいかない。

冨永は部屋に戻ると、藤山に電話を入れて事情を説明した。

「なんすか、それは。そもそも片岡は告発を引っ込めてないっすよ」

「彼がパニックになったので、宮崎さんが慌てたんだろう。それで独断で事をすすめた」

「じゃあ、片岡はどうするんですか」

「羽瀬さんは、関わるなと言っている」

「そんなことをしたら命を狙われるかもしれません。本人はかなり怯《おび》えてます」

　さすがに直接的な行為はないだろうが、借金の肩代わりは、止めるかもしれない。そうすると厄介《やっかい》なことになる。

「分かりました。とにかく片岡には、もうしばらくは大塚にいてもらいます。で、先輩は諦《あきら》めるんすか」

「越村に対する疑惑を、個人で調べる分には、羽瀬さんは止めてない」

「ひゃあ、また、大胆なことを。じゃあ、私も先輩に倣《なら》って潜行しよっかな」

　潜行捜査が発覚すれば、またぞろ赤レンガから圧力が掛かるかもしれない。それが分かっていても、藤山はやるだろう。

「それは心強い」

　電話を終えると、五十嵐が口を開いた。

「今のお話、引き続き越村の捜査を続行してよろしいと解釈致しましたが」

「そのつもりです。何か出ましたか」

「越村の政治資金収支報告書は、驚くほどきれいなもんです。雪の鶴酒造の方は、伝手《つて》を使って金沢国税局から法人税申告書を取り寄せています」

「片岡が運んだという三億円の痕跡《こんせき》は？」

「見つけられませんでした。越村の資金管理は大槻という公設第一秘書が一手に引き受けています。越村の初当選以降ずっと付いている古株です。楽田から現金を受け取ったのは大槻だと思われますが、彼については調べ切れていません。それと、受け渡し場所になったスイートルームは越村の秘書が手配したと、片岡は言っておりましたが違いました。口実を作ってホテルに問い合わせたところ、借りたのは楽田でした」

だとすると、ますます受け取った人物が特定できなくなる。

「楽田とJWFについても調べておりますが、こちらも非上場企業なので、情報が少ないですね。東京国税局にも協力をお願いしています」

片岡が提供した裏帳簿には、海外のプライベートバンクとおぼしき口座番号があった。検事には国外での捜査権がない。その壁を突破するのは、片岡が運んだという三億円の現金かもしれない。

「五十嵐さん、越村の秘書の四月一四日のアリバイについて、内々に調べてください」

4

「社会福祉健全化法は、良い法律だと思いますよ。あの法案は、野党議員の一部からも賛成票を集められたでしょうなあ」

吉藤三平《よしふじさんぺい》は、頬髭《ほおひげ》を撫《な》でながら答えた。野党第一党の大物議員、駒田甚八《こまだじんぱち》の秘書を長年務め、代議士の引退後は尾崎同様に政治コンサルタントで飛び回っている。

社会福祉行政の現状と問題を永田町的視点から学びたいと、尾崎に相談したら、吉藤を紹介されたのだ。政治コンサルタントというより、ジャズ喫茶の店主のような雰囲気というのが、冨永が抱いた第一印象だった。

　赤坂の入り組んだ細い路地にあるバーで二人は会っていた。店内はカウンターがあるだけで、一〇人も入ればいっぱいになりそうだ。部屋の壁には、マイルス・デイビスやジョン・コルトレーン、ビリー・ホリデーのＬＰレコードのジャケットがかかっている。吉藤の親友の店で、勝手が利くのだそうだ。

「先頃閉会した通常国会で成立確定と思われた矢先、総理が待ったをかけて、継続審議になったのはなぜですか」

「なかなか難しいご質問ですな。今回の場合は、環境大臣の不正疑惑追及もありましたから、審議時間が取れなかったというのが、一番の理由でしょうな」

　環境大臣の資金管理団体が、空《から》出張を繰り返したという問題を野党が追及し、衆議院予算委員会が紛糾《ふんきゅう》したことを指しているのだろう。

「ですが、メディアが取り上げ、世論も盛り上がっていたにもかかわらず、総理が横槍を入れたのが解《げ》せません」

「あの法案には違反者に対して厳しい罰則規定がありましたから、それ相応の審議時間が必要でしてね。それが足りていないと判断した場合は、与野党いずれからも、拙速採決にブレーキをかける習慣があるんです」

「なるほど。ところで、法案は当初から与党内でも反対意見が続出していました。そもそも成立は危ぶまれていたようですね。それで、何が何でも法案を成立させたいと意気込んだ厚労大臣が、メディアを上手に焚きつけて成立ムードを演出したようです。そこで反対派にカネが流れたという可能性などないんでしょうか」

「そういう噂は私も聞いてます。建設族と呼ばれている先生方の中からも反対意見が噴出していましたからね。しかし、それならば余計に、建設業界を裏切るような愚行はしないと思うなぁ。なにしろ一番、資金力を持っている業界ですから。なので、業界が法案反対と言えば、なかなか手ごわい」

「だからこそ、推進派も相応の手を打つものでは」

「確かに。ただ、社会福祉関係の業界団体は、資金力がないですすし、政治家とのパイプも細いんですよ。ゼネコンや地方の建設土木業者からもカネを集められる勢力には、到底勝てません」

「では、法案成立推進派には、為《な》す術《すべ》もなかったと」

吉藤がコーヒーを啜《すす》って間《ま》を取った。まるで茶飲み話でもしているようなのどかさだ。

「尾崎さんから、そのあたりを探ってほしいとお願いされたので、与党の知り合いにそれとなくヒアリングしてみました。越村先生は、熱心に反対派の先生たちと会合して、説得されていたようですが、現金《げんなま》が飛び交ったというわけではなさそうですよ。ただ、そういう情報が簡単に漏れるようでは話にならないので、鵜《う》呑《の》みにしないでください」

社会福祉関係の情報通である吉藤の耳に、有力なネタが届いていないのならば、越村がカネで法案反対派議員を懐柔《かいじゅう》したというのは、噂に過ぎないのかも知れない。

　このままでは、ホテルオークラで渡されたという現金三億円は、〝幻〟になりそうだ。

「ＪＷＦの楽田さんについて伺いたいのですが」

　話題を変えた。

「楽田恭平ですか。あれは、ニュータイプのワルですな」

「どういう意味ですか」

「政治家に資金提供する連中というのは、これまでならゼネコンや運送業、さらには地元の名士といった人種でした。利権は欲しいが、その一方でお国の役にも立ちたい。浪花節《なにわぶし》的な義理と人情を大切にしているし、時には損得抜きでカネを突っ込む。政治家とは運命共同体のような関係です。

　しかし、楽田はＩＴや外資系金融機関などでボロ儲《もう》けした新富豪の代表選手です。こういう輩は、目的のためならカネはいくらでも使うが、人情では動かない。大切なのは費用対効果だけです。カネも政治家も己のビジネスの道具としか思っていない。だから保身のためなら、どれだけ関係の深い相手だろうと平気で裏切る。日本の医療と介護福祉を変えるとか、ご立派なことを言っていますが、その裏で、事業拡大のためにはかなりあくどいことをやっています」

「具体的には？」

「老人ホームの経営に苦しんでいるオーナーにコンサルタントとして取り入り、内情を把握した上で安く買い叩いたり、施設内の不正を、県や厚労省の出先機関に告発して潰した上で、乗っ取るなどですね」

卑劣ではあるが、違法ではない――。近年は、その手のワルが増えてきたように思う。

「楽田が社会福祉健全化法の推進に熱心なのは、あの法案が通れば、中途半端な同業他社を一掃して、自身の事業拡大が望めるからです」

「でも、それは利用者の利益でもあるように、素人の私なんかは考えてるんですが」

「そこが難しいところですな。あの法案が成立すると、サ高住の建設や運営のうまみが減って、新規の建設が激減するでしょう。そして、JWFが関わっている介護福祉施設や病院は、高級志向のところが多い。そうなると、資産がない高齢者たちが施設に入れないという懸念があります」

「サ高住は、介護施設不足の対策でもあったはずなのに、新規参入者が金儲けに走った揚げ句、入所費がうなぎ上りで高額になってしまったのが問題だと聞いています。社会福祉健全化法は、それを正すのが目的なのでは?」

「本来の目的はね。しかし、あの法律を厳密に守ると、結果的には高級な施設ばかりになる可能性が高いんですよ。社会福祉問題を正しく理解している議員は、その点を問題視していて、資産の少ない利用者への支援策を、法案とセットで出すように訴えています」

功罪のバランスが難しい制度だからこそ、欲望のつけ入る隙があるというわけか。

「楽田氏には相当な資金力があるようですね。医療福祉ビジネスは、そんなに儲かるんですか」

「いやあ、儲からないですよ。楽田の場合は、あくどい買収と転売を繰り返して稼いでいるんです。それでもゼネコンなどの儲けから比べれば、桁違いに少ない。資金が潤沢なのは、アメリカでがっぽり稼いだからと聞いていますよ」

そして、その資産をプライベートバンクに貯《た》め込んだり、租税回避地《タックスヘイブン》に投資会社を設立したりして、荒稼ぎしていると吉藤は教えてくれた。

「見方を変えると、そういうあぶく銭を日本の社会福祉のために有効活用しているとも取れますが」

「冨永さんは、面白い検事さんですなあ。そういう発想をする人は珍しいでしょう。あいつが今やっているのは、ボロ儲けできる仕組みを作るための投資ですよ」

吉藤の楽田批判が止まらなくなった。

「楽田がアメリカで巨万の富を得られたのは、医療と福祉ビジネスで成功した企業の役員として、莫大なストックオプションを手にしたからです。そのモデルをこの国でも打ち立てようと企《たくら》んでいると、私なんかは解釈していますがね」

# 5

神林は途方に暮れていた。東京本社勤務になってからは、検察庁や法務省は無縁で、宮崎の自宅《ヤサ》も全く見当がつかない。東條に救援メールを送ってみたが、返信はなかった。

東京都立川市に選挙用の事務所を構えているということは、同市内に自宅があると考えるのが自然だ。神林は駅前のドトールに入って、グーグルで検索をかけてみた。

ヤメ検は、大手企業の顧問弁護士や公益法人の理事などを務めている場合が多い。特捜副部長で退職した宮崎なら、お飾りとして据えておくだけで企業に箔《はく》がつく。

調べてみると、ある公益法人で理事を務めているのが分かった。該当法人の登記簿をネットで取得して詳細をチェックすると、宮崎の自宅が記載されていた。

「俺って、やっぱ優秀だよなあ」と独り言が出た瞬間、隣席にいた女性から不審者を見るような視線をぶつけられた。

記載住所は立川市内ではなく、神奈川県川崎市麻生区万福寺五丁目だった。選挙のために住民票を立川市に移しても、実際の自宅は変更しない政治家もいる。ましてや、宮崎は今回が初出馬で、準備も整っていない。ならば、万福寺に行ってみる価値はある。

念のために、東條に確認してみた。

ミラノサンドを頬張り、コーヒーで一服しているうちに、東條から返信メールが来た。

〝俺が知ってる住所と一緒や。ひとまずそこに行ってみろ〟

グーグルマップを見ると万福寺五丁目の最寄り駅は、小田急線新百合ヶ丘駅とある。せっかく立川まで来たのに、新宿まで戻らなければいけないのか。どんよりしながら乗り換え案内をチェックしたら、南武線登戸駅で小田急に乗り換えると、四四分で到着と出た。

南武線かあ、初めて乗るなあ。

残りのコーヒーを流し込むと、神林は店を出た。


新百合ヶ丘駅前でタクシーに乗ると、登記簿にあった住所を運転手に告げた。

一戸建てが並ぶ住宅街の一角で、タクシーは停車した。

「左前の家がそうだと思いますよ」

車中からでは表札が見えなかった。帰りのタクシーを拾うのが大変そうだったので、このまま待機してくれと言って車を降りた。

表札を見て、舌打ちした。宮崎とは違う名が書かれている。

それでも念のためにと、神林がインターフォンを押すと、女性の声が応じた。

「突然、失礼します。暁光新聞の記者で神林と申します。宮崎穂積さんのお宅ではありませんか」

「違いますけれど」

「こちらには、いつからお住まいですか」

「先月引っ越してきたばかりです」

「じゃあ、宮崎さんからお買いになった？」

「前の方のことは、存じません。私たちは、不動産業者から直接買ったので」

「お買いになられた不動産会社を教えていただいてもよろしいですか」

「お断りします」

なんでだ！　別に俺は怪しい者じゃないぞ。

神林はもう一度インターフォンを押したが、相手は応じてくれなかった。

しようがない。近所を当たるか。

一〇軒近く当たって、応じてくれたのは数軒だったが、宮崎の引っ越し先については誰も知らなかった。ただ一人だけ、宮崎の自宅がなかなか売れず、一カ月ほどはオープンハウスの案内が出ていたのを覚えていた人がいて、不動産会社は分かった。

国内でも有数の大手だ。宮崎の転居先という個人情報を、簡単に教えてくれそうになかった。

無駄足か……。

ひとまず、東條に空振ったとだけ報告して、タクシーに乗り込んだ。

「新百合ヶ丘の駅まで戻ってください」

ひとまず駅まで戻ったものの、そこから先のプランが思いつかない。頭を冷やそうとターミナルのタリーズコーヒーに入った。

グーグルで再度検索してみたが、万福寺五丁目以外の住所を見つけられない。

さて、どうする……。

宮崎の転居先は、立候補を予定している選挙区の中心地である立川市と思われる。立川市役所に行って、親戚《しんせき》のふりをして住民票を取りたいところだが、その場合でも宮崎本人の委任状が必要だ。立川市役所に、知り合いはいない。

そこでふと思いついたことがあって、スマートフォンを取り出した。

「これは、神林さん、ご無沙汰です」

日本郵政の執行役員・南野は、いつも通りの元気溌剌で電話に出た。

南野は、日本郵政の企業の社会的責任《CSR》活動担当を長く務めている。三年前に、その活動でトラブルに巻き込まれたことがあって、それを神林が丁寧に取材し、不名誉を挽回してやったことがあった。

南野はそれに恩義を感じているらしく、金融や流通業に関して貴重な情報を提供してくれていた。

「ちょっと、今日は情けないお願いなんですよ」

「へえ、神林さんらしくないな。どんなお願いですか」

宮崎の万福寺の住所を告げて、転居先を教えてもらえないかと頼み込んだ。

向こうから取材希望が来たのに、まともな説明もなくキャンセルされたと正直に告げた。

「今の話は聞かなかったことにしますが、後で、飲み会のメールを送りますよ」

それだけ言うと、電話は切れた。

五分後だった。南野からショートメールが届いた。

〝先程の飲み会の会場ですが、以下の通りです〟とあって住所が記されていた。

立川市曙町一－三二の一一七八号室――。曙町って確か立川の駅前だな。

なんてこった！　事務所のすぐ近所に、自宅を構えていたのか！

なのに俺は、呑気に南武線に揺られて新百合ヶ丘まで来たのか。だが、怒ったところで、しようがない。

〝お手配深謝。来週は思いきり飲みましょう〟と南野に返信してタリーズを出た。

6

政治コンサルタントの吉藤と会っている最中に、冨永のスマートフォンにメールが届いていた。五十嵐からだ。

東京国税局査察部に知り合いがいて、ＪＷＦについて情報を持っているという。午後三時以降なら空いているので、興味があれば築地のオフィスに来てほしいとのことだ。

冨永は五十嵐に電話を入れて、ぜひ会いたいので段取りをつけるよう頼んだ。

午後三時まで四〇分余りある。溜池山王《ためいけさんのう》まで歩いて、南北線に乗り麻布十番で大江戸線に乗り換えると二〇分ほどで着くはずだ。

それにしても、楽田という男をどう評価すべきなのか。

大半のメディアでは、楽田は医療や介護福祉の改革者としてもてはやされている。

しかし、吉藤は「新しいタイプのワル」だと断言していた。強欲資本主義の申し子で、簿外に相当額の資金を抱えているのも間違いないだろう。

そして、さらなるビジネス拡大のために、次期総裁候補の越村みやびを利用しているのか。これまでの情報を積み重ねると、そんな楽田像が浮かび上がってくる。だがもしかしたら本当に高い志の下、彼女の夢の実現のために、私財を投げうとうとしているのかもしれない。

楽田は経営難の病院や老人ホームを見つけると、経営コンサルタントとして介入しながら破綻させ、安く買い叩いて暴利を貪《むさぼ》っていると、吉藤は説明した。それを証明するような具体的な事例はあるのか。

また、楽田はビジネスマンとしてどんな実績をあげたのかも、具体的に知りたかった。

さらに、楽田個人についての身辺捜査も必要だった。

東京国税局は、地下鉄大江戸線築地市場駅前にある。二〇一五年に建てられた新庁舎は、地上一〇階地下二階の建物で、鋼鉄製の柵に守られた要塞《ようさい》のようだ。

一階の玄関ロビーで五十嵐が待っていた。

「お会いするのは、いわゆるナサケと呼ばれる査察部の情報部門の査察官です」

査察部には、主に内偵捜査を行う情報部門《ナサケ》と、嫌疑者に対して強行捜索する実施部門《ミノリ》がある。五十嵐がアポイントメントを取った上城《かみじょう》は、情報部門の叩き上げだという。

「ナサケの査察官が情報を持っているということは、既に楽田かＪＷＦを内偵しているんですか」

「そのようです。かなり前のめりで、協力したいと言ってきましたから」

カネの流れを追及するのに、国税庁とタッグを組むのは有利だった。彼らは裏帳簿や所得隠しを暴くプロだし、財務諸表や納税申告書という物証も保有している。

ただ、国税庁が頭を下げて協力を求めてこない限り、積極的に頼るべからずというプライドのようなものが、検察庁内にはある。その点については、冨永自身には抵抗はなく、国税局も証券取引等監視委員会も、警視庁も皆、捜査機関としてもっと連携すべきだと考えている。だが、羽瀬のような昔気質《かたぎ》の検事は、そういうことにこだわる。嫌疑追及ができる物証を握るまでは、羽瀬にはナサケとの接点を伏せておく方が賢明だろう。

六階のエレベーターホールで、小柄な男が待っていた。

「五十嵐さん、ご無沙汰です！　冨永さん、はじめまして！　査察部情報部門統括チーフの上城と申します」

両手で名刺を差し出され、冨永も慌てて名刺を返した。

「突然、押し掛けまして」

「いやいや、わざわざお越しいただけて感謝しております」

太い声で返した上城は、早足で廊下を歩き、明るい外光が射す会議室に招き入れた。

「今日は、非公式の面談でお願いしたいと五十嵐さんから頼まれていましたので、上司の挨拶は控えさせてもらいますよ」

さすが、五十嵐は気が回る。

「私もその方が助かります。正式に合同捜査となった時は、改めてご挨拶させてくださ
い」

「それで、楽田にご興味があるとか。差し支えなければ、なぜ注目されているのかお聞かせ願えませんか」

どこまで話すべきだろう。迷っていたら、五十嵐が察してくれた。

「検事、的確な情報提供をいただくためにも、ざっくばらんにお話しした方がよろしいかと思います。上城さん、言うまでもありませんが、当分の間、検事が話される情報は、あなたの胸の内だけにとどめていただけますね」

「もちろん。それは、私からも同様にお願いしたいことですから」

「実は、楽田が越村みやびに賄賂を贈っているという疑惑があります。そこで楽田の資産とカネの使い方に興味があります」

「越村みやびですか、こいつは面白そうだ」

Rと書かれたファイルを、上城は差し出した。

文書には、楽田の資産状況と業務内容などが克明に記されていた。まず、驚いたのは、楽田の資産が一億二〇〇〇万円しかなかったことだ。

「資産は、こんなに少ないんですか」

「それは申告額です。次のページを見てください。奴は、ケイマン、香港、さらにはスイスのプライベートバンクや投資ファンドに資産を分散していると思われます。実際の資産の総額は低く見積もって三〇億。私は、一〇〇億円近いとも思っています」

「個人資産、ですか」

「そうです。JWFの時価総額は五億円余りと小規模ですが、実態は、経営コンサルティングとファンド運営です。国内で三、海外で五ファンドに投資して、莫大《ばくだい》な利益を上げています」

ファンドは、国内の総額は三〇〇億円で、海外は三〇〇〇億円に上るとある。

「私は、この一〇年ほど海外のタックスヘイブンに興味を持っておりまして、ずっと調べているんです。楽田への疑惑もそこから浮かんできたんです」

タックスヘイブンとは、税金がほとんどかからない国や地域を指し、多国籍企業やファンドなどが本拠地として利用している。また、個人資産の貯蓄先でもある。それぞれの地域によっても制度が異なっている上に、当該地が情報開示していない場合があるなどの理由で、タックスヘイブンの実態は謎のベールに包まれていた。

最近では、二〇一六年に、パナマにあるドイツ系法律事務所の情報が、メディアに流出した事件が有名だ。

タックスヘイブンはパナマ以外にも、ケイマン諸島や英領バミューダ諸島、香港など世界中に広がっている。大抵は、所得税や法人税、キャピタルゲイン税などが無税だったり、格安であるところが多いが、それらの地域に企業の本拠地を構えたり、巨万の富を蓄積すること自体は、合法なのだ。

ただ、マネーロンダリングの温床となったり、資産や本社をタックスヘイブンに移すことで母国での租税逃れをしているという批判が強い。

「冨永さんは、タックスヘイブンについて、どの程度ご存じですか」

「パナマ文書が話題になった時に、概要を知った程度です」

「では、基礎的な知識は十分ですね。で、楽田ですが、まず、彼が代表取締役社長を務めるＪＷＦの登記簿上の本社は、英領バミューダ諸島にあります」

冨永は、鞄《かばん》から楽田の資料を取り出した。ＪＷＦがウェブ上で公開している会社概要を見ると、ＯＦＦＩＣＥ・東京都文京区本郷とある。

「それは、日本オフィスの住所にすぎませんよ。登記簿上は英領バミューダ諸島です」

上城はＲファイルの中のあるページを開き、太い指で指し示した。

「バミューダから取り寄せた登記簿です」

「彼の会社は、外資系なんですか」

「外資系の定義によります。本社はバミューダ諸島にある。しかし、社長は楽田ですし、彼と夫人が株を七五％保有しています。ご存じかと思いますが、ここに本社を置くと法人税は非課税になります」

「つまり、ＪＷＦは、どこにも法人税を支払っていない？」

「そうなりますね。ただし文京区の本部ビルは、ＪＷＦが日本に設立した子会社の本社ということで、それなりに法人税は支払っています。我々に対する目くらましみたいなもんですけれどね。それ以外にも彼はケイマン諸島を中心に、世界規模で投資ファンドを運営しています。個人資産も、ケイマンやスイス、香港に分散して預けてあると考えています」

タックスヘイブンは一様に、企業や個人の情報についての守秘性が高く、情報開示が難しい。ナチスの資産を長期間預かっていると批判されたスイスでも、確たる物証がない限りは情報開示に消極的だった。

「さらに楽田は、世界五カ所に自宅を構えております。それらの個人資産についてもほとんど不明です」

「国籍は？　日本ではないんですか」

「れっきとした日本国籍ですし、ＪＷＦからの役員報酬については、日本で所得税も支払っています。しかし、タックスヘイブンに本社があって楽田が役員に名を連ねている企業の一部から支払われているであろう報酬については、額が把握できていません」

法には抵触していなくても、楽田は清廉潔白ではない。それどころか、法律の隙を巧みに利用している狡《ずる》い男、悪い奴じゃないか。吉藤の言っていた新しいタイプのワルとは、こういうことか――。

「このところ、楽田の会社の社員が、頻繁《ひんぱん》にケイマン諸島や香港に旅行しています。プールしてある現金を日本に持ち込んでいるのではないかとみています」

タックスヘイブンにカネを「塩漬け」しておけば、資産への課税がなく貯まる一方だ。しかし、いざ使う段になると、送金するにしても、現金で持ち込むにしても、当局に把握されてしまう。そのため、現金をスーツケースに詰め込んで、密《ひそ》かに持ち込むという。

「何度か、海外出張するJWF社員をマークして、帰国時の通関手続きの際に、税関職員が抜き打ちで鞄をチェックしているのですが、一度も見つけられませんでした」

「巧妙に隠されているということですか」

「分かりません。現金ではなく、別の高級品に換えて持ち込んでいるのか、特殊な隠し場所があるのかも……。いろいろ探ってはみるものの成果を上げられておりません」

「にもかかわらず、JWFの社員が、タックスヘイブンから、国内に現金を持ち込んでいると上城さんは疑っておられる。何か根拠でもあるんですか」

上城が咳《せき》払いをした。

「JWF社員が六本木のクラブで、タックスヘイブンから億単位の現金を運んでいると嘯《うそぶ》いていたそうです。楽田は社員の人望が厚く、中でも経営戦略室に所属するエリート

「なるほど。楽田は、必要最小限のカネしか日本に置いていません。政治家から億単位の裏金を無心されたとなると、海外から持ち込むしかないでしょう」

「その後、社員の渡航数はどうなんでしょうか」

「上司から、内偵の凍結を言い渡されてしまいまして、この一カ月近くは監視できていません。ですが、検事がご興味を持ってくださっているのであれば、上と相談します」

「特捜が楽田のカネの動きに興味を持っていることは、上司の方にはしばらく内密にしてほしいんです」

法務省や検察幹部、さらには政治家の耳には、当分入れたくない。

「そうでした。つい、興奮してしまって。では、私と信頼できる部下で、極秘裏に動いてみます。このヤマは未だに諦め切れないので、ぜひ協力させてください」

「助かります。ところで上城さんは、JWFのCFOだった片岡司郎という人物をご存じですか」

「知っています。CFOだったということは、退任したんですか」

「最近、辞めました。いや、事実上は馘首《かくしゅ》です。彼について、何かご存じですか」

「以前、抜き打ちの査察を敢行したことがあり、片岡から聴取しています。CFOの名が泣きそうなほど鈍《にぶ》い印象だったので、こんな事でJWFは大丈夫なのかとかえって心配になりましたよ」

片岡が特捜部に告発した張本人であると、冨永は告げた。

「えっ、本当ですか。では、何か帳簿類も持っていたとか」

さすがに、勘が鋭い。

「裏帳簿の一部をコピーして提出しました」

冨永は、コピーを上城に見せた。上城は老眼鏡を取り出すと、コピーを睨《にら》みつけた。

「これは、匿名口座の番号ですな」

「7891で始まる口座は、楽田のスイスのバーゼルにあるプライベートバンクの口座番号だそうです」

上城は興奮して、自身の資料をめくっている。

「楽田が、バーゼル《B》・ダイヤモンド《D》・バンク《B》に匿名口座を持っているという情報は、我々も摑んでいます。そうかあ。いや、これは凄い証拠だ」

「しかし、口座番号の主が特定できなければ、役に立ちません」

「これはいただいても？」

上城には、何か考えがあるようだった。

「もちろん。先程の現金の持ち込みについて、片岡が何か知っているかもしれません」

「可能ならば、冨永さんの方でケイマンからのカネの持ち込みについて、片岡から聞き出してみてください」

「何か分かれば、すぐに連絡します。ところで、ＪＷＦの経営戦略室勤務だった社員の中で、退職した者をご存知ないですか」

いるならば、任意で呼んで話を聞いてみたかった。

## 7

再び立川駅に戻ってきた神林は、宮崎の自宅を目指した。事務所から道路を挟んで向かい側にある高層マンションだった。

こんな目と鼻の先にあったのに、俺は大馬鹿野郎だ。

マンション入り口はもちろんオートロックだった。中に入るには、訪問先の部屋をインターフォンで呼び出さなければならないが、相手にはカメラで確認される。

そうすると、居留守を使われるかもしれないが、正面突破しかないと覚悟を決めて、神林はインターフォンのボタンを押した。

すぐに女性の声が応じた。

「失礼します。宮崎先生と取材のお約束をしております、暁光新聞の神林と申します」

記者証をカメラに向かってかざした。

「先生は、事務所の方にいると思いますよ」

「事務所というのは、お向かいのビル内にある選挙事務所ってことですよね」

そうだと返された。

「ありがとうございます。失礼ですが、お嬢様ですか」

「家政婦です」

即答された。少しでも慌ててくれたら、いろいろ邪推も働いたが、おそらく本当に家政婦なんだろう。

もう一度礼を言って、神林は道路を渡った。

ドタキャンされて、必死で宮崎を探しているのに、相手はずっと事務所にいたとは。俺も相当に舐《な》められたものだ。

宮崎の事務所の前に再び立った時、宮崎本人が、中から出てきた。

「あっ、宮崎さん、こんにちは。暁光新聞の神林と申します。お会いできて光栄です」

「一体、君は何を考えているんだ。私は取材に応じないと返したはずだ」

「五分で結構ですので、お話を伺わせてください」

「しつこいなあ。これ以上つきまとうと会社を訴えるぞ」

なるほど、いかにもヤメ検弁護士らしい物言いだな。

「どうぞご随意に。しかし、ここで話を伺えなければ、私は越村代議士に直接会いに行くしかなくなります。次期衆院選挙で黛派から立候補予定の宮崎さんが、越村さんを収賄罪で告発するという情報を摑んだんですがと、越村先生にぶつけるしかないですね」

いきなり、宮崎の手が胸を突いてきた。

それは弁護士としては賢明な反応ではない。これで俺が尻餅でもついたら、暴行罪で訴えることだってできちゃう。

一緒にいた秘書が、すぐに二人の間に入ってきた。

「神林さん、今日はお時間が取れないと申し上げましたよね。ちゃんとアポイントメントを入れ直していただけますか」

「では、越村さんの所に参ります」

「待ちたまえ。五分だけだ。事務所で話を聞こう」

宮崎の執務室に通された。他には誰もいない。

「五分だ」

「越村代議士を、どんな嫌疑で告発しようとされたのか教えてください」

「答えられない」

「なぜです。そもそも弊社の東條に話を持ち込んだのは、宮崎さんご自身でしょう。告発を取り下げた理由を教えてください」

「私の依頼人から、越村代議士に対する疑惑を告発したいと相談された。可能なら、メディアにも情報提供したいと言ったので、東條君に連絡したままでだ。だが、今朝になって本人が告発を取り下げたんだ。だから、お宅らにも話せなくなった」

「依頼人は、どなたですか」

「言えないな」

「政治家ですか」

「あと二分だ」

「一つ解せないことがあるんですよ。宮崎さんは黛総理の後押しで次の総選挙での立候補が決まっておられるのに、なぜ、黛総理が次期総裁に後押しする越村さんの告発に加担されたんです？」

「加担したんじゃない。私の依頼人が、告発したいと言ったから、実行しただけだ」

「そんな理屈が、黛総理や越村代議士に通用すると思いますか。どう考えても変ですよ」

「変かどうかは、君の主観だ。私は弁護士なんだ。依頼人に頼まれたら動くのは当然だろう。そこに私事は差し挟まない。時間切れだ。では」

反論する前に、宮崎に部屋から追い出されてしまった。

「いやあ、どう考えてもおかしいでしょう」

閉め出された部屋の前で呟《つぶや》いていると、秘書の野口が待ち構えていて、今度は事務所からも追い出された。

背後でドアを勢いよく閉められる音を聞きながら、宮崎が子供じみた言い訳をする理由を神林は考え続けていた。

藤山に連絡を入れると、片岡はまだセーフハウスにいると言うので、冨永は大塚に向かった。

ナサケの上城がくれた情報は興味深く、そこに踏み込みたいのはやまやまだが、タックスヘイブンという厚い壁が立ちはだかっている。

そもそも検察官に、海外での捜査権はない。必要な時には、当該国の捜査機関に捜査共助を依頼するか外交ルートを使うしかないのだが、気が遠くなるほど煩雑《はんざつ》な手続きを要する。ましてや内偵捜査の段階では、これ以上は先に進めなかった。

ケイマン諸島やバミューダ諸島に乗り込めないなら、別の手段で、楽田が多額のカネを国内に持ち込んでいるという証拠を手に入れるしかない。

そこのあたりを、少しでも片岡が知っていれば、いいのだが。

「五十嵐さんなら、どうやって国内に大金を持ち込みますか」

共に山手線に揺られている五十嵐に、冨永は小声で尋ねた。

「貧乏人には縁がなさすぎて、思いつきませんなあ。一つ考えられるのは、現金ではなく高価なものとして持ち込む可能性ですね。しかし上城さんはベテラン査察官ですから、その目を逃れるのは難しそうですね」

冨永は思いつくままにメモ帳に書き込んだ。

金、宝石《ダイヤモンド》、麻薬、骨董《こっとう》品、切手――。

「切手、ですか。検事、それは、どういう方法ですか」

「一枚数千万円もするような超レア物の切手に替えて運んだという、古いサスペンス映画がありましてね」

高校生の時に、親友の自宅で一緒に観《み》た。スパイや陰謀が三度の飯より好きな親友は、「あれは賢いやり方ですなあ。僕もお金持ちになったら一回やってみたい」と興奮していたのを覚えている。

　もっとも、現金化した際に、その明細が店に残るリスクがある。

「面白い発想ですね。じゃあ、都内のコインや切手ショップに最近、高額の希少品が持ち込まれていないか尋ねてみましょうか」

　可能性は低くても、やる価値はあるかもしれない。しかし、もっと巧妙な方法がある気がした。

　航空会社の乗務員に協力者がいたという可能性は、どうだろうか。機内で荷物を交換してしまえば、意外とたやすく国内に持ち込めるのではないだろうか。

　隣でつり革につかまっている五十嵐に、そのアイデアをぶつけてみた。

「なるほど、その気になればやれそうですが、連係プレーするタイミングが難しいのではないでしょうか。知り合いのお嬢さんが、キャビンアテンダントをしているのですが、国際線の場合、一カ月の間に同じ国へのフライトを二度するのは珍しいと言っていました。そうすると、現金輸送を予定している便に、共犯者が都合良く乗務する確率は低そうじゃないですか」

　それに、乗務員とて入国審査は受けなければならず、荷物などもチェックされる。

　途方に暮れているうちに、ＪＲ大塚駅に到着してしまった。

　駅の東側にある三業通りを進んで元料亭に着くと、冨永は勝手口のインターフォンを鳴らした。

冨永が名乗ると、しばらくして錠を解く音がして、片岡が顔を出した。

「どうも」

初めて会った時から比べると、片岡は別人のように憔悴《しょうすい》していた。頬はこけ、目の下には不健康そうな隈《くま》ができている。

「何か問題や不安に思われることは、ありませんか」

冨永が尋ねると、片岡は急にそわそわと落ち着かなくなった。

「宮崎さんに会って音信不通を詫び、告発を取り下げると伝えるようにと、藤山さんはアドバイスしてくれるんですが……。しかし、そんなことをしたら、私の借金はどうなります？　また振り出しに戻るんじゃないかと恐ろしくて」

「その不安を藤山には話しましたか」

「宮崎さんは返金を求めないだろうと、言われました」

「私もそう思います」

宮崎とてバカではない。もし、ここで返金を求めて、自暴自棄になった片岡がメディアにでも駆け込んだりしたら、元も子もなくなる。

「いくら気休めを言ってくれても、おたくらは宮崎さんじゃないんだ。借金の額は半端じゃない。見返りもないのに、見逃してくれるわけがないでしょう。返済が滞れば、借金取り立てがすぐに来ます。子供や妻に危害を加えるかもしれない」

本来は自業自得の話だが、そうは言えない。

「とにかく、宮崎さんにお会いになるべきです。それで、お困りになるような事態になれば、私や藤山がサポートしますよ」

「どうか見捨てないでください。いくらでもお手伝いします。だから」

片岡が縋《すが》るような目で見つめてくる。必死なのだ。五十嵐が、お茶でも入れましょうと言って部屋を出て行った。

「片岡さん、あれこれ思い悩まず、行動しましょう。そうすれば、不安は解消されます。それに、あなたがしっかりしないと、ご家族はもっと不安になりますよ」

冨永が噛《か》んで含めるように言うと、ようやく片岡の体から力が抜けた。

「おっしゃるとおりですね。そもそもが身から出た錆《さび》ですから。冨永さん、ありがとうございます。宮崎さんに連絡を入れます」

五十嵐が、急須と湯飲み茶碗を持って戻ってきた。三人の前に茶碗が置かれたときに、ついで話のように現金の国内持ち込みの話を切り出した。

話を聞いていた片岡は、お茶で喉《のど》を湿らせてから答えた。

「現金をＪＷＦの社員が海外から持ち込んだなんて考えられませんよ。ばれたら、キャリアを棒に振っちゃうじゃないですか」

やはり、上城の思い込みに過ぎなかったのか。あるいは、片岡は何も知らされていなかったのかも知れない。

「ＪＷＦの経営戦略室に所属する社員は、楽田さんに心酔している人が選ばれると聞きました。彼らは、楽田さんのためなら何でもするとか」

「心酔してるだけじゃダメですよ。彼らは社内で最も優秀な人材で、楽田チルドレンなどと呼ばれています。そしてケイマンやバミューダ、香港などに、よく出張しています。でも、ひときわ上昇志向の強い人間ばかりが揃ってるし、そんな連中が犯罪行為に加担するかなあ」

そう考えた方が、自然だな。

「以前、お話し戴《いただ》いた越村代議士への三億円の現金ですが、あのお金はどこから捻出したんでしょうか」

「楽田のポケットマネーですよ」

三億円がポケットマネーだと言われて、信じたのか、この男は。

「つまり、楽田さんの個人資産の一部から出ているということですか」

「そうだと思います」

「本人に直接お尋ねになったわけではないんですね」

片岡の態度に落ち着きがなくなった。

「何か、隠されていることがありますか」

「そうじゃない。楽田に何か質問するなんて、僕は許されていなかったんです。ひたすら従うのみだ。CFOなのにですよ。だから、オークラに運んだカネの出所については聞いておりません」

「では、推測として、どこから出たと思いますか」

「会社のカネではありません。僕に言えるのはそれだけです」

「もしかしたら海外から楽田チルドレンが現金を持ち込んだ可能性も、否定できない」

「分かりません。彼らの動きを全て把握していたわけではありませんから」

先ほどは、言下に現金持ち込みを否定したのに、すぐにブレる。だから、片岡の証言は信頼性に欠けるのだ。

「ＪＷＦは、タックスヘイブンに複数のファンドを抱えていますが、莫大な資産がプールされているんでしょうか」

尋ねると、片岡は即座に首を横に振った。

「いえいえ、カネは貯めるものではなく、使うものというのが楽田の持論です。したがって、ファンドで得た利益は再投資しています」

「じゃあ、片岡さんは投資の動きは把握されているんですよね」

「ある程度は。でも、楽田は世界中のタックスヘイブンに会社を持っています。ＪＷＦの利益も、それらの企業に投資しているんですが、そこから先はかなり不透明で、実際どの程度儲《もう》けていたのかは、把握できませんでした」

本当に何も知らなかったんだな。要するに片岡は名ばかりＣＦＯか……。

「楽田チルドレンについてご存知のことを全て教えてください。実際には何人いらっしゃるんですか」

「経営戦略室は、室長以下七人です。室長以外は、皆三〇代以下の若手ですね。海外のビジネススクール卒や外資系の投資銀行やコンサルからの転職組が大半です」

七人については、通常の人事採用とは異なるルートで登用されたらしい。楽田が個人的にスカウトしたり、単身ＪＷＦに乗り込んで楽田に採用を直談判する強者《つわもの》など、かなり異色の人材が集められているらしい。

「皆、自信家でスタンドプレーが好きな連中で、僕は嫌いでしたね。ＪＷＦには、医療や介護の現場をより良くしようと努力するスタッフも大勢いますが、そういう人たちをバカにしていました」

「上昇志向が強い人なら、すぐに独立して起業するもんじゃないんですか」

「そういう奴も多いですよ。だから、メンバーの入れ替わりも激しいです。でも、中には楽田を崇拝している者もいましてね。長いのが三人ほどいますよ」

「たとえば、財部真理子《たからべまりこ》さんは？」

上城が尾行した女性社員だ。

「財部もその一人です。彼女は、おそらく楽田とできていると思います」

現金を運ぶ社員としてはふさわしい。それに、秘密は死守される。

「残り二人の名前も教えてもらえますか」

冨永がメモ帳を開いて差し出すと、片岡はあっさりと残りの二人の名も書いた。

「この三人と同程度に楽田さんから信頼されながらも、社を辞めた人はいますか」

そういう人物であれば、捜査に協力してくれる可能性がある。

「いますよ、二人」

片岡がメモ帳に名を記した。

友辺《ともべ》祐一朗《ゆういちろう》、赤木《あかぎ》絢子《あやこ》――。

「お二人とも国会議員じゃないですか」

五十嵐が、メモをのぞき込んで言った。

友辺は民自党の、赤木は民政党の衆議院議員だ。

「お二人が政治家になったのは、楽田さんのアドバイスでもあったんでしょうか」

「国家のありようから変えなければ、日本の社会福祉制度は変わらないというのが楽田の信条です。なので、ＪＷＦからも政治家を誕生させようということになったんです」

そんな経緯で辞めている二人なら、我が身のためにも沈黙を貫くだろう。

片岡が「そうだ」と言って、メモに名前を書き加えた。

楽田遼子《りょうこ》――。

「楽田さんのお身内ですか」

「奥さんですよ。もう別居して二年になります。現在は、ロングアイランドの豪邸で、娘さん二人と暮らしています。彼女は、ＪＷＦの副社長で前経営戦略室長でした。この人だったら楽田チルドレンについて、いろいろ知ってると思いますよ」

# 8

「それにしても解せないのは、宮崎ですよ。どうせ蹴落とすなら選挙区のライバルにすればいいのに」

夕食をごちそうしてくれるという東條の誘いに乗って、文京区小石川にある熟成肉専門の「中勢以《なかせい》　内店《うちみせ》」に来ていた。上等な牛肉がミディアムレアで焼き上げられている。

それを頬張りながら神林は尋ねた。

東條は、さっきから物も言わずひたすら肉を味わっている。

その気持ちは分かる。ここの肉は抜群に旨《うま》い。

「俺もそれが知りとうて、おまえを行かせたんやけどな。収穫なしで、がっかりやで」

つまり、俺はあんたの好奇心を満たすためのパシリか。

「この告発って、東京地検特捜部に持ち込まれたんですよね。彼らは簡単に引き下がるんでしょうか」

「知り合いにPの幹部がいるんで、さりげなくこの話を振ってみたんやけど、何も知らんかった」

「Pって、何ですか」

「おいおい元経済部かなんか知らんが、記者やったらPの意味ぐらい知っとけ。Pは検察庁や」

「ああ、Ｐｒｏｓｅｃｕｔｏｒだからですね」

「嫌みなヤツやなあ。さらりと英語で言うやなんて」

英語は得意ですから。

「で、要するに宮崎が代理人として、東京地検特捜部に告発した形跡もないという意味ですね」

また、東條は肉に集中している。癪《しゃく》なので、神林も負けじと頑張った。

「特捜部の検事は、事件が確実に立件できるまで潜行捜査をしよるから、断言はできへんけどな。せやけど宮崎が俺に電話してきた時、すぐにでも特捜が強制捜査をするぐらいの勢いやったんや。それで、俺も確信してんけどなあ」

「以前取材した新興介護ビジネスの社長が、楽田と越村は汚いカネで繋がっていると言ってました。宮崎の話もそれ絡みだと思いますか」

「俺は、楽田を知らんから分からん。それより、黛の支援を受けながら、その後継者を告発する異常さの方が気になるな」

そこは神林もずっと引っかかっている。

「まさか、黛総理も承知の上ってことはないっすよね」

「いや、神林君、君はやっぱ天才やな。俺と同じ考えに至るやなんて」

なんだよ、結局、自画自賛じゃねえか。

「あれは、黛が全部仕込んだに違いないと睨んでいる。なんでか、聞きたいか」

聞きたくないが、イエスと答えて肉を頰張った。

「きっとな、みやびちゃんが、黛に隠れて裏切り行為でもしよったんや。そのお仕置きをするために、黛が大芝居を打った。けど、特捜が着手する直前で火を消した。いわゆるマッチポンプやな。もちろん、みやびちゃんをたっぷり震え上がらせた上で、忠誠を誓わせたんや」

「さすがにそれは、あり得ないんじゃ」

そもそも、特捜部相手に、そんな火遊びしてただで済むのか。

「いや、あり得る。黛はそういう陰険な奴なんや。いやあ、おもろなってきたな。お祝いに、ブルゴーニュを一本抜こ」

東條はワインリストを吟味《ぎんみ》して、ミッシェル・マニャンという銘柄を選んだ。

これがすこぶる旨かった。くそったれの上司だが、料理と酒のセンスは素晴らしい。

神林はスマートフォンを取り出して、ワインのエチケットを撮影した。

「おまえ、何を生意気なことしてんねん。今日はワインの勉強会ちゃうで」

「分かってますよ。黛総理が、自分の権力を見せつけたいために、越村をいじめてるんとちゃうかって話でしょ」

「変なイントネーションの大阪弁使うな。せっかくええ肉食わしたってんから、もうちょっと越村を洗え。とっかかりは、楽田との関係や」

やれやれ、また政治家を狙うのか。

「お言葉を返すようですが東條さん、元々はサービス付き高齢者向け住宅の問題を掘り下げるために、僕らは取材を始めたんですよ。そして、越村も楽田も、サ高住の問題を改善しようと頑張る立役者なんです。そのお二人に疑惑の目を向けるというのは、あまりに不誠実じゃないんですか」

「記者が誠実にこだわってどうする」

せっかくのワインをがぶ飲みしてしまった。反論しようとしたら、機先を制された。

「俺らは、事実だけを追いかけ、それを記事にしたらええんや。もちろん、サ高住の問題もちゃんと取材して、原稿書くんやで。それと並行して、越村と楽田の不正を暴《あば》くだけや。簡単な仕事やないか」

まあ、そうではあるが。

「東條さんの話だと、狙いは黛かと思ったんですけど、ターゲットは越村でいいんですか」

「おまえ、ほんま青いなあ。黛のクソジジイの尻尾なんか、そう簡単に摑まれへん。けど、狸爺《たぬきじじい》は調子に乗りすぎて、俺らに越村の不正を漏洩《ろうえい》しようとしやがった。だったら、わしらはそれを利用して、盛大に越村を潰したろやないか。そしたら彼女を後継者にと推している黛は、政治的影響力を失うやろ。それが痛快なんや」

いやあ、それは回りくどいって言うんですよという言葉を吞み込んで、神林はウエイターに同じ赤ワインをもう一本頼んだ。

# 第五章　突破口

## 1

　ＪＲ目白駅から徒歩数分という好立地にオープンするハイパー・サ高住の一号案件「プラチナ・レジデンス目白」の内覧会で、神林は度肝《どぎも》を抜かれた。

　楽田が手掛けるのだから、さぞや成り金趣味の建物だろうと甘く見ていた。しかし、実際は成り金趣味どころか本気の大富豪仕様だった。

　敷地面積五〇〇坪という広大な土地に建つレジデンスは、銀杏《いちょう》並木とレンガ造りの壁に囲まれている。正面には錬鉄製の凝ったアーチ門があるのだが、どうやらここは歩行者専用の入り口らしく、車での入場は五〇メートル先を左折してくださいという案内板を持ったスタッフが立っている。

　三階建ての低層マンションで、スポーツクラブの他に二つ星レベルのレストランが数軒入っていると聞いていたが、詳しい様子は庭園の木々に遮《さえぎ》られて見当がつかない。

「いらっしゃいませ。ようこそおいでくださいました」

まるでSPのように体格の立派な長身の若者が近づいてきた。初夏とはいえほとんど真夏日のような暑さなのに、制服のボタンを全てとめている。

「暁光新聞の神林です」と招待状を手渡すと、SPは招待状にバーコードリーダーを当てて、確認した。

「神林様、お待ち申し上げておりました。ここからは敷地内をご自由にご見学いただけます」

案内図とレジデンスの概要が記された分厚いパンフレットを手渡された。

「楽田さんに話を聞きたいんだけれど」

SPがスマートフォンで連絡を入れると、建物の中から女性が出てきた。

「お世話になります。運営会社アイビー・ラグジュアリーの広報、蒼井《あおい》と申します」

名刺交換をしてから、神林はもう一度楽田に会いたい旨を伝えた。

「かしこまりました。今、別のメディアの取材を受けておりまして、それが終わりましたら、ご案内致します」

二〇分ほどかかるので、それまで施設内を蒼井が案内してくれるという。

「御社の大塚さまとご一緒でのご案内となりますが、よろしいですか」

有紀には黙ってきたのだが、やっぱり来ていたか。

かまわないと返すと、蒼井が案内に立った。

玄関ホールは吹き抜けになっていて、天井がガラス張りのために明るかった。ロビーには応接セットが多数並んでいるが、商談中らしき見学者ですでに半分以上は埋まっていた。蒼井と同じエンブレムを着けた制服姿のスタッフが館内の説明をしている。見学者は前のめりになって熱心に耳を傾けていた。

蒼井の歩く先に、有紀がいた。

「あら、神林記者、お疲れさま。また、楽田さんのあら探しに来たの」

わざと蒼井に聞こえるように有紀が言った。

「純粋な取材だ。それより、大塚記者こそどうしたんだ。悪質サ高住の追及は終わったのか」

前を歩く蒼井の背中に警戒が走っているのに気づいたが、子供じみた悪意を抑えられなかった。

「サ高住の理想という素晴らしい施設をちゃんと見ておかないと、悪質業者との比較もできないでしょ。ねえ、優子《ゆうこ》ちゃん、この男には気をつけなさいよ。広報担当者がかわいいと、すぐナンパするんだから。おまけに、親しくなって気を許して話したら、それを全部記事にするような卑劣な奴だからね」

否定はしないが、俺は公私の別ははっきりしている。優子ちゃんということは、蒼井と有紀は知り合いなのか。

「お二人は、仲が悪いんですか」

蒼井が戸惑っている。

「いや、仲良しですよ。ただ、記者としては取材方針が違うだけ。それで、この大型ディスプレーは何ですか？」

神林は努めて明るく話題を変えた。

「インフォメーションです」

蒼井の手が画面に触れると、多数のアイコンが浮かび上がる。館内という項目を選択すると、施設内の見取り図が現れた。

回廊式の建物の中央にスポーツジムやデイサービスセンターがある。また、レストランとカフェは一般の利用も可能らしい。

さらに別棟があり、一階に診療所と介護スタッフが常駐待機するステーション、入居者専用の食堂がある。

「プラチナ・レジデンス目白のコンセプトは、贅沢《ぜいたく》な空間と時間、そして安心の住環境です。低層階なのもそのためですし、敷地内には日本庭園やバラ園などもあります。また、少し離れた場所になるのですが、専用の家庭菜園もご用意致しました」

「一言で言うと、高級リゾートホテルって印象ですかね」

そう言うと、蒼井は「私どもは、ラグジュアリー・リゾートのイメージと申しております」と訂正した。

意味は一緒だろ。

「まずは、談話室からご案内しましょう」

「窓が大きいので、館内全体がとても明るいですね。気持ちの良い空間だなぁ」

有紀が時折カメラのシャッターを切りながら感心している。

「日本人は自然と共生して暮らしてきました。そのコンセプトを大切にして、できるだけ抜け感を意識して設計しています」

それは、コンセプトと呼ばない。風土とか生活習慣だから、この建物でなくても通用する。だが、こういう連中は、流行《はやり》のフレーズと、それっぽい曖昧《あいまい》な表現で煙《けむ》に巻く。

神林は窓の向こうに広がる日本庭園を眺《なが》めながら、まがい物のあざとさを感じた。

「このガラスは開かないんですね」

「安全のためです。もちろん屋外に出られる通用口も三カ所ほどあります」

自然との共生がコンセプトなら、廊下からガラス戸を開けて外に出られるような配慮がほしい。

奥の部屋から、ピアノの音が聞こえてきた。ドレスを着た女性がピアノ演奏している。

これが娯楽室かあ、メチャクチャ贅沢だな。

火こそ焚《た》かれていないが、本物の暖炉、アンティーク調の大きなマントルピース、そしてデザインの異なるテーブルやソファ、寝椅子などが扇状に配されている。まるで貴族のサロンだな。

「英国風の空間を意識して作られております」

英国風というほどの統一感はなさそうだ。普通に洋風と言えばいいのに。しかし、内覧者はみな満足そうにくつろいでいる。

有紀は蒼井に断ると、一組の老夫婦に取材を始めた。

「隣は、ビリヤード台のあるバーです。ご覧になりませんか」

蒼井が気を利かせて案内に立った。

こちらは全体的に明るさを抑え、シックな雰囲気だ。これならまぁ、英国風と言えなくもない。

「こんな場所で、パイプをくゆらせブランデーグラスを傾けながら、チェスに興じる――そんな豊かなリタイア・ライフって誰もが憧れるスタイルですよね」

蒼井は本気で言っている気がした。

だが、神林にはそんな日本人高齢者の姿がイメージできない。

「僕なら、蒼井さんとビーチでトロピカルカクテルを飲む方がいいなあ」

「それも素敵。ぜひお誘いください」

間近で見ると蒼井はなかなかチャーミングで悪くない。

「本気で誘っちゃいますよ。今の時期だと、ビーチもまだ人が少ないからゆっくりできるし」

神林は先程もらった蒼井の名刺を取り出した。

「ここに携帯の番号書いてくださいよ。ちゃんと連絡しますから」

蒼井は躊躇《ためら》いもなく数字を書き込んだ。軽いのか、これもホスピタリティのうちと思っているのかは分からない。だが、神林はナンパよりも、このバブリーな施設についての彼女のホンネが聞きたかった。

「あら、もうナンパが始まってるの？」

背後から有紀の詰《なじ》る声が飛んできた。

「いや、僕のリタイア・ライフを、二人でイメージングしてたんだよ。そっちは良い話が取れたのか」

「とっても素敵なご夫婦だったわ。私もあんなふうに年を取りたい」

その前に、おまえをもらってくれる男を探さないとな。

次に案内されたのは「標準的なお部屋」だったが、神林の住まいよりもはるかに豪華だった。

神林は汐留《しおどめ》のタワーマンションに住んでいる。部屋のオーナーは総合商社に勤める叔父だが、彼が海外赴任している期間のみという条件で借りている。交通の便も良いし、何より新しくて快適な住まいで気に入っている。だが、そんな築浅のタワーマンションすら引け目を感じるほどの豪華さだった。

玄関扉を開けると石畳の土間があり、格子《こうし》の引き戸があった。明るい純和風の佇《たたず》まいだった。廊下まで畳敷きだ。それまでとはまったく異なる空間を演出したいらしい。

「日本文化の素晴らしさを伝える純和風のお部屋と、和洋折衷のお部屋がある間取りです。懐かしさを感じさせるというのは、入居をご検討される皆様の世代が抱く豪邸をイメージして設計しているからです。純日本風の優雅さを感じていただきつつ、シャンデリアが似合う応接間もある。応接間こそ、高度経済成長時代の贅沢でしたから」

まあ、そうかもしれないけど、この押しつけがましい物言いがいやだ。

「さらに和室が二部屋。キッチンは機能性を重視しています」

あまりにいろいろコンセプトばかりを気にしすぎて、落ち着かない。

蒼井がぜひ見てほしいと言って浴室に案内した。まるで高級温泉旅館にあるような風呂だ。

「最高級の高野槙《こうやまき》のお風呂なんですよ」

手入れが大変そうだから普通でいいけどな。

すっかり白けた神林の横で、有紀がしきりにシャッターを切っている。

その時、背後で聞き覚えのある声が響いた。

応接間で、楽田がテレビの取材に応じていた。

「ラグジュアリーというのは、単に贅を尽くすというのとは違うと考えています。たとえば、ふるさとを思い出させるような香りとか音とか、そういうノスタルジーと、最先端のデザインが調和する空間なら、高齢者の方も気がねなく寛《くつろ》いでいただけます。我々は寛ぎというものを心理学的観点から徹底的に追求したんです」

何が心理学だ、と失笑しそうになったが、マイクを向けている女性リポーターは、感心したように頷いている。

「安心と安全への配慮も徹底されているということですが、具体的な設備を教えてください」

「それについては、スマートハウスの考え方を応用したんです。この部屋には、さまざまなセンサーが埋め込まれています。たとえば、お年を召すと室内で倒れるような非常事態も起きます。そのような場合はセンサーが作動して、緊急事態をレジデンスの中央管理棟に知らせます」

楽田がいきなりその場に倒れた。そのまま動かないでいると、室内で警報が鳴り、同時に固定電話が鳴った。リポーターが受話器を上げてマイクを受話口に近づけた。

「管理センターです。大丈夫ですか」という声がした。

やり過ぎだろ。プライバシーの侵害も甚《はなは》だしい、と憤《いきどお》ったのは神林だけのようで、有紀は感心のあまり、うなり声まで上げている。

「すごいですね！　とにかく至れり尽くせりのサービスが隅々にまで行き届いています。しかも、入居者ご自身の判断で、全てのサービスが選択できるそうですね？」

リポーターの質問に、楽田がにこやかに頷く。

「プラチナ・レジデンスは、賃貸住宅です。居住者の快適性こそが最優先されます。プライバシーを重視したいからセンサーなんて不要だという方には、管理センターとの回線をオフにしていただくことも可能です」

そこでテレビの取材が終わったので、神林はすかさず楽田に近づいた。

「やあ、神林さん、いらっしゃい。休日にもかかわらず足を運んでくださって嬉しいよ」

「楽田さん！　大塚です。ハイパー・サ高住、最高ですね！　私、ＳＦ映画を見ているように感動しちゃったんですけど」

有紀は完全に舞い上がっている。

「夢を叶えてこそ、豊かな人生ですから。我々は夢の実現をお手伝いするだけです」

「それにしても贅沢な部屋ですね。この部屋で家賃はおいくらぐらいするんですか」

有紀に肘で小突かれた。神林の質問が気に入らないらしい。

「こちらで、月五〇万円です」

「そんなお安いんですか！」

有紀は本気でそう言っている。

「国の補助と運営会社であるアイビー・ラグジュアリーの企業努力の賜《たまもの》です」

「ＪＷＦも資金を入れているんですか」

「五一％入っていますよ」と楽田が即答した。

経営権は放さない。いつもの彼のパターンだ。

「入居率の見込みは、どうなんですか」

「既に八〇％が予約で埋まっているんですよ。残りも今日中に埋まるかも」

それは豪勢な。

「どんな方が入居するんですか」

有紀が会話に割り込んできた。

「バブル経済が破綻した地獄を生き抜いた猛者《もさ》かなあ」

有紀は納得したようだが、その程度の適当な表現では客の顔が見えてこない。

「大企業の役員経験者や中堅企業のオーナー社長とかですか」

「神林さん、いいところをついてる。ここはぜひ書いてほしいんだけれど、プラチナ・レジデンスには、本物の良さが分かる方にこそ住んでほしい。物質的豊かさではなく、精神的に豊かな時間を過ごしたいとお考えの方にお勧めしたいんだ」

精神的に豊かな時間など、裕福でなければ手に入れられない。つまり、楽田は、富裕層だけで利用者を固めたいわけだ。

「おい、あんたがここの社長か！」

いきなりドスのきいた声がしたかと思うと、中年男性が楽田に迫ってきた。

「失礼ですが」

「俺が予約した部屋を、勝手にキャンセルするってどういうことだ」

いきなり男が楽田の胸ぐらを摑んだ。だが楽田は微笑《ほほえ》んでいる。

「申し訳ありません。そういうお話は、ご予約デスクの方で承ります」

平然と返した。それはそれで大した人物だと、神林は妙に感心した。

「ここに両親を住まわせたいと思って、俺は一番で予約したんだぞ。手付けで三〇〇万円も入れたんだ。それを」

男性スタッフが二人がかりで、男を引きはがそうとした。男は激しく抗《あらが》ったが、最後は羽交《はが》い締めにされて、部屋から引きずり出された。

「失礼しました。大人気のあまり、時々ああいうことも起きるんですよ」

そうじゃない。あんな客はウチにふさわしくないと判断したから、強制的に排除したんだろう。

## 2

久しぶりに日曜日が丸一日休めたので、冨永はこのところ妻が取り組んでいる義母のための老人ホーム探しにつきあった。

義母の一美は七四歳だが、友人たちと旅行やハイキングに出かけるなど健康そのものだ。夫を三年前に亡くしてからは、気丈にも独り暮らしを続けてきたが、深夜に寝ぼけて自宅の階段から転がり落ちて足を捻挫《ねんざ》してしまった。先月のことだった。

そこで智美が一念発起し、安心できる施設に入るよう義母を説得したのだ。

冨永としては同居でも良かった。

しかし、その提案は、義母と妻の双方から言下に却下された。義母は「お友達が大勢いる目白から離れたくない」と言うし、一方の智美は「あの人と同じ空間で生活すると考えただけで、もうストレスが始まっている」と言い張る。

冨永が内見につきあうのは今日が初めてだが、それまでに妻と義母が二人で十数カ所を回って候補を絞り込んでいた。

今日は長男は夕方までラグビーの練習で、下の娘は、義母と動物園に出かけている。午前中に三カ所を見学して、午後には上野動物園に迎えに行く予定だった。

いざ老人ホームの現場を見てみると、いずれも帯に短し襷《たすき》に長しという印象だった。そこで冨永は、この日内覧会が開かれている楽田の施設に行ってみようと妻を誘った。

「ハイパー・サ高住プラチナ・レジデンス目白ね。あなたにしては珍しくご執心ね」

「僕だけやなくて、智美も興味持ってたやろ」

大学時代からつきあっていたこともあって、妻といるとつい京都弁に戻ってしまう。

「でも、ちょっとお家賃が高すぎだなぁ」

確かに、平均的な間取りの部屋でも月一〇〇万円の家賃だし、礼金と敷金が合計で四〇〇万円もする。さらにスパやスポーツジム、高級レストランを割安で利用できるメンバーズカードの会費が月一〇万円もかかるのだ。

義父は大手鉄鋼メーカーの重役だったため、義母にはそれなりに財産がある。さらに、目白の自宅も売却すれば、その程度の出費でも余裕で暮らせる。だからといってプラチナ・レジデンス目白を薦《すす》めるのは本意ではない。内覧会が開かれるこの日に楽田と越村が顔を揃《そろ》えると聞いているから、来てみたまでだ。

「ねえ、何か別の企みがあるんじゃないの？」

プラチナ・レジデンス目白の駐車場に車を止めた智美が言った。妻の勘は侮《あなど》れない。

「何もないし。なんで？」

「もったいない精神が染みついている真ちゃんが、こんなバブリーな施設に興味持つなんておかしいから」

「考え過ぎやろ。それにしても、豪華なとこやなあ。ほんま別世界や」

〝至福のラグジュアリー空間〟というキャッチフレーズも、決して大げさではなかった。館内の至るところに贅《ぜい》の限りを尽くしている。人生のファイナルステージを豊かに過ごしてほしいというのが、プラチナ・レジデンス目白のウリだった。

高級老人ホームというものに、どこか作り物っぽい浮き足だった空気を感じていた冨永だが、さすがにこれは別格だと分かる。

「豪華すぎて、庶民には向いてなさそう。朝から正装しないと朝食も食べさせてもらえないような感じ。私は、いやだなこの雰囲気は」

冨永も同じ感想だった。

「けど、お義母さんは、案外気に入るんと違うかな」

「まあ、あの人はスノッビーだからね。こういう場所で暮らすのが憧れかも。でも、プライドが高いから、人間関係でしくじりそうよ」

社交的な義母なら、どこでも友達ができそうだと思うのだが、妻の見立ては違うようだ。

「いずれにしても、ここはないわ。確かに本物志向はすごいと思うけど、コスパ考えたら、あり得ないわね」

だが、もう少しだけここの様子を知りたい。

二階にある和洋折衷のモデルルームに入ろうとしたら、中年の男が羽交い締めにされて連れ出されてきた。

「竹田様、こちらで、お話は伺いますので」

抗う男に寄り添うように年配のスタッフが話しかけているが、竹田という男は納得がいかないようだ。

「俺は、ここの代表に話があるんだ。テレビではきれい事並べてるくせに、結局は金持ち以外は客じゃねえってことだろうが！」

妻は「いやねえ」と言いつつも、廊下で抗っている男を興味深そうに眺めている。彼女を残して、冨永は室内に入った。

会いたかった男がそこにいた。

楽田恭平――。間近で見ると美男子だし、全身に自信が漲《みなぎ》っている。メディアの取材を受けているらしい。

「これが、ハイパー・サ高住のスタンダードってことですけど、これだと高級老人ホーム以上にバブリーじゃないですか。元々は、高額な施設には入居できない人のために始まったという基本理念は気にしないんですか」

記者らしい男が尋ねている。

「神林さん、一般のマンションにだって高級なものと、そうでないものがあります。それと同じで、うちはサ高住の最高峰を目指しているんです。サ高住が目指している理念まで否定はしません。でも、老後はこんな素晴らしい賃貸マンションに住みたいと思いませんか」

「どうかなあ。なんだか、豪華すぎて気後れしちゃうけどなあ」

「今の神林の失礼な発言は、私が代わりにお詫びします。私は彼と違って、プラチナ・レジデンス目白は、従来の老人ホームでもない、サ高住でもない、第三の施設が誕生したと感じているんですけど」

見るからに生真面目そうな女性記者が割って入った。

「大塚さん、あなたは素晴らしい審美眼をお持ちでいらっしゃる！　僕が目指しているのは、まさに第三のステージなんですよ。介護の匂いが拭えない陰々滅々とした老人ホームでも、収容施設を思わせるサ高住でもない、人生を頑張った先輩たちに誇りを持って、寛いで住んでもらえるユートピア、それがハイパー・サ高住なんだ」

美辞麗句《びじれいく》が並べば並ぶほど、冨永の猜疑心《さいぎしん》は高まる。女性記者と楽田の会話をあきれ顔で聞いている記者の気持ちがよく分かった。

「大塚さん、今の視点で、ぜひここの素晴らしさを書いてくださいね」

そこで取材は終わったようだ。

「少し質問してもよろしいですか」

部屋を出ようとした楽田に、冨永は声をかけた。見事な営業スマイルが返ってきた。

「先程から、ハイパー・サ高住という言葉を何度か口にされていますが、従来のサ高住と具体的に何が違うんですか」

「基本理念は、同じで、高齢者に特化した賃貸マンションのことを指します。ただし、従来のサ高住では、施設管理者が介護サービスや医療サービスなどを半ば強制的に入居者に利用させようとするなどの問題がありました」

相手と目を合わすことなく話す楽田に興味を持った。こういうタイプは、自分が語ることに夢中になりやすい。

自分がそんなふうに観察されているとはまったく気づかないで、楽田は話し続けている。

「ここでは、スポーツクラブや訪問介護ステーション、さらには隣接して診療所もありますが、ご利用になるかどうかは個人の自由です。ちなみに、プラチナ・メンバーになっていただくと割安になるうえに、特別サービスもご利用できるんです」

「それだと、従来のサ高住よりも付帯施設がグレードアップしただけで、やっていることは変わらないのでは？」

冨永が指摘すると、楽田が固まった。見学者から、こんな批判を受けるとは想像もしていなかったようだ。

先程まで取材していた二人の記者も、興味深そうに聞いている。

「そうではありません。悪質なサ高住は、入居者の選択の自由を奪って、特定のサービスを強要してきたんです。でも、ここで提供しているサービスは全て、お客さまご自身が自由に取捨選択できるんです。この差は大きい」

「入居者に選択の自由を与える点が違うというのは、詭弁《きべん》ではないですか。これほど行き届いた場所に住んでいるのに、豪華な付帯施設を利用したくないと言う人はいないでしょう。もちろん、あえてまったく使わないという人もいるかもしれませんが、それだと、レジデンス内での人間関係でも気まずい思いをする。そう考えると、暗黙の強制力がある気もしますが」

「そんな強制力はありませんよ。もっとも、どの施設よりも素晴らしい一流どころを並べていますから、結果的には皆さん、レジデンス内の付帯施設を利用するメリットを実感されるとは思いますけどね。詳しいことは、こちらのスタッフにお尋ねください」

最後は振り切るようにして、楽田は去っていった。

「少しお話を伺ってもよろしいですか。暁光新聞の神林と言います」

記者が名刺を出してきた。断るのも大人げないので、受け取った。

「今日は、ご見学ですか」

「ええ、義理の母が暮らす場所を探していまして」

「こちらの印象はどうですか」

「豪華すぎて……。かえって住みにくそうだな」

「じゃあ、義理のお母さまにもお勧めしない？」

「それは義母《はは》が決めることですが、私自身は施設全体がお金持ちの方専用みたいな空気に気おくれしますね。それに料金体系が今ひとつ分からないので、楽田さんにお尋ねしたんですが、かえって分からなくなりました」

「話が、全然かみ合っていませんでしたね」

「そうですね。スタッフの方に詳しく説明していただきますよ。失礼」

冨永に付いていたスタッフが「別室でご説明致します」と案内に立った。

「失礼ですが、年齢とご職業だけでも、教えていただけませんか」

「しがないサラリーマンです」

それだけ答えると、風呂場を見学して歓声を上げていた妻と一緒に部屋を出た。

3

「もう、気が済んだ？」

夫がここを訪れた目的が、明らかに義母の終《つい》の棲家《すみか》探しではないと、智美は察していた。言い訳しようと口を開きかけたら、玄関ホールが騒がしくなった。

「あっ、越村みやびよ」

「へえ。あの越村みやびかぁ。ちょっと見に行こ」

「いつから、そんな野次馬になったの」

妻もそう言いながら、ついて来ている。

人垣の間に割り込んで、できるだけ近づいた。

「まずはこちらの施設の印象を聞かせてください」

代表質問する記者の方を向いて越村は答えた。

「サ高住というシステムに対し、多くの国民が問題ありと感じておられます。それを改善するのが、私の目標のひとつであります。そして、改善案を具体的に考えるためにプラチナ・エンゼル会議が存在するわけです。その面々が理想の施設を作ってみましょうということで知恵を絞ったのがプラチナ・レジデンス目白です。それが遂に完成したのですから、感無量ですよ。都心にありながら、静かでゆったりと時間が流れる場所。それこそが、日本を世界有数の経済大国に押し上げてくださった諸先輩方にふさわしいリタイア・ライフの舞台です」

「ちょっと高級感が過ぎるのでは、という意見もありますが」

「まあ、そこは楽田さんの趣味かもしれませんけど。でも、どうせやるなら、最高のものをというのが私たちのコンセプトでしたから。引退後の住まいが安心・安全・文化的なら、みなさん年を取るのが楽しみになるでしょ」

コミュニケーション障害の気がある楽田と違って、越村の会話には相手を引き込む吸引力がある。また、表情も豊かだし、とても誠実な印象を与える。何よりエネルギッシュで華がある。

「弊社の安い給料じゃ、せいぜい中庭の飛び石一個が買えるぐらいだな」

記者のジョークが場を和ませた。

「そういう方のために、四〇代からの積み立てプランも考えています。社会福祉健全化法が成立すると、サ高住関連の積み立てプランに対して補助金の交付が可能になるんです。つまり誰でもプラチナ・レジデンス目白のような住まいを終の棲家にできるんです」

「結果として、厚労大臣在任中に法案は成立しませんでしたけれど、今後の見通しは？」

「必ず成立すると確信しています。だって、誰もが望んでいる法律ですよ。先の国会では、いろいろと不測の事態があって継続審議になったけど、次の国会で通過するのは間違いないでしょ」

別の記者が批判的な問いをぶつけたが、それに対しても越村は、笑顔で応えている。虚勢を張っていると取られかねない内容だが、声と口調のおかげで、至極当たり前のことのように響いた。

「飴《あめ》と鞭《むち》の両方を兼ね備えているようなタイプの法律は、選挙風が吹き始めると審議入りにも及び腰になりがちですが」

「そこは私も頑張るし、ここにいる皆さんも頑張って応援してくださいな。社会をよりよくするための法整備、制度設計、そして実行あるのみという政治を実現することが私の信条です」

「民自党の総裁選に向けても一言」

「今日は、なしです。私は元厚労大臣として、夢の実現を見届けにきたので。とにかく、自由に見学させて」

そう言うと、越村は記者の囲みから離れた。

「やあ、越村先生、お忙しい中ようこそおいでくださいました」

楽田が出迎え、越村と固い握手をかわした。

その姿を、カメラのシャッター音とストロボが捉えた。

「私も引退したら、ここに住みたいわ」

「別に引退しなくても、住めますよ。どうです、ここから官邸に通っては？」

「あら、ごめんなさい。私、まだここに住める年齢に達してないのよ」

「そこは大目に見ますよ。とにかくゆっくり見学してください」

記者団から笑い声が上がる中、楽田はエスコート役を買って出た。

完全無欠の総裁候補――。普段は辛口の某週刊誌が、グラビアで一〇ページも費やして越村を特集していたが、その意味を実感した。

彼女には、つけいる隙がない。落ち着きのある良い人柄という印象だし、知的でもある。こんな政治家になら日本の未来を託せそうだ。

なのに、なぜあんな疑惑に巻き込まれているのだろう。

「あなた、もしかして越村ファンだったの？」

妻に肘《ひじ》で小突かれてわれに返った。

4

これが、越村みやびか……。

記者の質問に快活に応じる越村代議士を遠巻きに眺めながら、彼女のどこに、ヤメ検に因縁《いんねん》をつけられるような隙があるのかと、神林は訝《いぶか》った。

歯切れの良い口調には、誠実さも感じる。イケメンや美女は多くなったが、等身大の魅力とクレバーな頭脳が同居する国会議員は少ない。皆、自己顕示欲の塊《かたまり》だし、少しでも自分を大きく見せようとして空回りしている奴が多い。

だが、彼女は無理していない、という印象を与える振る舞いに長《た》けている。それに自分の言葉で考えを伝える術《すべ》を身につけている。

こういう人が総理になってほしいなと、神林ですら思ってしまった。

「みやび先生！」

妙に声のトーンを上げた有紀が越村に近づいた。

「まあ、有紀ちゃん！　来てくれたのね。ありがとう」

「素晴らしい施設ですね。私、人生の目標ができました。財力のある男見つけて、引退したらここに住みます」

「まだ三〇年以上も先の話じゃないの。楽田さん、暁光新聞のエース記者の大塚有紀さんです。私が掲げる社会福祉政策に共鳴してくれて、勉強会も開いているのよ」

「勉強熱心な記者さんだから、私もよく存じてますよ。今日も素晴らしい評価をくださった」

そして、先ほど有紀が嬉《うれ》しげにまくし立てた賛辞を、楽田はそのまま越村に伝えた。

「さすが、あなたはやっぱり見るところが違うわ。どう、一緒に見学しない？」

「おい、有紀、俺を紹介してくれよ」

「なんで？」という険しい目を有紀がぶつけてきたが、神林は図々《ずうずう》しくしゃしゃり出た。

「失礼します、越村さん、大塚と同じ暁光新聞の神林と言います。よろしくお願い致します」

越村は丁寧に両手で名刺を受け取ると、しっかりと目を合わせて挨拶してきた。

「みやび先生、神林君には気をつけてくださいよ。頭の中はスクープ書くことしかないハイエナみたいな奴ですから」

「神林さんの署名記事、覚えていますよ。確か、宮藤総理退陣の際に凄い記事を書いていらしたでしょう？」

そんなことは覚えてくれてなくて良いのに。

「いやあ、昔の話です。それより今日は、平均的な年収の人たちが安心して老後を過ごせるためのプランについて、越村さんにお話を伺いたいんですよ」

「喜んで。じゃあ、神林さんも一緒に施設を見て回りましょうか」

5

週明けの月曜日、冨永は朝から羽田空港に陣取って、帰国客の流れを観察していた。楽田チルドレンと呼ばれる側近らがタックスヘイブンから現金を持ち込んでいる――という情報を捨て切れなかった。そこで実際に自分の目で現場を確かめて、可能性を探ることにしたのだ。

優秀な査察官の上城が見破れなかったということは、帰国して飛行機を降りてから通関までのどこかで、巧妙に現金が誰かに引き渡された可能性が高かった。

尾行していた上城は、機内を含め財部に接触した人物はいなかったと断言している。さらに、バゲージクレームで彼女がピックアップしたスーツケースにも不審な点は見つけられなかった。

たとえ荷物を交換した者がいたとしても、税関検査で荷物の開示を求められたら、現金の持ち込みが発覚する。

持ち込んだ多額の現金は、空港到着後に、第三者の手を借りて通過させていると推測はできた。だが、そのからくりが分からなかった。

一つの可能性として、到着客がボーディングブリッジから降りて、入国審査に向かう通路のどこかで誰かに手渡しているのではないかと、冨永は考えていた。

飛行機から降りると、客は一様に足早に通路を通り過ぎていく。

冨永は、通行人の妨げにならないように壁際に立って様子を眺めた。

二時間ほど立ち続けて観察するうちに、さすがに足が疲れてきたので、気晴らしにボーディングブリッジの端まで歩いてみた。ちょうどそこで、五十嵐からメールが入った。

〝楽田夫人が、アメリカのロングアイランドに二人の娘と暮らしているのを確認しました。住所も把握済みです。現在、夫人は弁護士を介して離婚手続きをしているようですが、楽田氏が交渉に応じないようです。

夫人があまりにもＪＷＦの内情を知りすぎているから、楽田氏は渋っているようです〟

ロングアイランドに行って確かめたいところだが、さすがに、それは無理だな。

元の場所に戻ると、しびれを切らしたらしい上城が待っていた。

「いかがですか？」

「残念ながら、何も引っかかることはありません」

そもそも隠して現金を持ち込む荒業が、そう頻繁に羽田空港で行われているはずもないのだ。たかだか二時間ほど張り込んだだけで、ヒントを摑めると思うのが甘い話かもしれない。

また一便到着したのか、大勢の人が通路に吐き出された。冨永は壁に寄りかかり、彼らを眺めた。

やがて、人がまばらになってきたとき、一人の男が、大慌てでトイレに飛び込むのが目に入った。

一瞬だけ、もしや、と閃《ひらめ》いた。

「ＪＷＦの財部を尾行されたとき、彼女は帰国後に、トイレに入りませんでしたか」

「どうだったかなあ」

上城は記憶を辿っている。

「そういえば……入った気がするな。ボーディングブリッジから出てくるなり、彼女は電話で話し込んだんです。結構長い電話で、入国客の列から随分遅れていました。そのあとでトイレに向かったんだったっけ。さすがに女子トイレに入るわけにはいかなくて、彼女が出てくるのを待ちましたよ」

その間、財部は監視の目から逃れている。人通りが少なくなったタイミングでトイレに入ったら、人目につかずに現金を誰かに手渡すことができるのではないだろうか。

「冨永さん、何か思いつかれたんですか」

「トイレなら、ブツの引き渡しがやれるんじゃないかと」

数分後、男がトイレから出てきた。どこか、ホッとした顔をしている。

「あの人の鞄、やけに軽そうに見えるのは、私の思い違いでしょうか」

「どうかな。そこまでしっかり男を観察しなかったんで。つまり、冨永さんは、あの男がトイレで誰かにブツを渡したとお考えなんですね」

確信はなかったが、トイレに入ってみた。上城も後から続く。

男子トイレ内は、無人だった。個室ものぞいてみたが、大きな包みが残されていたりはしなかった。

そんなうまい話はあるわけないか……。

そう思って洗面所に立った時に、足元のゴミ箱に目がいった。中身を改めたが、もちろん、それらしきものなどなかった。

「これぐらいのゴミ箱なら、一億円を入れた袋を押し込めますか」

上城がゴミ箱をチェックする。

「やろうと思えば、可能でしょう。でも、ここに現金を押し込んだとして、どうやってピックアップするんですか」

しばらく、他に大きなブツを隠せる場所がないかと二人で物色していると、清掃員が入ってきた。

冨永は掃除の様子を眺めていた。トイレの出入り口に、カート式のゴミ箱が置かれてあった。一億円の現金を包んだ袋が十分に入る大きさだ。

あり得ないと思いながらも、ゴミ箱の中ものぞき込んだ。中に入っているのは、紙くずや歯ブラシの空容器などだ。

だが調べる価値はあるかもしれない。

「かなり暴論ですが、財部はトイレのゴミ箱に持参した現金を押し込んだのではないかと思っています」

羽田空港内にある羽田税関支署の会議室で、上城と税関職員の会田《あいだ》を前にして、冨永は説明していた。会田は、上城と親しいベテランだ。冨永が内偵捜査をしていることを了解して、捜査に協力していた。

「誰かが、それをピックアップしたと、冨永さんは考えておられるんですね」

「ええ、おそらくは、清掃員を利用したと考えています。彼らなら、大きな荷物をトイレから持ち出しても、誰も不審を抱かないでしょう」

「清掃員かあ。けど、空港内で働く連中は、身上調査されていますし、出入りの際にも、セキュリティーチェックを受けていますよ」

会田は首を傾げて、やんわりと否定した。

「しかし廃棄するゴミはチェックされないのでは?」

「つまり、清掃会社にそのような組織があるとお考えなんですか」

そんな噂すら聞いたことがないと、会田は断言した。だが、可能性はゼロではない。

「いや、会田君、冨永さんの推理は一考に値するぞ」

上城が援護射撃をしてくれた。

「会田さん、トイレの出入り口を映す防犯カメラがありますよね。財部がトイレに入った時間帯の記録は、まだ残っていますか」

「一カ月は保存しているはずです。管理は別の部署が担当しているので、確認してみます」

「可能なら、彼女がトイレから出た後、清掃員が入ったかどうかを確認してください。万が一いたら、その人物について極秘で調べてほしいんです」

「いやあ、冨永さんは、とんでもないことを思いつくなあ。もし、そんな組織が存在していたら、これは大事件ですよ」

上城は興奮している。

「上城さん、まだ、妄想の域です。藁《わら》にもすがる思いで考えただけですから」

## 6

本社での夜勤が、月に二度回ってくる。午前一時を過ぎてようやく解放という時刻に、神林はデスクに呼ばれた。

「東條さんが、これをおまえに渡せとさ」

週刊文潮の見本刷りをファクスしたもので、ショッキングな見出しが大書されている。

日本初の女性総理候補ダブル不倫、撮った！

ファクスのつぶれた写真では、顔まで判別できなかったが、サブキャッチにも越村みやびの不倫相手は楽田恭平だと書かれてある。

記事を読んでいたら、東條から電話が入った。

「見たか」

「これってホントの話なんですか」

「悪いな、俺は文潮の社員ちゃうから分からん。記事の掲載号は明日発売や。楽田のところに当てに行け」

「ウチが追っかける話じゃないでしょ」

「アホか、おまえは。楽田の攻め時やろ。不倫疑惑なんてどうでもええが、ベッドで仲良うしたついでに、みやびちゃんはカネをせびったかもしれへんやろうが」

なるほど、楽田に会いに行くぐらいはやるべきか。

「越村は誰が？」

「あっちは、ガードが堅いから行くだけ無駄や。しかし、民自党の総裁選は、早くも相当の札束が飛び交ってるという情報がある。こんな記事が出たら、越村から離れる国会《せん》議《せい》員もいるはずや。それを引き留めるためにはさらにカネがいる。せやから、楽田を揺さぶってみるんや」

てたのに。

どう揺さぶるんですかと問うのは愚問だ。「自分で考えろ」――それしかない。

やれやれ、今夜は、最近仲良くなった女性テレビ記者と六本木のバーで飲む約束をしてたのに。

それからスマートフォンで見本刷りを複写して、有紀に送った。〝みやび先生のコメント取れれと、東條さんのご命令だ〟と書き添えた。

目白のハイパー・サ高住で、越村とあんなに親しげにしていたのだ。適当なつきあい程度の政治部記者より良いコメントが取れるかもしれない。

地下駐車場に降りると、配車係にハイヤーを一台リクエストした。車に乗り込み、楽田の自宅の住所を告げたときに、有紀から電話が入った。

「何これ?」

「見ての通りだ。文潮砲炸裂《さくれつ》ってとこだな。俺は今から、楽田のヤサに向かう。おまえは、先生の弁解を聞いてくれ」

「私、東條さんの部下じゃないし、ましてやあなたに命令されるいわれもないけど」

「いわれはなくても、おまえも記者だろ。だったら、ごちゃごちゃ言わないで聞きに行けよ。それとも、越村代議士とはゴマをするだけの関係で、こういう時にはネタが取れない程度のつきあいか」

怒りをぶつけるように電話を切られた。上等だ。

記事によると、二人の関係は既に一六年続いているとある。米国の医療・介護福祉系ビジネスを視察するために、越村が頻繁に渡米していた時に縁ができたらしい。

現地の企業や政府関係者との仲介役を務めたのが楽田で、それをきっかけに二人は親密になったとある。


「越村代議士は、おしどり夫婦で有名だけど、本当のところ、あの夫婦は仮面夫婦で、彼女は夫と離婚して楽田との再婚を真剣に考えていた時期もあった」と〝越村をよく知る永田町関係者〟なる人物が、まことしやかに語っていた。

文潮は、ワシントンＤＣで楽田が勤務していた医療コンサルの同僚や、越村の地元である金沢の支援者にも取材している。

米国の元同僚は、越村がワシントンＤＣに出張した時は、楽田はずっと行動を共にし、その期間は越村のホテルに泊まり込むほどで「いい関係なのだと思った」と答えている。

だが、越村の地元金沢の関係者は、「みやび先生と俊策さんの夫婦仲を疑うような者は誰もいない。浮気だなんて絶対にあり得ない」と断固否定していた。

文潮は、深夜に二人が仲睦《むつ》まじく六本木の高級ホテルに入る写真と、文京区本駒込六丁目にある楽田のマンションを越村が訪ねる写真も押さえている。

この記事は大当たりか……。

だとすると、総裁選には大きく響くのだろうか。

いや、投票するのは政治家と党員で、一般の有権者ではないから、影響はさほどでもない気もした。

しかし、総裁選後には解散総選挙が予定されていると聞く。その選挙では、このスキャンダルは大きな打撃になるかもしれない。

この手の話について、神林はほとんど取材経験がない。そこで東條に電話してみた。

「早いなあ。もう楽田の談話が取れたんか」

「今、本駒込六丁目の楽田の自宅に向かってます。その前に、教えを請《こ》いたいことがありまして」

「苦しゅうない。何でも聞け」

「東條さんは、二人はデキてたと思いますか」

「微妙やな。けど、多くの読者が疑惑の目を向けたくなるだけのインパクトはあるやろ。ホテルに入るときは腕組んでるし、そもそも大和郷《やまとむら》の高級マンションに越村が行く理由が他にないやろ」

「本駒込ですよ、楽田の自宅は。東京屈指の高級住宅街ですよ。村じゃないです」

これ見よがしにため息をつかれた。

「おまえ、本駒込六丁目が、かつて大和郷と呼ばれてたんを知らんのか」

知らなくても、死にませんから。

「いやあ、不勉強なもんで。教えてくださいよ」

「関東大震災の後、多くの華族が所有していた土地を都民に提供したんや。中でも岩崎家が供出した土地は、大正時代の理想の田園都市を目指して設計され、高級住宅街となった。そのあたりが元は大和郡山藩《こおりやま》のものだったので、大和郷と呼ばれるようになったってわけやな」

「なるほど。で、話を戻しますが、この記事って、タレコミだと思うんですが、総裁を争っているライバルの誰かがチクったんでしょうか」

「当然そうやろな。いずれにしても、みやびの脇の甘さが露呈したことになるな」

となると、絶対有利と言われていた越村の総裁就任に黄信号が灯《とも》るのか。

「この記事は、総裁選にどれぐらい影響するもんなんですか」

「痛手ではある。ダブル不倫に夢中の政治家が、日本の内閣総理大臣になるのは、あかんやろ。まあ、いずれにしてもここからやな」

「というと？」

「どう火を消すのか。その対応策次第では、逆に支持率を上げる可能性だってある」

「ほんとですか！」

「文潮の記事は事実無根で、自分はもちろん夫も悲しんでいるとアピールして、それが有権者に通じるほどの名演技やったら、大逆転やで」

なるほどな。

「じゃあ、これからが見ものですね」

「そういうこっちゃ。せやから、楽田の談話取るまで、とことん食らいつけ」

神林は「頑張ります」と返し、越村の談話を取るよう有紀に指示したと東條に報告した。

「おまえ、そんな勝手なことすんなよ」

「あいつ、みやび先生とかなり仲良しみたいなんですよ。ひょっとしたら、良い話が聞けるかもしれません。東條さんの指示だって言いましたから、きっといい仕事しますよ」

「あほか」と言われたが、撤回せよとは言われなかった。


現場には、先客が大勢いた。

ハイヤーだけでも軽く一〇台はいる。

車を降りて近づくと、記者やカメラマンが、マンションの入り口にたむろしているのが見えた。知った顔が少ないし、マイクを手にした者が多い。テレビのリポーターか。

「おっ、天下の暁光新聞のエース記者がお出ましとは、びっくりだな」

経済部に在籍していた時にウマが合って、よく情報交換していた週刊誌記者が声をかけてきた。文潮のライバル誌だ。

「お疲れ。なんだか、大騒動だな」

「そりゃあそうだろ。政界のマドンナにして初の女性総理候補の不倫を、文潮にすっぱ抜かれたんだ。皆目の色変えているよ」

「楽田は？」

「帰ってない。家族もいないようだ」

文潮の記事には、楽田は妻と別居中で、妻は二人の娘とアメリカに住んでいると、書いてあった。

ここにいても無駄かもしれない。文潮に記事が出るぐらいは本人も知っているだろうから、雲隠れを決め込んだに違いない。

万が一帰宅しても、これだけ記者がいたら、独占インタビューなんて無理だ。

他に楽田の立ち寄りそうな場所はどこだろう。

都内の高級ホテルに泊まる可能性が高いな。だが、見当がつかない。

ハイヤーに乗り込んでから、楽田にショートメールを送った。

〝夜分に失礼します。暁光新聞の神林です。なんだか、とんでもない記事が出ちゃうんですね。どうですか、楽田さん、ウチの社の独占で身の潔白を語ってもらえませんか？〟

一〇分ほどして、スマートフォンの着信音が鳴った。楽田からの返信だった。

7

大学時代に大ケガをして以来、俊策は熟睡できなくなった。おかげで、深夜にもかかわらずベッドサイドで鳴った携帯電話を、二コールで手にした。ディスプレイには大槻とある。

「夜分に大変申し訳ありません。お休みでしたよね」

「大丈夫です。何かありましたか」

「文潮砲にやられてしまいました」

体を起こした俊策は明かりをつけた。

「文潮砲って？」

「失礼しました。週刊文潮に、先生と楽田氏のダブル不倫という記事が出てしまいます」

このタイミングでか。

「止められないんですか」

「朝には、キオスクや書店に並びます」

ならば、今さらじたばたしても仕方ないな。

「みやびは、どうしています？」

「怒り心頭でいらっしゃいましたが、今は少し落ち着かれています」

なのに、大槻が電話をしてきたのか。

「私の方で、何かすべきことがありますか」

「俊さんの方には、メディアからの電話は入っていませんか」

「いや、気づかなかったな。今日は忙しかったんで、早く休んだんですよ。携帯以外は着信音を消していまして」

固定電話を見ると、留守録のシグナルが明滅している。

「では明日は覚悟なさってください。朝になったら、ご自宅や会社にもメディアが詰めかけると思われます」

　それは面倒だな。

「じゃあしばらくは蔵に泊まりますよ」

　蔵の四方は高い壁が囲んでいる。三つの出入り口を閉ざしてしまえば、関係者でもほとんど出入りしなくなる。

　毎年、酒造りが始まると、俊策は蔵に泊まり込む。長年勤める優秀な杜氏《とうじ》がいるので俊策まで蔵に入る必要もないのだが、酒造りの現場にいるのがとにかく好きなのだ。仕込みの時期でないのも好都合だ。蔵には誰もいない。

「今夜中に、蔵に移動しておきます」

「そうしてくださいますか。ちょっと、お待ちください」

　みやびが電話を替わった。

「俊ちゃん、なんてお詫びをすればいいか」

「気にするな。楽田さんとあれだけ一緒に仕事をしていれば、妙な噂だって出てくるさ。この手のネタが出るのは想定内だからね。それより、文潮に情報を流した人物に心当たりはあるか？」

「多すぎて分からない。大槻と手分けして必ず突き止める」

「君は何もするな。こういう時こそ泰然自若《たいぜんじじゃく》が大事なんだ。政治家の仕事だけに専念するんだ」

「このところ酷い目に遭ってばかりでうんざりだわ」

「みやび、女性がこの国の総理になるためには、並大抵の努力だけでは叶わないよ。この程度で泣き言を言わないことだ」

「そうね。いろいろ迷惑をおかけしますが、よろしくお願いします」

楽田との関係についてみやびは申し開きをしなかった。無論、俊策も聞くつもりはなかったが。

再び大槻が電話を替わった。

「俊さん、地元の対応は、池本と入江が仕切ります。俊さんにはご迷惑をかけないようにいたしますので」

金沢事務所長の池本は、大槻の弟分のような存在だし、入江は謹厳実直《きんげんじっちょく》がモットーの雪の鶴酒造の総務部長だ。彼らに任せておけば安心だった。

「私のことより、楽田氏は大丈夫ですか。彼は良くも悪くも外資系出身者ですからね、ちょっと世間とズレたところがある。メディアと事を構えたりしたら面倒ですよ」

「先ほど楽田さんに直接お会いして、諸々《もろもろ》お願いしておきました。しばらくは大丈夫かと」

電話を切ると、俊策は部屋の灯りを消したままで思考を巡らせた。

みやびにはああ言ったが、日本初の女性総理誕生を快く思っていない輩は思った以上に多いようだ。

これ以上の雑音は避けたい。

一度、地元で夫婦そろって会見するか。

今晩は、やけに風が強い。突風の泣く声が耳に届いた。

8

楽田が指定してきたのは、吉祥寺にあるシティホテルだった。午前二時半、部屋に直接来るようにとあった。

——なんで、おまえにだけ話すんや。

楽田から返信が来てすぐに東條に報告すると、褒《ほ》め言葉の前に、質問がきた。

しかし、神林自身も分からないのだ。それより問題なのは、楽田の主張を記事として掲載できるかどうかだった。

独占インタビューではあるが、所詮はスキャンダルの当事者が反論しているにすぎない。そんなものを、日本一のクオリティペーパーを自負する暁光新聞が載せるのか。

——そこは俺が何とかしたる。せやから、洗いざらい聞き出せ。

洗いざらいとは不倫疑惑よりも、越村との裏金疑惑の方を指すのだろう。

話すとは思えないが、尋ねないわけにもいかない。

駐車場にハイヤーを待たせて、神林は客室フロアに向かった。

らしい。

「やあ、いらっしゃい」

友人との飲み会のような気安さで招き入れられた。どうやら楽田はかなり酔っている
窓際にあるテーブルにつくと、断る間もなく、神林は酒を差し出された。どうせなら
ビールが嬉しいのに、ジャックダニエルのストレートだった。

「自宅の様子はどう？」

「結構な数の記者やリポーターが、マンション前に陣取ってます」

ウイスキーを一舐《な》めして答えた。

「バッカ野郎どもが。でも、それを知っているってことは、神林君も行ったわけだ」

「そりゃあそうですよ。だって、文潮の記事にはびっくりしましたから」

「事実無根の悪意ある記事だよ」

あれが真実でも、楽田はそう言うしかない。

「でも、六本木で撮られた写真って、仲睦まじそうだったじゃないですか」

「なんだ、君も僕らの関係を疑うのか」

淀《よど》んだ目が、神林に向けられた。

「それを聞きたくて来ました。楽田さん、言いたいことがおありなら、お好きなだけど
うぞ。弊紙は反論コメントをしっかり載せたいとも思っています」

「さすが、天下の暁光新聞だ。そうこなくっちゃ。六本木のあれはね、嬉しいことがあ

って二人で飲んで盛り上がった時のものだ。浮かれて酔ったら腕を組むぐらい誰だってやるだろ？　あのあとは彼女をホテルに送っただけだよ」

「嬉しいことって？」

「社会福祉健全化法成立のめどがついた時期があっただろう」

「いつ頃の話ですか」

「二カ月ほど前か。まだ、越村さんが厚労大臣だった頃だよ」

そういえば、一時、法案成立へという話題が記事になっていたな。だが、その後、審議時間の不足を理由に、総理は継続審議の断を下した。

「僕はね、アメリカ暮らしが長いんだ。仲良しの相手とのスキンシップは自然だよ。それだけで男女の関係だと決めつけるのは、ゲスの勘ぐりだ」

神林としては、越村と楽田の肉体関係についてより、社会福祉健全化法がなぜ成立しなかったのかという方に強い興味がある。だが、もう少し、楽田の申し開きを聞いてやるか。

「もう一枚の写真はどうですか。楽田さんのマンションに越村さんが入るところを撮られていますが」

楽田は鼻先で笑って酒を飲み干した。

「ウチのマンションに、越村さんの友人がいるんだよ」

「どなたです？」

「東海林美貴というバイオリニスト。名前ぐらいは知ってるだろ」

それなりに名の知れたバイオリニストだ。

「明日にでも、東海林さんに確認してみろ。僕の話が嘘じゃないと分かるから」

たとえバイオリニストが追認したとしても、二人への疑惑は晴れない。東海林が口裏を合わせたとも考えられる。

「了解しました。今のお話、ちゃんと書かせてもらいます」

酔いのせいで潤んだ目の楽田が、いきなり神林の手を摑んだ。

「ありがとう、神林君！　君こそ真のジャーナリストだ」

今のは余計だったな。楽田への疑念が強くなった。

そもそも神林は、不倫だろうがなんだろうが、男と女なんて好きにやればいいと思っていた。この手の話を騒ぎ立てるのは、自分だって本当は不倫したいくせにデキない奴らのやっかみだとすら思っている。

「それにしても、一旦は成立寸前までいった社会福祉健全化法が、なぜ成立しなかったんですか」

「利権だよ、利権！」

怒鳴った楽田が、また勢いよく酒を飲み干した。すぐに神林は、酒をついだ。

「サ高住乱立で儲けた業者からのおすそ分けを期待する先生たちが、妨害したと？」

「そうだよ。ねえ、神林君、僕らの関係を正しく理解してくれたお礼に、とっておきの特ダネをあげるよ。あの法案は、成立すれば儲けをふいにする大手ハウスメーカーや悪徳介護サービス業者が、建設族の国会議員にカネをばらまいて成立を妨害したんだ」

「ホントですか！」

神林は白々しくならないように驚いてみせた。

「サ高住が注目されて、停滞していたマンション建設や介護ビジネスに再び火が付いた。なのに健全化法ができたら、自分たちが排除されると恐れたんだよ」

「具体的には、誰にカネが流れたんですか」

「大石だ」

これは、面白い名が出てきた。副総理も務める大物で、民自党総裁選挙では、越村のライバルの青山経産大臣を推している。

「強敵じゃないですか」

「奴は利権王だよ。カネの匂いがしたら、何にでも首を突っ込んでくる」

大石に、そういうイメージがあるのは知っている。

「黛総理も、健全化法には消極的だったと聞きましたが」

「そのあたりは、僕の口からは言えないよ。ああいう狸オヤジは、腹の中で何を考えているか分からないからね」

「というと？」

大きなため息が楽田から漏れた。

「まっ、今は大事な時期だから、その話はやめておこう。それより大石は、幹事長の上野を抱き込んだんだ。それで、法案は時期尚早論が与党内で広がり、ポシャった」

「上野さんって、黛派でしょ。なのに」

「次期総裁選挙に、総理から推してもらえると思っていたのに、黛さんは越村さんを後継者に指名すると言った。それで腐っているようだ。そこに付け込まれたんだな」

政治家連中の精神構造は、情けないほど幼稚だ。何より守りたいのが己のメンツだから、虚仮《こけ》にされるとすぐ復讐《ふくしゅう》に走る。

「カネを出したのはどこです？」

「マンション建設のトップと、サ高住で一番ボロ儲けしている会社だよ」

「つまり、メガポリスとソレイユ・ピア・ヘルスケアですね」

楽田は黙ってグラスを少し持ち上げた。

「告発できる証拠とか、なんかないですかね」

「本気でやってくれるのか」

「もちろん！　弊社は、悪い政治家を徹底的に叩きます」

「分かった。ちょっと時間をくれ。カネはマンション建設業界と介護福祉業界で集めている。それに不満を持っている連中もいるから、それとなく聞いてみる」

そんなネタが手に入れば、それだけでも面白い記事になる。

「僕は経済部が長かったもので政治に疎《うと》いんです。愚問かもしれませんが、向こうがカネをばらまいて法案阻止に走るんなら、楽田さんたちも対抗して賛成票を買えばいいのに、と思うんですが」

それまでぼんやりとしていた楽田の目つきが、鋭くなった。神林は、それに笑顔を返した。

酒の席の戯《ざ》れ言《ごと》ですから。

「それができたら、苦労しないよ。清廉潔白がモットーの越村みやびの名を傷つけるわけにはいかないだろう」

清廉潔白の越村みやびか……。

そんな政治家が内閣総理大臣になれるほど、この国は立派なんだろうか。

9

楽田の反論コメントを、冨永は通勤途中の地下鉄の中で読んだ。

暁光新聞のオンラインニュースのスクープ記事だった。ＪＷＦの楽田と越村が男女の関係にあると報じた「週刊文潮」の記事に対する怒りをぶちまけている。

日本の社会福祉改革を快く思っていない者による、これは手段を選ばない誹謗中傷なのだと訴えている。おまけに成立一歩手前で、社会福祉健全化法案の採決を強引に見送らせ、われわれ二人をスキャンダル塗《まみ》れにした連中は、この国を亡国へと導く非国民だ

——とまで言っている。

今日発売の週刊誌に、越村と楽田の密会現場が掲載されているようだ。

「週刊文潮」のWEB文潮というサイトを覗《のぞ》くと、解像度の悪い写真と、短いイントロ記事がアップされ、続きは本誌で、と誘導していた。

地下鉄を降りると、すぐに「週刊文潮」を買って、ベンチに座って読んだ。

男女が仲睦まじく腕を組んで歩いている写真が目に飛び込んできた。キャプションには「深夜の六本木を仲良く歩く日本初の女性総理候補と医療介護のカリスマコンサル」と書かれている。

確かに、越村と楽田のようにも見える。

さらに楽田の居所とされる大和郷のマンションに、越村が訪れている写真もあった。

週刊文潮編集部は、二人が男女の関係にあるという確たる証拠を摑んだわけではない。だが、推定有罪ぐらいの情報は持っているという印象だ。

暁光新聞は、社会福祉健全化法案の継続審議についても触れていたが、週刊誌の方は、あくまでも二人のダブル不倫だけを報じている。

地下鉄駅から地上に出たところで、五十嵐から電話が入った。

「週刊文潮は、ご覧になりましたか」

「読みました。暁光新聞のネット記事も」

「テレビは朝からこの話で持ちきりです。それで、副部長がお呼びです」

さて、羽瀬はどういうリアクションをするだろうか。

「あと五分ほどで到着します。めぼしい番組は録画しておいてください」

登庁すると、五十嵐がワイドショーなどが扱かった内容をザッと説明してくれた。

「越村も楽田も、雲隠れしています。インタビューに成功したのは、暁光新聞の神林という記者だけですね」

記者の名前に覚えがあった。確か、目白にオープンしたハイパー・サ高住の内覧会に来ていた記者だ。

「神林という記者には、先日、偶然会いました」

「暁光新聞の若手記者の有望株で、〝闘犬〟のお気に入りだとか」

「〝闘犬〟って、有名な記者ですよね。確か東條謙介」

過去に調査報道で現職総理を退陣に追い込んだというジャーナリストだった。その記者の秘蔵っ子が、彼だったのか……。

内覧会で見た時は、同行の女性記者に軽くあしらわれていて気弱そうに見えたが、このタイミングで楽田にインタビューするとは、神林もなかなかのものだ。

「それで、羽瀬さんの用件もこれですか」

「だと思われます。僭越《せんえつ》ながら用件を伺いましたが、来れば分かると」

冨永は、階段を使って特殊・直告担当副部長席に向かった。一つ上のフロアである。

部屋に入ると、客がいた。法務省の官房長の石坂公明《いしざかたかあき》だ。

「失礼しました。出直してきます」

「その必要はないよ」と言って石坂が近づいてきた。

「君が噂の京菓子屋の御曹司《おんぞうし》か」

石坂に悪気はなさそうだが、嫌みな言い方だ。

小柄で肌荒れが目立つ官房長は、かつては特捜部にも籍を置いた検事だが、この一〇年ほどは、検察改革に力を入れるべく法務省への出向状態が続いている。

「はじめまして、冨永真一です。和菓子がお好きであれば、今度お持ち致します」

「いや、私は辛党でね。それに、京都のような上品な場所にはふさわしくない男だから、遠慮しておく。それより、あまりガツガツするなよ。君のような逸材は、もっと検察庁で活躍してほしいからな」

直立不動で控える冨永の肩を一揉《も》みすると、石坂は部屋を出ていった。

和やかな態度を石坂に見せていた羽瀬の顔つきが厳しくなった。

「どうする気だ」

「何の話ですか」

「週刊誌と暁光に嗅ぎつけられたぞ」

「私が追いかけている事件との関連性はないかと思いますが」

「そうかな。文潮はともかく、ネット上とはいえ、暁光があんな反論記事を出すのは異例だぞ」

羽瀬は何でも深読みする。メディアなんて放っておけばいいじゃないか。

「どこまで進んでいるんだ」

「ご相談するまでには至っておりません」

「まだ掘っているってことか」

返答しなかった。もう少し、時間が欲しい。

「マイペースも結構だが、石坂さんが気にし始めている。ウチより先に法務大臣や官房長官あたりから、越村を汚職《サンズイ》で狙っているなどという情報が石坂さんの耳に入ったりしたら、目も当てられんぞ」

検察庁といえども官邸や有力国会議員の意向を忖度《そんたく》する時もある。国家の最高捜査機関であっても、一省庁としてのしがらみからは逃れられない。

その塩梅《あんばい》を調整するのが、官房長だった。

石坂は検察庁からの出向者であるだけに、露骨な干渉はしない。だが、国務大臣経験者を捜査するとなれば、官邸や与党幹部からかかる圧力をはねのけるだけの確証はあるのか、あるいは政局への影響などを検事総長と探りながら、捜査や事件の落としどころを見つけなければならない。

石坂は、政治家と検察当局とのリレーションづくりがうまいと言われている。それで寝業師というあだ名もついている。したがって、越村のバッジを本気で取りに行くなら、石坂を納得させて、味方になってもらう必要がある。

「石坂さんがいらしていた理由は、それですか」

「おまえは知らなくてもいい話だ。とにかく五日以内に俺に報告しろ。それと、総裁選が告示されると、捜査ができなくなるのは知っているな」

捜査が政治に影響を及ぼすというのが理由で、法的な裏付けはないが、そういう配慮をすることが通例だった。総裁選まであと二カ月余りしかない。

「肝に銘じます」

廊下に出ると、大きなため息が漏れた。

慎重に捜査を続けるというスタンスは変えたくないが、そんな悠長に構えていられそうにもないな。


部屋に戻ると、東京国税局の上城が来ていた。

「冨永さん、見つけましたよ」

上城がノートパソコンを開いて、羽田空港到着通路の防犯カメラの映像を再生した。

「財部が帰国した日の記録です。少し離れて財部についている男は、私です」

財部は周囲を見渡してからトイレに入った。上城も映っている。

財部はトイレから出る時もあたりをうかがっている。

映像の右上に日付と時刻が入ったカウンターがあり、それが五分ほど進んだところで、帽子を目深に被った清掃スタッフがトイレに入った。入り口にはゴミ箱のカートが置いてある。

一分ほどして、清掃スタッフはカートをトイレ内に引っ張り込んだが、すぐに出てきて通路を歩き出した。一瞬だけ、ゴミ箱の口の部分が見えたのだが、新聞紙が広げられていて中身が分からなかった。

「これだけではカートに現金が入っているかどうかが、分かりませんね」

「でも、別の角度から撮った映像があるんです」

上城がＤＶＤを入れ替えた。

「最近は、テロ対策もあって、ゴミ箱のカートも中身が判別できるようにスケルトンになっています。こちらのアングルのは、それが功を奏しています。カートの変化が、よく分かりますよ」

その映像は遠く離れているものの、財部がトイレから出るところが何とか確認できた。その後、清掃スタッフが続く。

そこで上城が映像を止めた。

「カート内の透明のビニール袋には、ゴミが四分の一ほど入っていますよね。それが、トイレから出てくると……」

大きな紙袋が中に入っていて、上部には新聞紙が広げてある。

「この角度からだと、大きな紙袋が、あらたにカートに入っているのが分かります」

それが現金かも知れないということか。

「で、肝心のこの清掃スタッフですが、カメラを気にしてか帽子を深く被って顔が分からないので、清掃会社であるクリーナー社に問い合わせました。映像を見せたところ、清掃会社の社員が女性を特定してくれました」

　上城が写真入りの履歴書のコピーを広げた。

大坪春代《おおつぼはるよ》、三八歳とある。

「前科もなく、羽田に勤務して一年七カ月ですが、問題を起こした記録もありません」

川崎市出身で、県立高校を卒業して、地元の工場に事務員として六年働いた後、都内の企業二社で働き、クリーナー社に落ち着いている。

「帽子を目深に被っているうえに、女性の体格としては標準的です。これを大坪だと断定して大丈夫ですか」

　冨永がそう言うと、上城が映像を少しだけ巻き戻した。

「彼女の作業ズボンのポケットを見てください」

　鮮明ではないが、ピンク色の小さなクマのストラップが、ポケットの端から顔をのぞかせている。

「彼女の携帯電話に付いているマスコットだと、クリーナー社の社員が証言してくれたんですよ」

　小さな幸運があったということか。

「大坪を泳がせて、監視します。ＪＷＦ社員が海外旅行から帰国する時、同じことをするかもしれませんから」

　他人の物を拾って着服した場合、刑法二五四条で規定する占有離脱物横領罪が成立する。法定刑は、一年以下の懲役または一〇万円以下の罰金もしくは科料という軽犯罪だが、罪は罪だ。

　国外から現金を持ち込むことについては、違法行為ではない。ただ、一〇〇万円相当額を超える現金を持ち込む場合は、「支払手段等の携帯輸入申告書」にその旨を記載する義務がある。それを怠った場合は、関税法違反に問われる。また、税務署に国外から現金が持ち込まれた通告をするため、納税義務も生じる。

　したがって、闇で現金を国内に持ち込むのは犯罪であり、それに協力した清掃スタッフも共犯の罪に問える。

「大坪という清掃員が、財部が国内に持ち込んだ現金のピックアップ役だったとすると、単独犯というのは考えにくいですね」

「過去に、フランスのシャルル・ド・ゴール空港で似た事案がありました。その時は、大がかりな組織が背後にあって、ピックアップ役、空港外へ運ぶ役、輸送担当と繋《つな》がって、最後はボスの手元にカネが届くという仕組みでした。それと似たような組織があるのかも知れません」

　事件の端緒《たんしょ》は思わぬ所から転がり込んでくることがある。今回もそういう例かも知れない。大坪の背後に、現金密輸組織があるのであれば、上城らは大金星を上げることになる。

そして、冨永には幻だと思われていた楽田から越村に渡った現金三億円の存在が裏付けられるかも知れない。

「大坪は、どの程度の期間泳がせるんですか」

「大坪の背後関係を調べて、犯罪組織の存在の有無を確認します。それで最低一カ月は必要かと」

ここから先は上城に委ねることにして、こちらはその間に、楽田夫人への接触方法を考えよう。

10

午前三時まで楽田の酒につきあった神林は、そのまま帰社して原稿を書き、ウェブ上に独占インタビュー記事を載せた。それから三時間ほど仮眠すると、国会記者会館に詰めている同期の記者に、ランチを奢《おご》るから社会福祉健全化法についてレクチャーしてほしい、と頼んだ。

相手は「店は俺が予約する」と言って、すぐに「永田町　黒澤」を押さえたと伝えてきた。

約束の時刻より遅れていくと、個室に案内された。同期の藤岡は既に来ていた。神林に断りもなく、藤岡はメニューの中で一番高い高級弁当を注文していた。

「おい、黒澤って言えば、そばだろ」

「デリケートな話をするんだから、個室でないとダメだろ。なら、これを頼むしかないんだよ」

俺には、おまえにたかられているとしか思えないんだけど。

黒澤弁当という三段の重箱に入ったごちそうが出てきた。

絶対、東條に経費を認めさせないと。

「で、何を聞きたい？」

「藤岡、なぜ、成立が絶対視されていた社会福祉健全化法案が、土壇場で継続審議になったのか教えてくれ」

「あの法律を快く思わない連中が、裏で動いたからだろうな」

箸を手にした藤岡は料理に夢中で、会話もおざなりだ。

「でも、あの法案は、日本初の女性総理の期待が集まる越村みやび大臣の悲願だったんだ。彼女の後ろには、黛総理だっていた。なのに、潰せるものなのか」

「俺は、総理が潰したとみている」

雑な答えだ。旬の美味を盛り込んだ八寸を味わう方が、藤岡には重要なことらしい。

「それは、法案成立の目処がついたのに、黛が審議時間不足だと判断したことを指すのか？」

「あれは黛がよく使う方便だよ。過去には、ほとんど審議もせずに成立した法案がいくらでもある。明らかに越村大臣に対する嫌がらせだ」

「なぜ、そんなことをするんだ？　黛自らが後継者指名したんだぞ」

「あのな、黛の力で、越村が総理になるっていうのに意味があるんだよ。だから、越村一人が大きな成果を上げると、面白くないわけだ」

「歪んでるな」

「永田町の常識だ。それに、黛は建設族のドンだぞ。大手ハウスメーカーの幹部に頼み込まれたら拒否できない。越村は、二言目には劇的な改革を叫ぶが、永田町の先生方は今日も明日も同じ風が緩やかに吹くのを理想とする。だから、イケイケドンドンの越村が推し進める社会福祉健全化法案を、すんなり通したくなかったんだろうな」

「おまえ、以前は厚労省担当だったろう。実際のところ、あの法律は良い法律なのか」

「神林君、良い法律の定義を述べてみよ」

相変わらず料理に集中しながら、ついでのように、藤岡が返してきた。

「決まってるだろ。それが成立すれば、国民がハッピーになるのを良い法律という」

「おまえ、時々信じられないほどウブなことを言うな。老人ホームとか老健施設の拡充が追いつかない状況下で編み出されたサ高住は、グッドアイデアだったと俺は思う。それでミニバブルが起きているが、別に詐欺を働いているわけではないし、死人が出たわけでもない。だとすれば、これ以上厳しい規制は不要だろ」

有紀の言い草ではないが、悪貨が良貨を駆逐するような社会福祉行政はどうなのか。

「しかし、サ高住の家賃はうなぎ上りだし、悪質な介護サービス業者が野放しになっているのはまずいだろ」

「今までの法律や行政指導で、悪質な業者には対応できる。あの法律の問題は、排他性だよ」

規制が厳しすぎて、新規参入業者に対する障壁となっている。その結果、既存の社会福祉法人や老人ホーム運営会社だけが恩恵に浴する仕組みになっているらしい。

「一部では、楽田は大儲けするって言われているが、どうなんだ」

「結果的にそうなるだろうな。その上、越村が総理になれば、楽田は思うままに福祉ビジネスを牛耳れる。しかし、産業として成熟するには、自由に新規参入ができるような健全な競争があった方がいいんじゃないのか」

そういう意味では、法案の成立が先送りされたのは、政府の適正な判断だったのかもしれないということか。

「あの法案を潰すために裏金が動いたなんて話はないのか」

「そりゃ、あってもおかしくないな。ただし建設族は先生も業界も年季が入っている分、巧妙だぞ」

黛にはいろいろ黒い噂もある。だが、それをことごとく切り抜けて総理にまで上り詰めた強者《つわもの》だ。

「越村陣営としては、先送りは面白くないだろう。カネでシンパを増やしたなんてことは、ないのか」

そこでようやく藤岡の箸が止まった。

「清廉潔白が売りみたいだけれどねえ……」

「つまり、噂はあるわけだな」

「なくはない。今回の民自党総裁選はかなり激戦のようだ。悪知恵だけはやたら閃《ひらめ》く先生が反対陣営には大勢いる。そういう先生たちがあれこれデマを飛ばしているだけだとは思うがね」

デマについて具体的な話を聞かせろと迫ると、藤岡はパソコンバッグから分厚いクリアファイルを取り出した。

「やるよ」

「なんだ、これ？」

「越村を誹謗中傷する怪文書だよ。全部、内容が違う」

## 11

聞き慣れない電話の呼び出し音が鳴り続けていた。午前九時過ぎ――、米国ロングアイランドは、前日の午後八時過ぎだった。

国際電話の応答を待ちながら、冨永は窓を叩く雨を眺めていた。

　このところ特捜部不要論が、取り沙汰されている。「巨悪は眠らせない」という特捜部魂に押し潰されるかのように、強引な取り調べや自白の強要、あげくは証拠改竄《かいざん》まで行う一部の不心得者のせいらしい。既に、世論もメディア、判事までもが検事を敵だとみなしていると嘆く者までいる。

　だが、特捜部が不要だと言われる最大の理由は、その使命を全うしていないからではないか。

　巨大権力を有する国会議員や高級官僚などの不正を立件し、被疑者を逮捕起訴するのが責務なのに、果たせていない――。それこそが、特捜部不要論の最大の根拠なのだ。

　エリートが不正を犯さなくなったから立件ができないのは致し方ないと主張する輩もいる。しかし、冨永はそうは思わない。人間が存在する以上、欲望は暴走し、悪事は生まれる。

　それを糺《ただ》せないのは、ＩＴの発展やグローバル社会の広がりで国境の垣根が下がり、国外に犯罪追及の手がかりや証拠が存在するような事態が起きているからだ。そうなると特捜には、手が出せなくなる。

　越村事件でも、同様のことが起きている。

　匿名口座やタックスヘイブンなど、その国では合法とされている隠れ蓑《みの》が、捜査の行く手を遮《さえぎ》っている。

「Ｈｅｌｌｏ？」

　女性の声が応じた。

「おはようございます。私、東京地方検察庁特別捜査部の冨永と申します。楽田遼子さんはいらっしゃいますか」

「Ｗｈｏ　ａｒｅ　ｙｏｕ？」と尋ねられた。冨永は英語で同じ内容を告げた。所属先が理解できなかったようで、東京の検事だと伝えると保留モードに切り替わった。

「お電話代わりました。楽田遼子です」

　改めて挨拶をして、冨永は折り入ってご相談があると続けた。

「大変申し訳ないんですが、あなたが本物の検事さんかどうか、確かめたいのですが」

　冨永は、東京地検の代表電話の番号を告げて、「特捜部の検事、冨永真一を呼んでください」と言った。

　すぐに電話がかかってきた。長くなるので折り返そうかと言ったが、遼子は「用件を伺います」と言った。

「ご主人が、ある政治家に不正な金を送ったかもしれないという疑惑があります。それについて、奥さまにお話を伺いたいと思ってお電話致しました」

「ある政治家とは、越村みやびのことですね」

「そういう事実を、ご存じなのでしょうか」

「尋ねているのは私です、検事さん。夫が越村代議士に賄賂を贈ったという疑惑を捜査されているという理解で、よろしいかしら？」

「十分です」

「私が今も楽田恭平の妻で、ＪＷＦの筆頭株主だと承知の上で、おっしゃるのかしら？」

「お立場は、重々理解しております。二年前までＪＷＦの副社長兼経営戦略室長であったという点からも、ぜひお会いしてお話を伺いたいと思っています」

「私に事情聴取したいのであれば、強制力が必要と思わなかったの？」

「奥さまは、正義と良心をご理解される方だと信じて、お電話致しました」

相手が軽やかに笑った。

「あなた、面白い人ね。夫を守る気はないけれど、だからといってあなたに協力すると、私も共犯者にされるのではないのかしら」

「共犯になるようなことを、なさったのですか」

「特捜部の検事さんってもっと怖いと思っていたけど、案外ジェントルマンなのね。おかげで思わずハイって言いそうになったわ」

遼子の口調から判断すると、協力が期待できるかもしれない。頑《かたく》なに聴取拒否かと思っていたが、幸先の良い反応だった。

「一度、お目にかかりたいのですが」

「どういう立場で会うのかしら？」

「あくまでも任意の参考人としてです」

「いきなり逮捕は、なしってことね」

「奥さまに罪を犯した覚えがなければ」

「覚えがなくても、違法行為をすれば犯罪でしょ。それと、奥さまという呼び方やめてくださらない？」

「失礼しました。今回は任意の参考人として、ＪＷＦと楽田さんについてお話を伺えればと考えています」

　電話がまた保留に切り換わった。

　聴取のためには、もう一つ大きなハードルがある。遼子が帰国する必要があるのだ。

「お待たせしました。お会いしましょう。ただし、弁護士同席です」

「それで、けっこうです」

「いつ、いらっしゃいますか」

　即答できず、一呼吸置いてしまった。

　風が強くなったようで、窓ガラスを激しく揺らしている。

「大変申し訳ないのですが、法的な事情で私がそちらに出向いてお話を伺うことができません。楽田さんが次に帰国されるタイミングでお願いできればと思っています」

「あきれた。そんな悠長な話なの？」

「本当は明日にでもお会いしたいのですが、無理強いはできませんので」

「経費はそちら持ちなら、三日後でもいいわよ」

「本当ですか」

「ちょうど日本に帰る用があったので。検事さんラッキーね」

「では、お言葉に甘えて、三日後でお願いします。どこか適当なホテルの部屋をおさえます」

「いえ、私が検察庁にお邪魔します」

それは避けてほしい。

遼子の帰国がメディアに察知されたら、終始追いかけ回されるだろう。そんな中で、特捜部を訪れたら、潜行捜査どころか、事件そのものが吹き飛んでしまう。

「メディアの目もあります。特捜部にいらっしゃるのは避けた方が良いと思います」

「いえ、もう決めたの。私がそちらにお邪魔します」

頑固というよりわがままなのだろう。受け入れるしかなかった。

「では、成田空港にお迎えに参ります」

「お迎えなら六本木のグランドハイアットに来てください。そちらにお邪魔する前に、ひと仕事したいので。検事さんの携帯電話の番号を教えてください。用事を済ませたら連絡します」

冨永は素直に番号を伝えた。

屋外では、雷まで鳴り出した。

# 12

「週刊文潮」に楽田との不倫記事が掲載された二日後、俊策は妻を金沢に呼び戻し、市内のホテルで夫婦そろって記者会見を行うことにした。

それに合わせて早朝、「週刊文潮」のライバル誌、「週刊潮流」のオンライン版に、みやびの援護記事が掲載された。

まず、みやびの中学時代からの親友のインタビューが出ている。親友は、みやびが異性と腕を組んだり抱擁したりしている数枚の写真を提供しつつ「みやびは、お酒を飲むと誰とでも腕を組んで歩く癖があった。一緒に過ごした留学先でも、ハートはアメリカ人だと言われていた」と証言している。

「そもそも、未だに周囲が呆れるくらい熱愛夫婦なんだから、たかだかハグくらいで不倫疑惑って言うのは、ばかばかしい」と親友が一蹴するのは、それなりに説得力があるはずだ。

みやびは昨晩遅くに帰宅したというのに、早朝から起きてオンラインの記事を読んでいる。

「ありがとう、俊ちゃん。なんとお礼を言えばいいのか」

「差し出がましいとは思ったが、潰せる芽は少しでも多く潰した方がいいからね。それより、そろそろ着替えておいで」

　問題は来週以降の「週刊文潮」だった。一体どんな記事を出してくるのか、確たる情報を得られていない。たとえ掲載記事情報が察知できても、それを握り潰すのは物理的に難しいだろう。

　俊策が髪を整えているところで、大槻が姿を現した。

「おはようございます。俊さん、この度は電光石火で動いていただいて、何とお礼申し上げればよろしいか」

　大槻は、随分憔悴《しょうすい》しているように見える。秘書としては当然だろう。総裁選挙告示まで二カ月というタイミングで、社会福祉事業のパートナーとのスキャンダルは大打撃だ。

「『文潮』の次号に出る記事の内容は分かりましたか」

「さっぱりです。何も出ないのではという噂もありますが」

「それは、希望的観測でしょ。あれで終わるとは思えないな。特に、暁光新聞と週刊潮流で反論されているんだ。僕が編集長だったら、迎え撃ちますよ」

　鏡越しに大槻と目が合った。

「雪の鶴の金策が、うまくいったと伺いました」

「何とか都合をつけました。今年は、気合を入れて純米大吟醸の量を増やしますよ」

「楽しみですな。それで、融資元ですが」

「せっかく大槻さんに紹介してもらったのですが、今回は別のところにお願いしました。

みやびは黙って頷いた。

定刻になったので俊策は先にステージに上がった。強烈なストロボの明滅に目眩《めまい》を覚えたが、妻と連れ立って舞台上で深々と頭を下げた。

「朝早くから、お集まりいただきありがとうございます。越村みやびの夫、越村俊策です。本日は一部のメディアで伝わっておりました報道についてご説明したく、このような場を設けました」

みやびは隣で神妙に座っている。俊策は、ひとつ咳払いをしてから事の経緯を話し始めた。

「妻が社交的で情熱的な女性であることは、既に皆さんご承知のとおりです。感激すればいつも男女構わず肩を抱き合って喜んでいます。日本人らしくないかもしれませんが、これが妻の気質ですから、私自身はそれに対して違和感を抱いたことはありません。おそらく、妻と楽田氏の振るまいをスキャンダルと見なした週刊誌と私ども夫婦とは、価値観が異なるのだと思います」

場内の雰囲気は好意的だ。俊策は続けた。

「皆さんはどちらがお好きでしょうか。どれだけ親しくなっても距離を置き、感情を抑制するリーダーと、喜びも悲しみも正直に表し、皆で共有しようとするリーダーと。私は、感受性豊かな人間らしいリーダーこそが、現代社会の閉塞感を打ち破ってくれるのではないかと思います」

13

約束通りに楽田遼子から連絡が来たので、冨永は五十嵐と二人、六本木のグランドハイアットに迎えに行った。

所定の場所に車を回すと、既に彼女は弁護士と二人で待っていた。メディアは見当たらなかったが、東京地検に到着した後も、念のため地下駐車場で二人を下ろした。

インターネットで確認していたものの、実際に会ってみると、遼子は小柄で愛嬌《あいきょう》のある容姿だった。身につけているのも柔らかいシルエットのもので、独身時代にアメリカの投資銀行でバリバリ働いていたとはとても想像できない。越村みやびとは対照的なたたずまいだった。

「とっても殺風景なオフィスなのね。さすが日本のお役所ね」

ヒールの音を響かせて歩く遼子が顔をしかめている。

「機能重視ですから」と返すしかなかった。

取調室に案内すると彼女は、しばらく部屋の中を見渡した。

「これが特捜部のお部屋なんだ。居心地が良いとは思えないけど、窓はあるし部屋もそれなりに広い。さぞや息苦しいような密室に違いないってドキドキしてたんだけど、損した気分」

放っておくといつまでもしゃべっていそうなので、用意しておいた椅子に遼子を座らせた。同行した弁護士のために、五十嵐がもう一脚椅子を用意した。

「本日の面談は、あくまでも参考人聴取であり、ここで話したことが理由で、依頼人に不利益な事態が起きないことを保証してください」

同席する弁護士の内藤一葉《ないとうかずは》は、元検事だ。冨永の六期上で、三年前の特捜部勤務を最後に退職し、現在は大手事務所に勤務している。

「内藤先生、申し訳ありませんが、それは保証しかねます。もちろん、任意の参考人聴取としてお話を伺いますし、ご協力いただいているということで最低限の配慮は致しますが、できるのはそこまでです」

「それで、けっこうよ。だから、内藤先生は私や検事さんが不適切な発言をした時だけアドバイスしてちょうだい」

電話で話した時はもっと警戒していると感じたので、遼子の物分かりの良さが意外だった。

「ただし、検事さん、事情聴取は録音録画なしでお願いします。そして、我々はＩＣレコーダーを回します」

証人自身が録音録画することなど論外だ。しかし今回は特別に認めざるを得ない。外国から呼び寄せた重要証人を聴取すること自体、異例中の異例だからだ。

さっそく話を聞こうとしたところで、遼子から待ったがかかった。

「何度もごめんなさい。先程、楽田と会って離婚届の判を押してもらったんです。お話が終わったら、区役所に離婚届を提出してきます」

遼子が用紙を取り出して提示した。確かに両名の署名捺印《なついん》がある。これで、遼子は配偶者ではなくなる。

「検事さんがお知りになりたいのは、楽田が越村代議士に賄賂を贈ったかどうかですよね。答えはイエスです。証拠もあります」

いきなりの衝撃的な一言であった。冨永が息を呑んだと同時に、電話がけたたましく鳴り響いた。五十嵐が電話に出る。

「検事、副部長からです」

出ないわけにはいかないだろう。

「お電話代わりました」

「今すぐ、部長室に来い」

「今、重大な取り調べの最中で」

「それより、俺の用件の方が重大だ」

何事においても、上司の命令は絶対という軍隊のような発想を改めない羽瀬のやり方には、時々腹が立った。

羽瀬が多くの疑獄事件に携わり、特捜部のエースという異名をほしいままにしていたのは知っている。また、冨永が赴任した時から何かと目をかけてくれ、時には叱責や非難から庇《かば》ってくれたこともある。頼れる男だし、尊敬できる検察官でもあった。

ただ一点、問答無用で呼びつけるのだけは改めてほしかった。

不愉快な感情のまま拳で副部長室を叩いた。さらに強く叩いたが応答がないのでドアを開くと、羽瀬はいなかった。

なんやねん、留守かいな！

つい舌打ちが出た後で、呼び出された場所が違ったのに気づいた。羽瀬は、部長室に来いと言ったのだ。

部長室は、特殊・直告班副部長室の二部屋隣、日比谷公園に面した角部屋だった。

訪ねると、藤山がいた。

「遅くなりました」

岩下と目があった途端、彼女がデスクを叩いた。

「なぜ、こんな記事が『週刊文潮』に出るのか説明しなさい」

冨永は、早刷りのコピーを手にした。

医療介護界のプリンスを元ＣＦＯが告発
私は、越村大臣への裏金を運んだ！

強い衝撃で固まってしまった。なんで、こんな記事が。

片岡が「週刊文潮」にしゃべったのだろうか。

思わず藤山の横顔を覗き込んでしまったが、彼女は部長を見つめたまま動かない。

「私には答えられません」

そう言うしかない。

「この件を知っているのは、あなたと藤山だけよ。記事には、聴取した検事二人にまともに相手にされなかったと書かれている。あなたたちの対応が悪かったから、片岡は文潮に垂れ込んだんじゃないの！」

「対応も何も、我々はたった三日で捜査中止を命じられたんです。しかも、告発を取り下げたのは、片岡本人じゃないですか。それを」

「冨永、それぐらいにしておけ。部長も頭からおまえらを疑っているわけではない。しかし、こんなふうに書かれた手前、事実確認するのは当然だろう。検事総長からお叱りを受けた。そういう事態が起きているということを肝に銘じた上で、片岡聴取の際の事実関係について報告書を作るんだ」

そんな無駄をするなんてバカバカしい。

「副部長、もう一度、片岡を事情聴取させてください」

藤山が、勇気ある発言をした。

部長がキレた。

「藤山！　いいかげんにしなさい！　まだ分からないの。特捜部は、楽田と越村については一切タッチしていないし、これからもタッチしない――。私自身が総長の前でそう誓ってきたの。だから、とっとと始末書を書いて提出しなさい」

なるほど。部長が求めているのは片岡聴取の報告書ではなく、不出来な部下が愚行を詫びる始末書か……。

「部長も総長も二人を咎《とが》めているわけではない。ただ、民自党総裁選挙を前に、特捜部が政局を刺激するような行動をするなとおっしゃっただけだ」

羽瀬は、冨永を見て言った。

つまり、俺の捜査も総裁選挙が終わるまで凍結されるのか。

岩下は不満そうだが、否定はしなかった。

「本日中に部長宛てにお届けに上がります。現在、参考人の聴取中ですので失礼します」

踵を返す冨永に藤山も続いた。廊下に出るなり、藤山が部長室に向けて中指を突き立てた。

「お互い、ここは死んだフリをするしかないよ」

羽瀬は、捜査をやめよとは言わなかった。いや、何を言われてもやめるつもりはない。

要は動かぬ証拠を押さえればいいのだ。

「それにしても、なんで、片岡が裏切るんすかね」

「彼は、大塚の料亭にはいないのか」

「海外に行くと言うんで送り出したんです。迂闊《うかつ》だったのは、宮崎とどんな話をしたのかを確認していなくて。でも、なんで週刊誌なんかにタレ込むんでしょう」

片岡の行動には気まぐれが多い。魔が差したのか。宮崎に酷いことを言われたのか、あるいは突如、正義感に目覚めたのか。

「粘り強く深く静かに潜行すべし、だな」

「あーあ。あたしも先輩みたいに達観した大人になりたいっすよ。今日は早退して、一人カラオケで発散してきます」


取調室に戻ると、冨永は席を外したことを遼子に謝罪した。

「それで、先程の続きですが、ご主人が越村前大臣に賄賂を贈ったという証拠とは何ですか」

遼子は文書を冨永に差し出した。あろうことか「越村大臣裏献金記録」と書かれてある。

「実際に夫が、あのバカ女に費やした額は最低でも五億円はくだらない。おそらく、一〇億近いんじゃないかしら。それは、ここに全て記してある」

遼子は文書の最終ページを開いてみせた。越村の直筆の署名がある念書だった。

〝私、越村みやびは、楽田恭平氏と共に日本の社会福祉の向上に取り組みます。楽田氏から二億円の支援を受け、それを有効活用することを誓います。

そして社会福祉健全化法成立に尽力し、成功の暁には、楽田氏にさらなる活躍の場をお約束します。

あまりにも嘘くさい。それとも越村は世間知らずなのか。

「賄賂を受け取った相手が、念書を書くなんてあり得ないと思うでしょ。でもね、これは二人の信頼の証《あかし》であると同時に、お互いが絶対に裏切らないための保険でもある。夫があのバカ女をそう説得したのよ。既に二人がこの時点で男女の関係だったのは間違いない。でも、互いにがんじがらめになることが何よりも大事なの。その報酬が莫大な利権なら言うことなしでしょ」

遼子の生理が理解できなかった。

それにしても、長年、公私にわたりパートナーとして苦楽を共にしてきた相手に、こんな酷い仕打ちができるものなのか。

だが、冨永の疑問など気にもせず、遼子の証言は続いた。

「夫が目指した最終ゴールは、介護福祉ビジネスの独占だけじゃない。その先にあるのは医療改革のリーダーになることよ。いずれ健保は破綻し、日本もアメリカ同様、医療費負担が大きくなる。それに対応した医療保険が必要になる。その医療保険を独占する。そんなことができるなら、五億や一〇億なんてはした金よ」

「楽田氏に、そうアドバイスされたんですか」

「あら、そんな証拠はないでしょ。私は、ただ献身的に夫に尽くし、時々、夫と意見交

越村みやび"

換をしただけ。夫がどう実行したかを私は存じません」

「ＪＷＦは、楽田さんと遼子さんのお二人で設立された企業ですよね。お二人が大株主であり、楽田さんが社長を、遼子さんも副社長兼経営戦略室長を務められていた。だとすれば、越村さんの懐柔は、遼子さんにとっても利益があることで、賄賂を渡されていたのであれば、共犯関係が疑われます」

「そういう考えもあるわね。でも、社長は楽田だし、私は彼の部下だったのよ。そもそも越村大臣とは、楽田が一人で交渉していた。私は蚊帳《かや》の外だったの。それは、社員に確かめてみれば分かるはず。楽田が越村大臣に賄賂を贈っていたことを、私が知っていたという裏付けを取るのも難しいのではないかしら」

「しかし、この文書の存在をご存じだったわけで、シラを切るのは難しいですよ」

「知っていたわけじゃないわよ。夫との離婚を決断したから、ロングアイランドの自宅の金庫を整理したの。その時に、偶然に見つけただけ」

一つ間違えれば逮捕されかねない状況にありながら、遼子は平然としている。夫と越村が男女の関係になることすら黙認していた遼子が、なぜここまで残酷に夫を切り捨てるんだ。

なんだかんだと言っても夫を愛していたのに、週刊誌に不倫疑惑を書き立てられて激怒し、その腹いせに全てをぶちまけているのだろうか。

しかし、遼子が怒りにまかせて行動しているようには見えなかった。

「夫がどのようにしてバカ女にカネを渡していたのか、そのカネが、民自党の議員にどのように流れたのかも知らない。ただ、誰に渡したかは分かるわよ」

また新たな証拠文書が登場した。

今度は、「社会福祉健全化法成立のための賄賂リスト」とある。

「これも偶然見つけたんです。こんなものが自宅の金庫に入っていたなんて、私は今までまったく知りませんでした」

リストに記載されている国会議員は一〇人以上いる。いずれも与党建設族の議員だ。

「もう一つ思い出しました。越村大臣の最大の弱点は、彼女の夫よ。あの活動家崩れの夫は、経営者としてはボンクラで、雪の鶴酒造は経営危機に陥っていた。それはご存じ？」

五十嵐が調べていたので、経営危機であることは知っている。

「運命共同体なら、救ってあげてこそ男じゃないの、という話をしたことがある。そうしたら、金庫からこんな文書も出てきたわ」

それは、スイスのプライベートバンク、バーゼル・ダイヤモンド・バンクへの指示書だった。匿名で、雪の鶴酒造に三億円を融資するようにという。

「公務員の配偶者や兄弟への利益供与も賄賂に当たるって判例があったわよね。これも使えるんじゃなくて？」

遼子は、ご丁寧に夫の口座番号まで提供した。片岡が提出した裏金の記録にあった口座番号の一つと一致していた。

「あのバカ女は、政治資金をもらっただけだと言い逃れするかもしれないので言い添えておくわ。夫は、政府の介護関係の利権を手に入れるためにカネを渡したという自覚がある。また、カネの大半は、バカ女が厚労大臣だった時のものです。職務権限も十分でしょ」

これだけ揃《そろ》えば、岩下部長も石坂官房長も捜査を止められないだろう。

しかし、遼子の行動があまりにも不可解だった。

「なぜこれだけの資料を、我々に提出されるんですか。これらの証拠がなければ、越村さんと楽田さんへの立件は難しかったはずです。しかも、あなたにとっては、何のメリットもない」

「不正を見つけたら、告発するのが国民の義務だからに決まっているでしょ」

呆れたものだ。

「清廉潔白だとか偉そうに言いながら、自分の思い通りにいかないと、カネで買収するような奴を、日本の総理大臣にしていいの？　身の程を知らせるべきでしょう」

「週刊文潮のせいではないと？」

「見損わないで。それにロングアイランドにいたら、あんな雑誌は手に入らない。結婚も企業も私にとっては投資先に過ぎない。結婚を決めた頃の楽田は、超お買い得銘柄だったの。実際、ずいぶんと贅沢《ぜいたく》を楽しんだ。ＪＷＦの株価も、上場当初とは比べものにならないほど高価になった。でも、最近の楽田を見てると、つまらなくなった。そろそろ限界かなと判断したのよ。つまり、私はＪＷＦと楽田恭平を売却《エグジット》したの」

身も蓋《ふた》もない酷い話だ。夫婦関係を、まるで賞味期限切れの食品を棄《す》てるかのように割り切る遼子は、冨永の理解を越えていた。

「ご提供戴いた証拠文書は、離婚を決断されたのでご自宅の金庫を改め、偶然発見されたとおっしゃいました。いつ頃から離婚をお考えになっていたんですか」

「それは、事件とは無関係です」

ずっと沈黙を守っていた弁護士が介入した。だが、遼子は答えた。

「一年ぐらい前から、離婚は考えていました。その頃から、楽田はビジネスよりも、名誉とか権力とかというつまらないものを気にし始めたの。不思議なもので、人間の器が小さくなると、プライベートでのカネの使い方がせこくなるくせに、細かい見返りばかり期待するようになる。それで、別居してタイミングを見計らっていたの」

「じゃあ、私がご連絡したのが、引き金になったというわけではないのですか」

遼子が薄ら笑いを浮かべた。

「もっと前よ。あのバカ女がしゃかりきになって成立させようとした法案が、総理の裁定で継続審議になった時ね。あの頃から、楽田はダメになった」

そういうものか。

「どうしても理解できないのですが、楽田さんにもＪＷＦにも見切りをつけたというのは分かるとして、楽田氏の不正を告発する動機に繋がらないんです」

　遼子が笑った。

「要は、女心よ、検事さん」

「つまり、復讐ですか」

「小さいわね。私のパートナーになるほどの男は、常に冒険者でなければならないの。かつての楽田もそうだった。それを思い出させてあげるの。一度くらいの破滅なんてものともせずに這い上がってらっしゃいという、私からのエール」

# 第六章　逮捕

## 1

一〇月――。

「越村みやび君、民自党総裁当選、バンザーイ！」

民自党本部にあるホールのステージで、会心の笑みを浮かべる妻を、俊策は会場の隅で見つめていた。

やっと、ここまで来た。

あいつは、やり遂げた。

「俊さん、おめでとうございます。まだ信じられませんよ。文潮の記事が出た時は、さすがにもうダメかと思いましたが、それも乗り越えた！　お転婆だったあのお嬢が、内閣総理大臣ですよ」

普段は感情を表に出すことなどない大槻が男泣きしている。

ＪＷＦの片岡が、社会福祉健全化法案成立のために、楽田がみやびに三億円の裏工作資金を調達して、ホテルオークラで渡したと告発した記事が出た時は、俊策も度肝《どぎも》を抜かれた。

しかし、楽田が、横領と背任容疑で片岡を告発するつもりだと記者会見で発表、片岡の告発は自身の着服を誤魔化すための詭弁《きべん》だと訴えた。

片岡は既に国外逃亡しており、行方が摑めなくなっていた。

また、みやびは事務所を通じて「事実無根」と反論した上で、「週刊文潮」編集部を告訴した。

その後、人気アイドルグループの解散問題に世間の注目が移り、記事は忘却の彼方に消えた。

「大槻さん、おめでとう。そして、本当にありがとう。あなたの支えがなければ、みやびの夢は叶わなかった」

「何をおっしゃってるんですか。俊策さんがいらしたから、夢が実現したんです」

大槻はそう言って万歳を繰り返し、最後は泣き笑いしていた。

大槻に報告しなければならないこともあったが、あの興奮ぶりでは今は何を言っても耳に入らないだろう。――大槻さんが奔走してくれたおかげで、大阪の睦実商事から融資を受けられました。そのお金で昨日、バ《B》ーゼル・ダ《D》イヤモンド・バ《B》ンクからの融資を全て返済しました――。

ＢＤＢを通じて融資してくれた人物は楽田かも知れない――大槻にそう言われて調べてみたものの確認できなかった。しかし李下に冠を正さずという故事もある。用心深く行動して損することはない。

支援者らとともに喜びを叫び続ける大槻を残して、俊策はホールを出た。

そろそろ引き揚げ時だった。金沢でやることが山ほどある。

ロビーは、大勢の関係者でごった返していた。メディア関係者も多い。伊達メガネとマスクで顔を隠して、民自党本部を出た。日中は残暑が厳しかったが、夜風のおかげで過ごしやすい。タクシーを拾って「東京駅まで」と告げた。

道路も渋滞していないから、八時台の新幹線に乗れるだろう。

予約アプリで席を取ろうとスマートフォンのパスワードを入力すると、アルバム画面が開いた。懐かしい一枚の写真を保存していて、最近は暇さえあればそれを眺めていた。

写真には、大学に合格したばかりの俊策とみやびと並ぶ十代目が写っている。三人とも、弾けるような笑みでカメラの方を向いている。

この時十代目は「自分の夢を必死で追いかけて、よく学びよく遊べ」と言って孫娘と俊策を祝福してくれた。

京都大学法学部に入学した俊策は、政治学に夢中になった。やがて「政治はパワーゲームだ。戦略と駆け引きを熟知すれば世界は変えられる」と訴えて勉強会を主宰するようになった。

すでに大学内での政治運動は跡形もなくなった時代である。政治に関心を持つ学生はほとんどいなかったが、問題意識が高い学生はそれなりにいたし、政治に対する俊策の解釈の面白さもあって、徐々に仲間の輪が広がった。

勉強会だけでは飽き足らず、京都市に対して様々な提案を行った。当初は相手にしなかった行政も、京都大学というブランドを利用して、知名度の高い評論家やメディアを巻き込む俊策らを無視できなくなり、突破口が開いた。

以来、俊策らが提案すれば、行政は必ず耳を傾けるという仕組まで築いた。

もちろん学業も研究も怠らず、俊策は修士課程、博士課程へと進んだ。

そんな最中に事件が起きる。

一乗寺にある俊策の下宿で親友と二人で飲み明かした明け方、覆面姿の暴漢数人に襲われたのだ。

細々とした勢力ではあるが、七〇年代安保の匂いを残す過激派集団がいた。彼らにとって政治とは思想であり、哲学だった。故に、俊策が掲げる成果主義的な戦略論は許しがたく、昔ながらの手法で、異端児の排除にかかったのだ。

深酒をした上に寝込みを襲われ、ほとんど抵抗できなかった。

親友は鉄パイプで後頭部を殴打されたことが原因で、三日後に息を引き取った。そして、俊策も二週間あまり生死の境を彷徨《さまよ》った。

意識を取り戻しても、内臓が破裂していたために食事が摂《と》れず、悪夢ばかりを見て精神的なダメージからも立ち直れなかった。

ようやく退院したものの、今度は警察の取り調べが待っていた。殺人事件を扱う刑事部ではなく、公安部に所属する刑事に、過激派だと決めつけられ、厳しい聴取が続いた。ぎりぎりのところで持ちこたえていた精神もさすがに限界を越え、任意とはいえ三カ月にも及ぶ取り調べが終わった時には、脱け殻のようになっていた。

復学もままならず、無気力な毎日を過ごす俊策を、ある日十代目が迎えに来た。医師と看護師、そしてみやびが一緒だった。

「もっと早く、来てあげたかったんだが。情けないことに私が体調を崩してしまって。本当にすまない」

十代目はまるで風邪をこじらせた程度の言い方をしたが、実際は持病の心臓病のせいで、親族が集められるほど重篤《じゅうとく》だったという。

俊策は金沢大学医学部付属病院に再入院し、体はかなり回復したが、精神の方が立ち直れなかった。

なぜ、過激派に襲われなければならなかったのか。

なぜ、親友は死に、自分は生き残ったのか。

――政治とは何か。

自分を見失い、現世に絶望した俊策が、なんとか生きながらえたのは、みやびの献身的な看病と、十代目の励ましの言葉があったからだ。

　ようやく、一人で散歩ができるようになった紅葉の季節に、少し遠出しようと十代目に誘われて、二人は金沢城に向かった。

　天守閣の前に広い芝生広場があり、そこの木陰のベンチで、十代目と並んで腰掛けた。

「俊策、私はそう長くはない。次の発作が起きたら、もういけないと思う」

　深刻な話なのに、十代目はさらりと話した。

「そんなことをおっしゃらないでください。私にとって、十代目とみやびの存在が、生き甲斐なんですから」

「何を弱気なことを。君はまだ若い。ゆっくりと時間を掛けて心と体の傷を癒やせばいい。それから、また夢を追いかけたまえ」

　追いかけたい夢など、もう何もない。

「実は最後の頼みがあってな、俊策。黙って私の息子になってくれ」

　高校二年の時から保留になっていた件だ。一時はその選択に心を惹《ひ》かれていたが、過激派に襲われ、公安に目をつけられるような身となっては、もはや地元屈指の名家とは一切の関わりを諦めるしかないと覚悟していた。

　それを十代目は――。俊策は号泣してしまった。

　翌月、俊策が十代目の養子となり、みやびが大叔母の養女となった。その次の日、十代目は息を引き取った。

　そして通夜の夜、みやびは「私、国会議員になろうと思う」と言ったのだ。

「東京駅は丸の内側でよろしいですか」

タクシーの運転手に声をかけられた時、左手に皇居が見えた。

## 2

テレビ画面で、越村みやび当選の様子を見届けると、冨永は上着を羽織って副部長室に向かった。

岩下部長から、越村代議士の捜査の中止命令が下された同じ日、楽田と越村に対する贈収賄事件の大きな物証を手に入れた。

検事は聴取に際して、情緒的なリアクションを見せてはいけないというのは鉄則だ。だが、楽田遼子が語った越村と楽田恭平に関する証言は、その鉄則を揺るがすほどの驚《きよう》愕《がく》の事実のオンパレードだった。

遼子から証拠の一切を受け取り、参考人としての供述調書に署名させた。それらを全部携えて、冨永は羽瀬に談判に行った。

冨永が説明するのを、羽瀬は渋面で聞いていたが、最後は「しばらく預かる。悪いようにはしない」と言った。

その三日後、羽瀬を主任検事とする二〇人体制で捜査班が極秘に結成された。そして、民自党総裁選挙に影響を与えないために細心の注意を払っての捜査がスタートした。

あれから二カ月――。

ひたすら詰めてきた裏付け捜査が、ようやく日の目を見る。


副部長室を訪ねると、羽瀬も総裁選ニュースを見ていた。

「東京国税局の上城氏が、国内に不法に現金を大量に持ち込んでいる組織についての証拠が揃ったので、明日にでも逮捕に向けたご相談にお邪魔したいと言ってきました」

「ほお、また絶妙なタイミングだな」

テレビを消音《ミュート》にして、羽瀬がこちらを向いた。

「晩飯は食ったか」

まだですと答えると、羽瀬は上着を羽織った。

「ちょうどいい。一緒に来い」

相変わらず問答無用かと呆れながらも、黙って従った。

庁舎前からタクシーに乗り込むと、羽瀬はホテルニューオータニに行くよう告げた。

「ウチに来てから、夜回りはされたか？」

記者が、帰宅途中や自宅に接触してきて、取材することだ。

「ありません」

「ルールは知ってるな」

地方検察庁で報道陣の取材を受けるのは、地検検事正、次席、部長、副部長に限られている。それ以下の検事への接触は厳禁とされていて、記者から接触を受けた検事は、翌朝必ず上司に報告することが義務づけられている。

「一応」

「じゃあ、心しておけよ」

「私のところには、来ないでしょう」

「どうかな。最近のP担（検察担当）は、とろいのが増えたから分からんが、おまえは狙われる」

冨永が、越村を担当しているからだろう。

毛嫌いしているわけではないが、記者とは距離を置いていた。彼らはスクープが書けるならば、捜査の妨害など気にもしない。任官二年目に、岡山地検で痛い目にあっている。

「ここからは、俺の個人的意見だがな、メディアを上手に使うことも覚えた方がいい。なんとかかとハサミは使いようだ。俺たちが知らない情報を持ってくるようなデキる記者も時々いる」

「私は副部長ほど器用ではありませんから、ハサミには近づかないようにしています」

鼻で笑われた。

ホテルに到着すると、羽瀬は地下のアーケード階にある「藍泉」という店の暖簾《のれん》をくぐった。

仲居の案内で、個室に通されると先客がいた。法務省官房長の石坂公明だ。

「おお、君も来たのか。言っておくが、今日はあくまでも同じ大学の先輩後輩が酒を飲む席だからね。君は、ただ居合わせただけだ」

石坂に念押しされて、この会食の意味を察した。

石坂は元は検事だが、現在は法務省出向の身だ。事件捜査への干渉はもちろん、報告を受けることもご法度だ。しかし実際は、官房長ら法務省幹部は、さまざまなルートから検察庁の情報を入手している。こうして同窓生が旧交を温めるのも、立派な情報交換の場になる。

また、大事件の捜査となる場合には、法務省刑事局刑事課に事前通告するのが通例だ。

「君の粘り腰は凄いな。キャリアが傷つくのを嫌がる岩下まで納得させて突き進んできたわけだから」

「ひとえに、羽瀬副部長のご指導のおかげです」

「冨永、謙遜《けんそん》するな。おまえの口から、総理に内定している人物を逮捕する大義名分を説明しろ」

捜査中止が言い渡されたにもかかわらず、楽田元夫人を聴取した上で、越村追及を続ける必要性を訴えた時の発言を、ここでもう一度言うのか。

「おお、それはぜひ聞いてみたいな」

遠慮している場合ではないし、ここで石坂の理解が得られれば、この捜査の懸念が軽減されるかもしれない。

「僭越《せんえつ》ですが、我々国家公務員の仕事は国益を守ることにあります。では、検事の国益とは何か――。社会正義を守ることです。言い換えれば、国益や国民の安穏を損なうような犯罪を見つけたら、どんな相手であっても怯《ひる》まず逮捕し、罪を問わなければならないと考えます」

石坂が口元に運びかけたお猪口《ちょこ》を、テーブルに戻した。

「我々は越村みやび代議士の不正の証拠を摑み、代議士を贈収賄両方の罪に問うべく被疑事実を固めております。ところが、我々の捜査が、時の政局を左右してはならないという理由で、捜査は一時中断しました。

そして、本日、我々が追及しようと考えている代議士が、与党の党首となりました。近い将来、越村代議士は、日本国の内閣総理大臣の座が約束されたわけです」

その場合、就任早々の総理を贈収賄で逮捕していいのかという非難が検察庁に浴びせられるだろう。その前に、事を収めなければならない。

「いずれ総理となる人物を犯罪者として罰すれば、日本の国際的信用を損なうだけではなく、政治に混乱を来す。つまり、国益を大きく損なうという意見があるかと思います。

しかし、それは誤りです」

冨永は長いものには巻かれろ、空気を読めという発想が嫌いだった。京都の古いしきたりの中で生まれ育ち、その秩序を乱すものは許さないという世界に嫌気がさして、検事を志した。ここには、しきたりも空気もない。あるのは法律だけだ。だから、つまらぬ忖度《そんたく》などする必要はないと考えていた。

「そこまで断言する根拠は何だね」

石坂は酒を口元に運びながら言った。

「一政党の総裁を逮捕起訴することは、日本の国益にさして大きな影響はありません。しかし、現職の内閣総理大臣となれば話は別です。しかも、日本初の女性総理を逮捕するとなると、国益の大損失になります。だからこそ、総理になる前に、越村みやびを逮捕すべきなのです」

「羽瀬君から君の主張の内容は聞いていたが、あらためて本人の口から聞くと説得力があるな。思わず、俺も背中を押したくなる」

「ご安心ください。官房長のお手を煩《わずら》わせることなく、東京地検特捜部が、きっちりと落とし前をつけます」

「だがおまえさんは、次期総理だけじゃなく彼女を後継者に指名した現総理も、敵に回すんだぞ」

承知の上だし、羽瀬にも同じことを指摘された。

「では官房長が私の立場だったら、越村を見逃すんですか」

「巨悪は眠らせないなどという都市伝説に酔っていたら、命取りになるぞ」

「そんな大層な考えはありません。目の前に悪が存在するという証拠を掴んだ以上、検察官として見逃すわけにはいきません」

石坂は腕組みをして唸《うな》った。

羽瀬はずっと黙っている。

「法務大臣が指揮権を発動するかもしれないぞ」

「それはないと信じています。それに、もしそんなことをしたら、この国は世界から笑われます。すなわち、大きな国益の損失となります」

「国益ねえ。なあ、羽瀬、いつの時代から検事が国益なんぞという大それた言葉を吐くようになったんだ」

「正直に言いますと、冨永の主張に私は感動しました。国益を守るために国会議員を逮捕起訴する。その訴えには説得力があると思われませんか」

「総理大臣就任までに、一カ月しかないんだぞ。それで起訴まで持ち込めるのか」

冨永は、羽瀬に答えを譲った。

「石坂さん、その問いには答えられません。ただ、我々東京地検特捜部の真価をしっかりと示したいと思います」

羽瀬が、テーブルに両手をついて頭を下げた。冨永は、起立したままそれに倣《なら》った。

3

「あんた、宮崎を追っかけてたんだろう」

赤坂にあるスナック「談談」の個室で、北島三郎ばかり一〇曲も熱唱した荒勢《あらせ》勘九郎《かんくろう》は、別のドスのきいた低音で、いきなり神林に話を振ってきた。

東條から、政治家の汚職情報に詳しいブラックジャーナリストに会わせてやると言われて、妙にゴージャスなスナックに連れてこられた。そこで、へたくそな歌をひたすら聞かされ辟易《へきえき》していた神林は、ようやく本日の本題に入ってホッとした。

「よっしゃ、勘ちゃん、今度は俺が歌うからな。神林もちゃんと聞いとけよ」

マイクを持った東條が叫んだが、二人とも気にもしなかった。

「宮崎って、元東京地検特捜副部長の宮崎穂積さんのことですか」

「越村新総裁のスキャンダルをあんたに暴露するって言ったのに、ばっくれられたんだろ」

思い出したくもない苦い経験だ。

あのあとも何度か、立川にある宮崎の事務所を覗いたり、自宅のインターフォンを鳴らしているが、一度もつかまらない。日本にいないという噂まである。

「あのネタを東條の兄貴に持ち込んだのは俺なんだ」

酔している。


　二人の会話に構わず、東條は村田英雄の「王将」を、史上最悪の下手さでがなって陶
　荒勢は東條を兄貴と呼び、東條は荒勢を「勘ちゃん」と呼ぶ。二人はまるで兄弟のようだ。身長と関西訛《なま》りを別にすれば、体型も雰囲気も酷似している。

「その宮崎の依頼人ってのが、こいつだ」

　荒勢のスマートフォンに写っているのは、週刊文潮に越村を告発した片岡司郎だった。

うすうす、そうかもとは思っていた。だから片岡を探していたのだが、こちらの行方も摑めない。既に殺されているという説もあれば、ニューカレドニアで悠々自適に過ごしているという噂まであって、正確な情報はない。

「片岡の居場所を知ってるんですか」

「知らん。けど、奴が告発しに行った時の検事の名前なら分かる」

　まじか！

　週刊文潮の取材記者に対しても片岡は、特捜検事に告発したのに相手にされなかったと言っているが、検事の名は明かしていない。それで、暁光新聞社社会部のP担記者に尋ねてみたが全く不明だそうで、「そもそも本当に特捜検事に会ったのかも怪しい」と返された。

　ただ、この一カ月、東京地検特捜部が騒がしいという。国会議員を狙っているのだが、標的が曖昧なのだ。

最有力は越村だが、民自党総裁に当選したばかりの大物をやる度胸は、特捜部にはないだろうというのがP担の見立てだ。メディアの間で浮上しているのは、ＩＴ社長から代議士になった三〇代の若手議員のインサイダー疑惑だ。

ただ、東條は「そんなチンピラ一匹捕まえるにしては、大がかりに動いているのが解せん。俺は、越村の線に賭けるなあ」と言って、今夜の大カラオケ大会を設定したのだ。

東條が絶好調でサビ部分を熱唱している。そのがなり声に負けないよう神林は大声を張り上げた。

「検事の名前、教えてください」

また、スマートフォンが差し出された。顔写真が二枚。一人は男、一人は女で、いずれも自分と同世代か、少し上に見えた。

「これは顔写真で、名前じゃないでしょ」

「男の方は冨永真一、女は検察美女図鑑第三位の藤山あゆみちゃんやろ」

歌を中断して、東條が割り込んできた。

あれだけ熱唱していたのに、ちゃんと話を聞いていたのか。

「この二人は、特捜部期待のエースやぞ。名前と顔ぐらい覚えとけ」

神林は、もう一度男性検事の顔を見つめた。最近、こいつに会ったことがある。どこだったっけ……。

「どないした神林。眉間にシワが寄っとるで」

だ。

　下品なほどエコーのかかった東條の関西弁を聞いて、ようやく、思い出した。

　目白のハイパー・サ高住で、「しがないサラリーマンです」と神林の取材に答えた男だ。

「少し前に、楽田恭平が事実上経営するハイパー・サ高住の内覧会があったんで行きました。そこで楽田に挑発的な質問をぶつけた男性がいて、少しだけコメント取材をしたんです。匿名希望だったのですが、間違いない。あれは冨永検事でした」

「マジか。おまえ、仕事はでけへんけど、運だけは強いな。すぐ、こいつに会《お》うて来い」

　また、無茶を。Ｐ担からは、「検察はメディア取材に厳格だから、勝手に夜回りなんてすんなよ」とクギを刺されている。

「さっき、冨永を期待のエースだとおっしゃいましたけど」

「橘事件を知ってるか」

「副総理と当時の官房長官が絡んだ汚職事件《サンズイ》ですよね」

「簡単にサンズイとか言うな。あれは大疑獄事件やぞ。あの時の立役者が、冨永真一や。で、こっちの美人は、パパが元駐米大使という令嬢なのに、ご本人は特捜屈指の割り屋と言われてる。俺もこんなべっぴんさんに尋問されたら、何でもしゃべってまうなあ」

　ひとまず藤山という女性検事の方はいい。それより、冨永に俄然《がぜん》興味が湧いた。

「あの、荒勢さん、週刊文潮では、片岡は検察にまともに相手にされなかっただけでなく、容疑者扱いされて怒っていたとありましたけど、それは本当の話ですか」

次に歌う曲を物色していた荒勢が顔を上げた。

「あれは大嘘だ。あいつはな、ギャンブルのやり過ぎで首が回らなくなって、会社のカネに手をつけた。それが、社長にバレてクビになった時、ある人物から、借金を棒引きにしてやるから、越村を告発しろと唆《そそのか》されたんだ。ところが、この二人の検事が裏付け捜査をしようとしたら、急に告発を取り下げたんだ」

変な話だな。

だが、片岡がギャンブルのやり過ぎで会社のカネに手を出したので、クビにしたという話は、確か楽田も言ってたな。

「それで、片岡を唆したのが、宮崎元副部長なんですか」

「神林、頼むわあ。もっと頭使こてや。宮崎の背後には、黛か浅尾がおるやろ」

また、東條は話を大きくする。ここで総理や官房長官まで登場されると、厄介事が拡大するだけなのに。

「俺も、兄貴の意見に賛成だ。黛の爺は、総理の座を下りたくない。けど、三選を禁じている党則を変えるのは厄介だ。そこで、一番若く後ろ盾も少ない越村を後継指名して、院政をやろうと考えた。だが、越村もなかなかしたたかで黛の思惑を察知し、足元を固め始めたものだから、黛が彼女を脅すために茶番を演じたんだ」

そんな子供じみた欲望のために、天下の東京地検特捜部を弄《もてあそ》んだというのは、にわかには信じられない。

「このところ、特捜部が騒がしいのは、越村を狙っているからですか」

「それ以外に誰がいる」

「下田《しもだ》一輝《いっき》が怪しいと聞いています」

「あんなIT小僧ごときに、二〇人体制の捜査陣を組むと思うか。獲るなら、最低でも越村と楽田だ。あわよくば、黛も打ち落としたい」

それはもはやクロスボーダー部じゃなくて、社会部の出番じゃないのか。

「つまり片岡が動かぬ証拠を特捜部に提出したってことっすか？」

「そのへんは、兄貴に聞いてくれ、俺は詳しくない」

そこで再びイントロが始まり、荒勢がマイクを摑んで立ち上がった。「まつり」を歌うようだ。はやくも気合十分で唸っている。

「ええか、神林君、特捜部がそれだけの体制で捜査に臨むということは、しっかりした証拠をいくつも摑んでいる上に、複数のホシを狙っている時や。橘事件ほどではなくても、大きな事件が爆《は》ぜる。せやから、はよ冨永ちゃんに会うてこい」

「そんな大がかりな事件を、俺一人でやるのはまずくないですか。ここはP担を中心とした社会部総掛かりでやるべきかと」

いきなり頭を叩かれた。

「そんなことしたら、他社にバレるやろ。あいつらを巻き込むのは、おまえが大スクープを飛ばした後でええ。せやから、とにかく冨永ちゃんに会え！」

「会ってどうするんです。越村総裁をいつパクるんですかとでも聞けと?」

「ピンポーン、大ピンポーン! 大正解や」

マジかよ。

4

特捜部が閣僚級の国会議員逮捕に踏み切る場合、検察首脳会議が開催されることがある。

「御前会議」の異名を持つその会議には、検事総長、次長検事、最高検察庁担当部長、管轄高検検事長、地検検事正らが出席する。また、今回は特別に、法務省官房長も出席すると羽瀬から聞いていた。

現金不法持ち込み組織の摘発事案を担当する特捜部財政経済班のミーティングに出席していた冨永は、御前会議の結論が気になってなかなか会議に集中できなかった。

不法持ち込みについては、三〇代の元IT企業の社長が主犯だった。中国で手広くビジネスをしていたが、自身の会社が破綻して、犯行に手を染めたらしい。

過去にも数回、スーツケースに現金を詰めて海外から持ち込んだことがあり、その経験を生かしてビジネスを始めたのだという。

人材派遣業を隠れ蓑《みの》に、羽田と成田の各国際空港に清掃員を送り込み、国外からの現金を運び込む手法で、繁盛したようだ。手数料として三割取るので、けっこうな儲けになる。しかも実働部隊の清掃員たちは自己破産者や借金取りに追われている者ばかりで、低額の報酬でこき使われていた。

東京国税局の上城らは、既に清掃員だけでなく、ゴミ集積場で現金を受け取って依頼主に届ける〝運び屋〟も特定していた。さらに、楽田チルドレンの一人がケイマン諸島に出張中で、二日後に成田空港に帰国するという情報も摑んでいた。

冨永はその人物を、飛行機から降りた直後から尾行するつもりだ。そして回収人が現金をピックアップして運び屋に手渡し、それを空港外に持ち出したところで逮捕、その後、一斉検挙に着手という筋書きだ。これを受けて遅くとも数日後には、楽田恭平を贈賄容疑で、越村みやびを受託収賄容疑で逮捕する予定だった。

そのためには、御前会議出席者の満場一致のGOサインが、必要なのだ。

午後一〇時を過ぎた時、携帯電話に羽瀬からメールが来た。

〝すぐに大会議室に集合だ〟

大会議室は、越村楽田事件捜査の「捜査本部」だった。

特捜部の特殊・直告班に所属する特捜検事以外にも、各地の地検から応援の検事が派遣されており、会議室は人で溢《あふ》れかえっている。

そこに特殊・直告班の検事も顔を揃え、さらに人口密度が高くなった。

「ご苦労」

部屋に現れた羽瀬の姿を見て、冨永は結果を悟った。

「御前会議では満場一致に至らず、明日、引き続き継続審議となった」

出席者の落胆で空気がさらに淀んだ。

「相手は、次期総理になる方なんだ。そう簡単に上層部が了解するなんて思っていたわけじゃないだろ。明日に期待だ。今日は、皆まっすぐ家に帰って寝ろ」

羽瀬はそれだけ言うと、部屋を出て行った。

ではお言葉に甘えて、久しぶりに電車のある時間に帰宅しよう。

そう思って廊下に出ると、藤山に声をかけられた。

「先輩、じつはまずい状況になりました」

「まずいって？」

「越村の秘書は、公設私設と合わせて五人いるんですが、その日には、全員アリバイがあるんです」

「越村サイドに現金を受け取れる人物がいないのか」

「こんなヤバいカネを扱えるのは、大番頭格の公設第一秘書の大槻しかいないんですが、越村が出席したウィーンでの国際会議に随行しています」

「例のプライベートバンクの口座から送金したのでは？」

ＢＤＢの送金リストのうち楽田の口座は特定できたが、それ以外は不明だった。楽田からの送金先の一つが越村の秘密口座ではないかと、国際金融に強い検事が探っているのだが、解明には時間がかかりそうだった。

「ＢＤＢの送金リストには、該当する日が記載されてないんすよ。だから、やはり、オークラで現金授受が行われたと考えるべきなんっすけどねえ」

しかし、カネを受け取る人物がいないというのでは、前に進めない。

「夫は、どうなんだ？」

「夫って、越村俊策っすか。えっと、彼は自社の酒蔵にこもって作業をしていたという証言があります」

「それはそうと、片岡の行方は？」

未だに片岡は行方知れずだ。家族を含めて全員が自宅から姿を消していた。

「まったく尻尾も摑めずで。ところで、この先はどうなると思います？　御前会議が通っても、それから法務大臣にお伺い立てるんすよね。越村の背後には総理が控えていますし、総理が後継者として指名した次期総理をみすみすパクらせますかねえ」

「この国の正義を、信じよう」

藤山は、そんなものは信用していないと言いたげに苦笑いしている。

地下鉄半蔵門線に乗り込んだ冨永は、空席を見つけて座り込むなり目を閉じた。

大人数がひしめく大会議室は、そこにいるだけで疲れてしまう。皆、疲労困憊《こんぱい》しているが、同時に歴史的な大事件に携わる興奮に突き動かされている。検察官は副検事を含めて総勢約二七〇〇人。そのうち、国会議員が容疑者という事件を担当できる者などほとんどいない。

それだけに、誰もがやたらとハイテンションなのだ。ところが、それを立件するための捜査は桁違いに困難で、何度もくじけそうにもなる。興奮と緊張、そして落胆――。それが何度も繰り返されるうちに、苛立《いらだ》ちが澱《おり》のように沈澱し、捜査班の空気が重く淀んでしまうのだ。

その息苦しさは、何事にも我慢強い冨永でさえ辛《つら》かった。

ここは気分転換のためにも一刻も早く帰宅して、久しぶりに子供たちと話そうと思った。

それに風呂にもゆっくり入りたいし……。

そう思っているうちに寝入ったらしく、気がついた時には二子新地駅だった。ドアが閉まる前に、慌てて飛び下りた。

やれやれ、これじゃあくたびれたサラリーマンの典型そのものだな。

ホームにある自販機で、C1000を買って一気飲みした。もう一息がんばれ。自宅まではあと一〇分ほどだ。

この一〇分間が冨永には貴重で、道を歩きながら気持ちを整理する時間なのだ。

特捜部に異動してからは、家族にも多大な迷惑を掛けている。だから、庁舎から引きずってきた悪い気はすべて、この間に放出する習慣が身についていた。

自宅に帰れない日が四日も続き、特捜部の自室のソファで寝ていたため体がだるかった。血行を良くしようと、両手を大きく振って歩いた。近所の知り合いに見られたら笑いの種になるかもしれないが、それで体が楽になるのなら気にしない。

血が巡り出し、首筋にうっすら汗が滲《にじ》んだところで、自宅が見えてきた。

と思った直後、電柱の陰から男が一人現れた。

「夜分に失礼します。目白のハイパー・サ高住でお話を伺った暁光新聞の神林です」

来たか。

「名刺をもらえますか」

「えっと、先日もお渡ししたかと思うんですが、まあ、いいですよ」

愛嬌《あいきょう》のある顔に笑みを張りつけた記者が、名刺を差し出した。社名と所属、名前を確認して上着のポケットに入れた。

「では」

「え!?　ちょっと待ってくださいよ」

相手は追い縋《すが》ってくるが、待つつもりはない。夜討ちをかけた記者に対しては名刺を受け取り、それ以上一切応対せずに、翌朝上司にその名刺を差し出す――。それが特捜部のメディア対応ルールだった。

「越村みやび次期総理を逮捕されるそうですが、着手はいつですか」

バカげた質問だな。

そもそもこんな公道で何をほざいている。

鞄を持っていた手を強く握りしめて、冨永は自宅の門扉に手をかけた。

5

眠い目をしょぼつかせながら、神林は出社した。午前一〇時からの会議というのはキツい。

昨夜は特捜検事に夜回りしたが、邪険にされて散々だった。

なのにまた別の連載企画会議に引っ張り込まれるなんて、冗談じゃない。

おまけにテーマが保育園問題で、俺のムダ使いにもほどがある。やる気が出なくて、うとうとしていたら、いきなり男が一人乱入してきた。検察担当《P担》の同期記者だ。殺気立っている。

「小山、なんだ、いきなり」

言い終わらないうちに小山はコーラのペットボトルを神林にぶつけてきた。神林が驚いて立ち上がると、胸ぐらを摑まれた。

「おまえ、勝手に夜回りなんてすんな！　ぼけがっ」

「何の話だ！」

「特捜検事の冨永に、夜回りかけたろうが」

昨夜の冨永検事との苦いやりとりが思いだされた。二日酔いのせいで胃液が逆流した。

「したけど、あんなの夜回りのうちに入らない。声をかけたら名刺を出せと言われて、その通りにしたら家の中に逃げ込まれた」

「そのせいで、俺たちは無期限出禁《できん》を食らったんだ！」

ウソだろ。

「特捜部が騒がしい最中に、俺たちだけ会見にも出られず、親しい検事にも会えなくなる。特落ちしたら、責任とれよ」

「小山君、えらいお怒りやなぁ。君、出禁食らったことは？」

いきなり東條が割り込んできた。

「あるわけないですよ。そんなことしたら、取材に差し障ります」

「痛いなあ。君、それは痛いわ。P担やってて出禁経験ないって、つまり重大なネタを確認《あ》に行ったことがないわけやろ。それって、自分はぼんくら記者ですと胸張って宣言しているようなもんやな」

「何ですって！」

さすがに局次長待遇の東條に殴りかかるわけにはいかず、小山は拳を握りしめている。

「まあ、こっちのぼっちゃんも名刺だけ取られて、まともに会話もでけへんかったから、落第やねんけど、君よりはだいぶましやな」

酷い言い様だが、東條の理屈は間違っていない。記者の取材活動を検察庁が制限する権利などない。現場の検事に夜回りをかけた者は、部長・副部長が対応する〝夕懇《ゆうこん》〟への出席を認めないというのは、言論弾圧だと抗議しなければ。

ご愁傷《しゅうしょう》様。腸《はらわた》は煮えくりかえっているだろうが、東條に刃向かう勇気はないだろ。

「東條さん、では、あなたが責任とってくださいよ。まもなく特捜部が動きますけど、その時、僕らは夕懇に行けないわけですから」

怒りのあまりか、小山の声が震えている。

「おまえ、誰に口きいとんねん。夕懇なんて出んかて記事は書けるやろ。そもそも、特捜部のターゲットが誰か分かってんのか」

「あなたに言う必要はありません」

「おたくに教えていただかなくても、大丈夫でございます。会議中やし邪魔やから、出てってくれへんか」

そこまで邪険にしなくてもと思ったが、小山は既に部屋を出ていた。

「すまんけど、俺らもこれで失礼する。神林、一緒に来い」

それだけ言うと、呆然《ぼうぜん》としている出席者を尻目に、東條は席を立った。

「すごい啖呵《たんか》切ってましたけど、根拠があるんですか」

上司に続きながら尋ねた。

「決まってるやろ。検察庁にいる俺のお友達情報や」

一度夜回りをしただけで出禁になるほど厳しくメディア規制をしている検察庁から、

そんな簡単にネタが取れるのが信じられなかった。

「だったら、俺はわざわざ冨永に会う必要なんてなかったじゃないですか」

言い終える前に手が飛んできて、横っ面を叩かれた。

「捜査の主任検事は羽瀬という副部長やけど、キーマンは冨永ちゃんや。このヤマをものにするためには、冨永を味方に引っ張り込まなあかんことぐらい分からんのか」

「でも、もう会えませんよ」

今度は脛《すね》を蹴られた。

「あほか、毎晩会いに行け。それと、ちゃんとお土産を持って行け。大きな疑獄事件の場合、報道陣にしか手に入らへん情報がある。それで情報交換するねん」

「そんなものを、どうやって手に入れるんです」

「土産については、我が社が総力を挙げて拾ったる。P担はもちろん、司法記者、警視庁の二課担、社会部遊軍、政治部、そして金沢支局も巻き込む準備は終わってる」

いつのまにそんな手を回していたんだと聞くのは愚問だった。事件をモノにすると決めたら、闘犬は電光石火で動く。それは、誰にも止められない。

「楽田とは、連絡つくか」

「多分」

「今から会うてこい」

「もうすぐ逮捕されるかもしれませんよって、忠告にでも行くんですか」

「ピンポーン。逮捕されるようだから、一問一答に答えろと。身の潔白を訴えたいなら、暁光新聞が紙面を空けてやると言うてやれ」

　マジか。

「俺は今から、金沢に行ってくる」

「支局への協力要請ですか」

「アホか。そんなもんやったら、電話一本で終わるやろ。もう一方のキーマンに一問一答しに行くんや」

　越村がお国入りしているのか。

「越村相手に、同じことをやるんですか」

「あったり前田のクラッカーや。けど、越村みやびとちゃうぞ。夫の俊策や。あいつが臭いと、俺は睨んどる」

## 6

　この日の午前中に、ようやく事件着手が決まった。大部屋に集まった検事や事務官らが気勢を上げた。

　多くの者にとって一世一代の大事件となるのは、間違いない。興奮と緊張、そして不安は相変わらずだが、室内に停滞していた空気は一気に吹き飛んだ。

「明日、例の現金密輸団の強制捜査がある。メディアが泣いて喜ぶほど、ネタの片鱗《へんりん》をあれこれ出して、煙幕を張る。そして、一週間後、本丸二人を同時に呼ぶ」

心なしか羽瀬の声まで高揚している。

「先輩、私、すごい嬉しいっす。ガセネタを押しつけられた厄介事だと思っていた話が、こんな展開を見せるなんて最高っす」

藤山もはしゃいでいた。

そこで羽瀬と目があった。

「冨永と藤山は俺の部屋に来い」


「冨永、昨日おまえに夜回りかけた暁光新聞の記者を上手に取り込め」

副部長室に入るなり羽瀬が言った。

「それは、次席もご存じの話なんですか」

「知るはずがないだろ。だが、メディアを怖がっていたら、このヤマは世論に潰される。これは俺の一存だ」

なんだって。

「藤山、おまえ、片岡の一件で、ずっと週刊文潮の記者に追いかけ回されてんだろ。そっちも取り込め」

神林が連絡すると、楽田は本郷にあるＪＷＦ本社で会うと返してきた。

――ちょうど私も、相談したいことがあったんでね。

早速、会社を訪れると、先日会った時のやさぐれた雰囲気は消えて、世界を股に掛けるエグゼクティブらしい華やかさを取り戻していた。

「ようこそ。今日は、顧問弁護士にも立ち会ってもらおうと思うんだけど、いいよね」

神林と同世代らしき、いかにも切れ者という風体の青年が名刺を差し出した。

大神・浅村法律事務所の樋口喜彬《ひぐちよしあき》とある。

大神・浅村といえば、刑事事件も扱う中堅弁護士事務所《ローファーム》だ。代表の大神弁護士は元検事で、テレビなどによく出演している。

「なんか、ものものしいですねえ」

できれば弁護士なんて排除したい。

「僕は口が滑りすぎるんで、的確なアドバイスがいるんだよ」

気にせず進めろと言われたので、あきらめた。

「実はちょっと気になる噂がありましてね。楽田さんを東京地検特捜部が狙っているらしいんですよ。それで、ご本人にお話を伺いたくて」

楽田と樋口の表情が硬くなり、互いに目配せしている。

「それって『週刊文潮』が載せた片岡の話を信じてるってこと？　僕の反論コメントを取ったくせに？」

ＪＷＦの元ＣＦＯ片岡が、「週刊文潮」誌面上で楽田と越村の贈収賄を告発した時、神林は楽田に電話取材している。

「容疑事実は摑んでいません。ただ、特捜部は大がかりな編成を組んで、この一カ月余り捜査をしているらしく」

「何の事実もないのに、楽田を犯罪者扱いされるんですか」

弁護士が介入してきた。

「そうじゃないですよ。ただ、そういう噂が出回っているなら、反論された方がいいのではと思いましてね」

「またもや暁光新聞は、機会提供してくれるというわけか」

まるで他人事《ひとごと》のように楽田に緊張感がないのは、無実の証なんだろうか。

「特捜部が狙っているのは、以前、僕が神林さんにお話しした連中の方じゃないの？」

マンション建設のトップと、サ高住でボロ儲けしている企業が、社会福祉健全化法を阻止するために、与党の大物議員である大石副総理と、上野幹事長にカネを握らせたという話だったな。

ガセネタっぽかったが東條には報告した。すると数日後、「とんでもないガセやったぞ。こんなアホな話を押し込む楽田は、ますます怪しいと思え」と言われた。

「貴重な情報をいただいた後、私たちで相当突っ込んで調べたんですが、そんな事実はありませんでした」

「なあんだ、調査報道の暁光新聞の名が泣くね」

「面目ありません。ただ、特捜部の関心は、大石、上野には向いていないという確認は取れています」

ウソだが、それぐらい揺さぶらないと切り込めなかった。

「その一方で、僕と越村さんは今なお疑惑の渦中にいるわけ？」

余裕綽々《しやくしやく》の楽田は、樋口が嘴《くちばし》を入れようとするのを制した。

「最近の検察庁は腑《ふ》抜《ぬ》けだから、国会議員を汚職で逮捕なんてできないでしょ。しかも、越村みやびは、まもなく内閣総理大臣になる方だよ。それを、逮捕するだって？　そんな度胸が、特捜部にあるんだろうか」

楽田の主張はもっともだと思う。不祥事が続いて立ち直れずにいる検察庁からは、今やガッツも度胸も感じられない。日本最高の捜査機関の名が廃《すた》るし、巨悪を眠らせないどころか、小悪の爆睡さえ許しそうだ。

しかし、それは別にしても、楽田の態度には引っかかった。

自分たちの無実を訴えるのではなく、「捕まえられるものなら、捕まえてみろ」と挑発しているみたいじゃないか。

これまでは半信半疑だった楽田への疑惑が、急速に拡大しつつあった。

「神林さん、今の楽田の発言の使用はＮＧです。絶対に認められません」

悪いが、本人が口にしちゃったものを書いても違法行為じゃないんだ。顧問弁護士ごときにとやかく言われる筋合いはない。

「樋口っちゃん、気にしなくて良いよ。神林君は僕の理解者で、味方だから」

驚いた。そんなことを本気で思っているのか。だから、脇が甘いのか。

「まさにその通りなんですが、私も記者の端くれ、一応、お尋ねします。片岡さんは『週刊文潮』で、楽田さんと一緒に現金三億円をホテルオークラのスイートルームに運び込み、越村大臣に渡したと主張されています。本当ですか」

神林は精いっぱいの愛想笑いを浮かべた。

「大嘘だよ。とんでもない言いがかり。あくまでも個人として越村さんの政治団体に寄付はしているけれど、それ以上の資金提供をしたことは一度もない。そもそも、問題とされている日には、越村さんは社会福祉担当の大臣が集まる国際会議に出席していて日本にいなかったんだよ」

それは調べた。だが、秘書が代わりに動けば済む話だ。

「そうでしたね。その一点でウソとわかりますよね」

「その通り。片岡は何事も愚図《ぐず》な、できない奴なんだ。目をかけてやったのに、裏切るなんて悲しいよ」

「それで思い出したんですが、会見で確か片岡を背任と横領で告訴するとおっしゃっていましたけど、まだですよね」

「君に相談があると言ったのは、その件についてなんだ。樋口君とも相談したんだが、告訴はやめることにした」

「株主から訴えられませんか」

「ヤツが横領した額は三億円なんだけど、それをヤツの兄貴が返してくれたんだ」

樋口が通帳のコピーを差し出した。多くは黒く塗りつぶされているのだが、三日前に片岡太郎名義で三億円がＪＷＦに振り込まれている記録があった。

「片岡太郎さんというのが？」

「片岡の兄貴だよ。彼は厚木市で、手広く不動産業を展開している資産家の御曹司だ。従兄《いとこ》の中では一番の仲良しで、だから、そういう額を出してくれるんだ。なので、片岡告訴の件は忘れてくれないか」

また、三億円かあ……。

そんな大金が右から左に動くような生活をしてみたいもんだ。

「それよりも、もう一度、大石と上野周辺を調べてみてはどうだろうね」

その自信の裏付けは何だ。

「そこまで強く推すということは、証拠でもお持ちですか」

「あれば、とっくに君に差し上げているよ。だけど、業界関係者では有名な話だよ」

「もう一度調べてみます。最後に、越村新総理には、何を期待されるのか、教えてください」

「越村さんは、日本を大きく変えるよ。既得権にしがみつく古い体質の政治家や財界人は覚悟した方がいい。頑張れば報われるジャパン・ドリームが実現できる国づくり目指して、利己主義な奴らを駆逐するから」

そして、あなたはその最大の支援者として、大きな富と権力を手に入れるのか。

楽田の期待は実現するのか。あるいは、特捜部が起死回生の大勝負に出るのか。そもそも本当に越村と楽田は彼らの標的なのか――。

いずれにしても、俺は今、渦中にいる。

# 7

夜の帳《とばり》が降りると、冷え込みが厳しくなった。

俊策は今日の仕事をすべて終えると、蔵に向かった。

雪の鶴酒造の酒蔵は、黒光りする鬼瓦をいただく堂々たるものだ。ビル三階分はあろうかという規模で、建物は県の文化財に指定されている。

蔵の中に入ると独特の淡い香りが満ちている。酵母が酒米に発酵を促す過程で生まれる香りだった。子供の頃から、みやびとともに酒造りの手伝いをしていた俊策にとって、この香りを嗅ぐと気分がホッと安らぐ。

「あっ社長、ご苦労さまです」

ひとり居残って大きな三〇〇〇リットルのタンクをチェックしていた杜氏の新田が、

俊策に挨拶した。

「新田さんこそ、お疲れさまでです。順調ですか」

「良い感じですよ。今年は水がいいんですよ。楽しみにしててください」

俊策は醸造タンクに設置されたハシゴを登った。

我が子のように大事に育てた醪《もろみ》が、ふわふわとした乳白色の泡を吐き出している。

「確かに、こいつは元気ですね」

「そうなんですよ。みやびさんの総理就任の時に縁起が良い。ここ一〇年で最高の酒と言われるようなのを目指します」

それは朗報だった。

「よろしくお願いします。僕はちょっとでかけます」

蔵の裏手にある駐車場で車に乗り込もうとしたら、声を掛けられた。

「お疲れのところすんません、ちょっとお話を伺えませんか。私、こういうもんです」

大柄な男が、太い指で名刺を出した。

暁光新聞社　編集局次長
クロスボーダー部長
東條謙介

その名に記憶はある。暁光の名物記者だ。

「東京から、わざわざいらしたんですか」

「ええ。ぜひともあなたにお会いしたくて」

俺は、会いたくない相手だ。

「時間は取らせません」

従業員も利用する駐車場だった。人目もあるし、立ち話はまずい。致し方なく、車内に誘った。

「意外やなあ。造り酒屋の当主やねんから、せめてベンツ、いや、社長ほどのお方でしたらジャガーでも余裕やと思ったのに」

助手席に巨体を押し込むなり、俊策が二〇年以上乗っているカローラのライトバンにケチをつけた。

「優れものでね。よく走るんですよ」

車内は冷え切っていたが、長居してほしくなかったので、エンジンをかけなかった。

「それで、お話というのは？」

「おたく、特捜部に狙われてはりますな」

そういう噂があるのは知っている。しかし次期総理になるのが確定しているような議員の夫を相手に、特捜に何ができるというのだろうか。

「どこからの情報ですか」

「ほお、驚かへんのですか」

「いきなり有名なジャーナリストに待ち伏せされて、特捜部が狙っていると言われて驚かない者はいないでしょう。こう見えても、私としては驚いているんですよ」

「なるほど、ものは言いようですな。もっとも、あなたのことを、なかなか手強いお方だと言う人もおりますからな。で、情報源は明かせません。ただ、複数やとだけ言うておきます」

　東條がこれ見よがしに両手をこすり合わせている。寒いのだろう。

「天下の東京地検特捜部が、なぜ私を狙うんですか」

「奴らの本当のターゲットは、次期総理であるあなたの奥さんでしょうな。けど、俺はおたくに興味があるんですわ」

　伝説的な事件記者というのは、ハッタリやカマをかけるのが上手い記者を指すのかもしれない。この男の言うことは、真に受けない方がいいな。

「私たち夫婦は清廉潔白が身上ですよ。特捜部とは無縁でしょう」

「清廉潔白ねえ。私の四〇年弱の記者生活で、清廉潔白な政治家なんて会うたことがないんですわ。そもそも越村先生は、国民的人気はダントツでも、与党内での支援者はまだまだ少ない。その上、カネもない。そんな人が清廉潔白だけで与党民自党の総裁にはなれへんでしょう」

　検察は総裁選の票集めを目的とした金の流れを追及したいのか。だが、そうなると贈収賄容疑にはならないな。

「おや、安心しはりましたな」

「いつも、そんなふうにハッタリをぶつけて相手の動揺を誘うんですか」

「相手によりけりですな。会社経営が大変な時に、メーンバンクから融資を断られたそうですな。だいぶお困りだったのでは」

情報源は、兼六信金の支店長か。

「融資を断ったのは、私の方です」

「ほう、強気ですな。御社の決算書を拝見しましたが、年々売上が落ち込み、負債もかさんでおられる。実情は火の車でしょ」

俊策は何も答えない。寒さが足元から忍び込んでくる。隣で東條は貧乏揺すりをしている。

「ところが、救世主が現れた。なんでも外資系の銀行とか」

この男は東京で勤務しているのに、そんな情報をどこから取ってくるんだろう。

「弊社の経営状態をご心配いただいて恐縮です。しかし、それが特捜部からお咎《とが》めを受けるような案件とは思えませんが」

「その外資系の裏に楽田でもいたら、そうはいきませんよ」

「何をバカな。楽田さんは関係ないでしょ」

「いや、楽田でなければなりません。でないと御社への融資が賄賂になりませんねん」

呆れた男だ。それは、みやびと楽田の間で贈収賄が疑われているという結論ありきの発想じゃないか。

イグニッションキーを回した。

「ひゃあ、助かりますわ。寒くて凍えそうでした」

「降りていただきたい」

「いや、もうちょっと。特捜部が大がかりな編成を組んで国会議員を狙うと決めたということはね、越村さん、中途半端な口利き程度の贈収賄をやるためとちゃいますよ。主任検事の羽瀬という男は、過去にも大きなヤマを担当して結果を出してきた敏腕です。あいつが、目の色を変えているのは、このヤマが大きいと考えているからです」

「だとすれば、ますます妻や私とは無関係です」

「たとえば、厚労大臣在任中に法案成立を狙っていた社会福祉健全化法案が、与野党議員の妨害で、成立が危うくなった。それを成立させるために反対議員にカネをまく場合、それは国益をおびやかす由々しき事態だと考えるのが特捜部です」

「あの法律は、日本の生活弱者を救う重大な法案じゃないですか。あれを成立させなかったことの方が、国には不利益でしょう?」

誘導尋問に乗るつもりはないが、妻が必死で積み上げてきたものを貶めるのは聞き捨てならなかった。

「国家財政がいつ破綻してもおかしくないこの非常時に、これ以上、高齢者保護のために税金を使うなんてありえんでしょ。そんな中で生まれたのがサ高住です。もちろん業者に問題はあるし、制度設計にも無理がある。けど、そこにハードルの高い規制と罰則規定を盛り込んだあの法案が成立したら、お年寄りの孤独死が増える可能性がある。また、ハイパー・サ高住建設には、補助金という名の税金が浪費されるばかりか、限られた開発業者だけが潤うという不公平も生まれる。予算もないのに高級志向を国が誘導するのは、国益の毀損《きそん》になるんと違いますか」

「サ高住を隠れ蓑《みの》にして、どれだけ悲惨な事態が起きているのか、あなたは分かっていないんだ」

「知ってますよ。けど、言うたら何ですけど、ほんまに未来のために投資したいんやったら、子供たちにしてやってください。俺は、どっちかと言えば年寄りに近いけど、子供か俺か生き残るのは二者択一という状況なら、喜んで俺を捨ててくれと言いますよ」

老人優遇の法律ではない。医療や児童福祉の施設にも適応する予定だったのだ。

「サ高住問題は、施設やないでしょ。運営者でしょ。せやのに、越村先生は、施設から一新せよと叫ぶ。ナンセンスや。越村先生が、己の欲望を満たすために法律を成立させようとしたとは思いません。けど、彼女の理想を刺激して暴利を貪《むさぼ》ろうとしている奴がいるのは事実でしょ」

話にならない。楽田にも問題はあるが、それを差し引いても、あの法律は必要だったのだ。

「降りてください」

「駅まで送ってもらえませんか。この辺り、タクシー拾いにくそうですし」

俊策は有無を言わさず、助手席のドアを開けた。

寒風が車内に入り込み、東條の息が白くなった。

「ほな、最後に一つだけ聞かせてください。社会福祉健全化法成立のために、あなたか越村先生が楽田からカネを受け取り、反対派議員にばらまいたのは、事実ですよね」

「事実無根だ。そんな記事を出したら、名誉毀損《きそん》で訴えます」

東條が、こちらをじっと見ている。

「ありがとうございました。ちなみに、これからどちらへ？」

「話は終わりました。どうぞお引き取りください」

巨体が車外に出ると同時に、車を発進させた。

8

〝羽田と成田空港で、ひそかに現金を大量に持ち込むビジネスを行ったとして、東京地検特捜部と東京国税局、東京税関は、渋谷区にある人材派遣会社を家宅捜索するとともに、同社の社長ら七人を関税法違反などの容疑で逮捕しました〟

自宅のリビングで朝のニュースを見ていた神林は、テレビのボリュームを上げた。

昨夜遅く、東京地検からメディア各社に、朝一番のガサ入れと逮捕の情報がリークされた。それが、朝のニュースで大きく報道されている。

P担責任者の「仕切り」の竹原によると、今回は、やけに東京地検が前のめりに情報をリークしているらしく、そこがかえって怪しいという。

まだ金沢にいる東條に言わせると、「それは煙幕やな。越村逮捕が近いと思え！」となる。

理屈は分かるが、二つの事件を同時にやれるのだろうか。

「このヤマは国税庁と税関が下調べをするので、大編成なんて不要」だそうで、竹原も東條と同じ見解を示した。

しかし、国内に持ち込んだ現金総額は一〇〇億円を下らず、資産家や企業のオーナー、さらには政治家など著名人が依頼主と思われると、ニュースでは伝えている。

これを端緒に、芋づる式に依頼者が逮捕されるとしたら、特捜部としてもそれなりの編成で臨む必要があるんじゃないのだろうか。

スマートフォンが鳴った。東條だ。

「テレビ、見とるか。数日内には、俺たちの事件が爆《は》ぜるぞ」

いつから越村事件が、俺たちの事件になったのだ。

「ちなみに、今どちらです」

「大阪や。今晩には、帰る」

金沢じゃなかったのか。

「大阪にどんなご用で？」

「冨永ちゃんとは仲良うなったか」

「それが、全然つかまらなくて。地検に泊まり込んでいるようで、一歩も出てこないんです」

P担が二人の記者を回してくれたので、庁舎の三カ所の出口を張っているのだが、冨永は現れない。

「家に帰った翌日が、Xデーやと思え。その時は、絶対に逃がすな」

「でも向こうに提供できるネタがないですよ」

「夕方までには、俺から送る。竹原からも出させる」

先日、東條にこき下ろされた小山とは違って、竹原は東條に心酔していて神林にも協力的だった。

「了解しました。僕は、これから楽田にもう一度会いに行きます」

「何か摑んだんか」

「いえ、でも毎日、顔を出すのがいいと思いまして」

東條が言うとおりXデーが近いなら、楽田に会っておいて損はない。

「ええ心がけや」

珍しく東條に褒められた。

本郷のＪＷＦ本社受付で、神林は足止めを食らった。楽田は終日外出しているという。

「じゃあ、土屋専務はいらっしゃいますか」

「土屋も外出中です」

「広報部長の箕島《みのしま》さんは？」

「箕島も同様で」

いずれも即答された。

その時、神林の脇を数人の男が通り過ぎた。見覚えのある顔がいる。

「あれ、土屋さん、いるじゃないですか」

「何か、ご用ですか」

「楽田さんに、表敬訪問ってやつですよ」

「申し訳ないが、今日は皆、多忙でして、日を改めてもらえますか」

返事を待たずに土屋は背を向けた。

なんだ、あれは……。やけにつっけんどんじゃないか。

楽田と違って取っつきにくい所はあるが、これほど無愛想なのは不自然だ。そういえば、同行の連中の顔つきも硬い。

何かあったたな。

神林は建物を出ると、ＪＷＦに勤務する友人にＬＩＮＥした。

〝突然だけど、今、御社にお邪魔したところ。ランチでもどう？〟

相手は、初めてJWFを訪ねた時にナンパした、総務部の女子社員だった。狙いを定めた企業に対しては、社内情報に詳しいお友達を作るのが、神林の記者活動の基本だ。有紀は極悪人と非難するが、社内の噂を取るのに、彼女たちの存在は大きかった。

〝ごめんね！　今日は、NG！〟

〝えー。さみしいなあ〟

〝上の階がなんだか慌ただしくて、私たちも勝手に動けないの〟

〝そいつは大変だ〟と打った後、ダメ元で踏み込んだ。

〝誰か逮捕されたりして〟

〝すごい！　さすが記者！　よくわかるね！〟

胃が急激に収縮した。

〝誰？　パークハイアットのニューヨークグリルをおごるから教えてよ〟

しばらく待ったが、返事はなかった。

〝ご希望のお店で、シャンパン付きで！〟

と打ってから、東條に電話を入れた。留守電になったので、メッセージを残した。

東條の予想通り、現金不法持ち込み団の摘発は、もっと大きな事件の煙幕だったということだろうか。

それとも偶然、別の不祥事が重なったのか。

ひとまず、霞が関の司法クラブに顔を出そうと決めた。

歩き始めてすぐに、ＬＩＮＥの受信音がした。

〝財部真理子――。お店は、ジョエル・ロブションでお願いします〟

マジかよ！

財部真理子といえば、楽田の愛人という噂もあった。それがパクられたということは、遂に賽《さい》が投げられたのだ。

9

現金持ち込み事件一斉検挙の二日後、越村事件についても明日着手の断が下された。予定よりもずいぶん早い。

早くなったのは、藤山の大金星のおかげだ。

藤山が取り調べたＪＷＦの財部が、「楽田に命じられて、ケイマン諸島から少なくとも五回、国内に現金を持ち込んだ。総額で五億円」と供述したのだ。

財部を逮捕すると、ＪＷＦの幹部たちの動きも激しくなった。

そこで予定を繰り上げての着手となった。午後六時に大部屋に現れた羽瀬が明日の予定段取りを告げた。

「午前七時、以下の一五人に任意同行を求める」

羽瀬の声もうわずっている。

「越村みやび、越村俊策、大槻勤、楽田恭平、土屋慶一郎……」

越村みやびと楽田に対しては、取調室内で即逮捕状を執行する——。既に逮捕状は取得済みだ。

いよいよ始まる——。


その日の午後八時過ぎ、神林は日比谷公園西側歩道から、東京地検特捜部が入る中央合同庁舎六号館A棟の一室を監視していた。九階の左角から六番目。それが冨永の部屋だった。この数日は、ひたすらこの部屋を見上げて夜を過ごしている。

JWFの財部逮捕については、どの捜査機関も発表しなかった。

P担と警視庁担当が、ネタ元に情報をぶつけても「何の話？」と惚《とぼ》けられるばかりだが、財部の自宅周辺を取材した記者によると、早朝にスーツ姿の男性二人が財部と一緒にマンションを出ていくのが、目撃されたらしい。

東條は、「例の現金持ち込み団の一件でパクられたんとちゃうんか」と見立てていたが、収穫はなかった。ならばあとは、冨永に直接ぶつけるしかない。

一一月に入って、夜の寒さは厳しくなっている。使い捨てカイロをあちこちに貼っているが、体の芯から冷えてくる。

今夜も長丁場になるかなと思った時、冨永の部屋の明かりが消えた。

来た！

「家に帰った翌日が、Xデーやと思え」という東條の声が頭の中で響く。

P担全員と連携しているLINEで〝冨永の部屋の明かりが消えた〟と伝えた。

神林はダッシュで正面の通用門に駆け寄り、手頃な街路樹の陰に隠れた。

数分後、冨永が通用門から出てきた。一〇メートルほど距離をとって、神林は尾行を始めた。冨永は、やや早足で地下鉄霞ケ関駅に続く階段を降りる。東京メトロ丸ノ内線の同じ車両に乗り込んでから、神林はLINEで状況を逐一報告した。

声をかけるなら二子新地で駅を降りる前、列車内で接触せよと、P担仕切りがアドバイスしてきた。

暁光新聞以外に、冨永に接触した記者はいないが、他社がマークしているとすると、駅から自宅の間で張り込んでいる場合が多い。彼らに、神林の行動を目撃されないためにも、電車内で動く方がいいのだ。それに人目があるので、あまり邪険にされないというメリットもある。

P担仕切りは簡単に言うが、先日の一件があるだけに、気が重かった。しかし、もし明日がXデーだとしたら、気後れしている場合ではない。

赤坂見附駅で半蔵門線に乗り換えると、車内を移動するのも困難なほど混雑している。そこを無理に動いて他の客に舌打ちされた。それを何度も繰り返して、ようやく冨永の隣に立った。

「お疲れさまです」

無視か……。

「ＪＷＦの財部真理子逮捕という記事を考えています」

耳元で囁《ささや》いた。冨永のつり革を持つ手に力が籠《こ》もったように見えた。

「逮捕されたのは、不法に現金を国内に持ち込んだからですよね。そこから楽田と越村逮捕へと繋がるんですか」

無視だった。

表参道駅に到着すると、いきなり冨永が動いた。乗降客にもみくちゃにされながらも、冨永を見失わないよう必死で後に続いた。

冨永はホームの端まで歩いてようやく立ち止まった。ちょうど電車が通過していった。

「場所を弁《わきま》えるという常識も持たないのか」

「時には、常識を捨てることもあります。で、財部真理子ですが」

「誰の話をしているんです？」

「お惚けはなしですよ。彼女が逮捕されたのは把握しています。逮捕したのは、特捜部と国税、税関の合同チームですね」

完全なはったりだったが、東條からそうぶつけろと命じられていた。

「私は担当してない」

冨永という男は表情がなくてロボットみたいだな。

「でも、財部の逮捕は、越村へと繋がるんでしょ。明日、やるんですね」

「何をやるんですか」

冨永は始終周囲に目を配っている。記者と会っている姿なんて誰にも見られたくないのだろう。しかし、いまなお暁光新聞は東京地検の次席対応に出禁なのに、冨永は神林の挑発に乗った。なぜだ。

「越村と楽田および関係者の一斉検挙です」

「記者を辞めて小説家になったらいかがです？　空想がお得意のようだ」

「いやあ、文才がなくて。でも、この話は、空想でも妄想でもないから、あなたは取材に応じてくれたんでしょ」

「電車内でバカげた質問をした男に憤っているんです」

冷たく嫌みな口調だ。

「じゃあ、無礼のお詫びに一つ。ここの存在をご存じですか」

東條から託されたメモを渡した。

冨永はしばらくこちらを見ようともしなかった。「冨永さん、意地を張るのはやめましょうよ」と神林がなだめて、ようやく受け取った。

「越村代議士の実家の酒造メーカーが経営難に陥っているのは、ご存じですよね。メーンバンクの信金にも見放された。そんな折に睦実商事という会社が、緊急融資したことで一息ついたんです」

「だから？」

「睦実商事から融資を受けたのはつい最近なんです。その前に、資金難で困った社長がどこからか一億円ものカネを借りてきたんですが、それを急遽《きゅうきょ》返済して借り直してるんです」

既に特捜部も把握している事実かもしれない。しかし、こちらも手ぶらでは、冨永は何の情報提供もしてくれない。

「何が言いたい？」

「越村俊策は、借りてはいけないところからカネを借りてしまった。それを知って、慌てて借り換えたのでは？」

「意味が分からない」

冨永は一度も神林と目を合わせない。

「最初の貸主は、楽田だったんじゃないですかねえ」

そう言ったらメモを突き返された。ちょうど次の電車が来て、冨永はさっさと乗り込んでしまった。

神林はそれ以上追わなかった。今日のところは、これで終わり。言葉にはしなかったが、冨永は態度で示していた。

# 10

午前六時五五分、冨永は五十嵐をはじめ三人の検察事務官とともに、ザ・キャピトルホテル東急の一室のチャイムを鳴らした。

ドアガードをかけたままで、女性が応対に出た。越村みやびの女性秘書だった。

「おはようございます。東京地検特捜部検事の冨永と申します。越村みやび代議士にお目にかかりたいのですが」

越村本人には前夜に、「伺いたいことがあるので、お時間をいただきたい」と連絡している。越村の公設第一秘書である大槻が対応し、キャピトル東急の部屋を指定してきた。

女性秘書がドアガードを外して、冨永らを招き入れた。

スイートルームのリビングに越村、第一秘書の大槻、そしてもう一人が待っていた。

冨永が早朝から押しかけた詫びを告げると、相手は名刺を差し出した。

「弁護士の萩原直樹《はぎはらなおき》です」

厄介な人物だった。「〇・一%の男」と異名を取る敏腕刑事弁護士で、大物政治家や芸能人などの弁護を引き受けるので有名だ。有罪率九九・九%といわれる日本の刑事裁判で、数々の無罪を勝ち取っている。

本人に会うのは初めてだった。思ったより小柄で華奢《きやしや》なイメージだ。年齢は五〇過ぎのはずだが、老けてみえるのは、髪が真っ白だからかもしれなかった。

「恐縮ですが、ご同行願えますか」

「被疑事実を伺えますか」

萩原が尋ねた。

「受託収賄容疑です」

「冗談でしょ。一体誰から」と越村が声を荒らげたのを萩原が宥《なだ》めた。

「越村さん、ここは私が。冨永検事、同行を拒否したらどうされますか」

「その場合は、私の上着の内ポケットにある文書を提示して、越村代議士にとって不名誉なことをしなければならなくなります」

「逮捕状が出ているという意味ですか」

萩原は曖昧な言葉が嫌いなようだ。

「そうです」

「あなた、誰を逮捕しようとしているのか、自覚なさっているんでしょうね」

刺すような視線をぶつけてくる越村に向かって、冨永は頷いた。

「越村みやびさんに対してであると承知しております」

「越村さん、ここは素直に従いましょう。検事さん、まさかマスコミが嗅ぎつけていることはありませんよね」

萩原の懸念《けねん》は、冨永の懸念でもあった。少なくとも暁光新聞の記者は、今日の逮捕を感づいていた。

「何とも申し上げられません」

「私が見てきます」

部屋を出ようとする大槻の前に冨永は立ちはだかった。

「大槻勤さんですね。あなたにも、任意同行願いたいと考えております」

大槻が固まっている。

「では、私が見て参ります」

女性秘書が部屋を出ていった。

「冨永検事、申し訳ないが少しだけ、席を外していただけないですか。依頼人と話すことがあるので」

萩原が言った。

「この部屋から出るつもりはありませんが、隣室でお話をされる分については構いません」

越村と大槻が、萩原に続いて隣の部屋に移動した。

冨永は窓際に立って閉め切られたカーテンを少し開けた。朝の日差しが眩《まぶ》しかった。

眼下には、総理官邸の一部が見える。

果たして、越村はあそこの主になれるのか。

女性秘書が戻ってきた。

「報道陣は、いないようです」

冨永が隣室に声をかけると、三人は再びリビングに姿を見せた。

「念のため、地下三階の駐車場に車を待たせています」

エレベーターに乗った時に冨永が告げたが、誰も何も言わなかった。

エレベーターホールに横づけした公用車の後部座席を開けたときだ、いきなりストロボが光った。

「暁光新聞社の神林と言います。越村総裁、受託収賄容疑について一言お願いします」

最悪なことに越村は立ち止まり、記者を睨み付けた。その一瞬をカメラマンは逃さなかった。


午前七時四一分、東京地検特捜部内の取調室に入ると同時に、冨永は逮捕状を執行した。


俊策は茶室で点《た》てたお茶を飲み干したところだった。

「旦那さま、検事さんがいらっしゃいました」

家政婦に声をかけられて俊策は立ち上がった。検事一行は玄関で待たせてあるという。

茶室を出たところに、運転手の大島が立っていた。

「大島さん、今日戻れそうなら、その時はお迎えを頼みます」

それと、お願いした件もよろしく。

そちらは声には出さなかったが、大島には伝わったようだ。

「万事、ご安心ください」

俊策は玄関に向かった。


午前八時一一分、総理公邸で朝食を終えた黛総理のもとに、法務大臣から電話があった。

「誠に遺憾《いかん》ではございますが、越村新総裁が、先程、東京地検特捜部に逮捕されたという連絡がございました」

黛は膝に乗せていた孫を、そっと下ろした。

「なんで、事後報告なんだ！　あれほど、目を配れと言ってただろうが！　そもそも南《なん》郷《ごう》はどういうつもりだ。俺に喧嘩《けんか》を売る気か」

検事総長の南郷とは、ほとんど面識はない。だが、認証官である検事総長拝命の際には、ともに皇居に参内《さんだい》し、陛下から受けた辞令を南郷に渡したのは、黛だった。

その俺を、あいつはコケにする気だな。

「九時まで待ってやる。徹底的な情報収集をして官邸に来い。それと、おまえ、いつでも指揮権を発動できるよう準備をしろ！」

携帯電話を床に投げつけるのを何とか堪《こら》えた。

「総理、おはようございます」

今、電話をかけようと思った相手、浅尾官房長官が立っていた。

# 第七章　葛藤

## 1

逮捕初日——。

冨永は、東京地検特捜部の取調室で、越村みやびに対して弁解録取を行った。

逮捕事実についての認否《にんぴ》を質《ただ》し、被疑者の弁解を聞く手続きのことだ。

逮捕事実は、昨年一一月一四日、サービス付き高齢者向け住宅の健全化などを目的にした社会福祉健全化法案を成立させる見返りとして、ＪＷＦ代表取締役楽田恭平から、現金二億円を受け取った受託収賄容疑だった。

越村は、容疑事実を否認した。

その後、越村を東京都葛飾区小菅の東京拘置所に移送し、収監の手続きを経て、東京拘置所内で、最初の取り調べを行った。

東京地検特捜部が逮捕した被疑者の取り調べは、葛飾区小菅の東京拘置所内で行われる。拘置所は法務省矯正局の管轄だが、特捜部のために執務スペースが設けられ、十分な数の取調室も準備されている。

大がかりな事件になると、被疑者を取り調べる検事は、その期間中、拘置所に泊まり込むことも少なくない。逮捕翌日から一〇日間、延長が認められたらさらに一〇日の計二〇日間で、検事は容疑を固め、被疑者を起訴に持ち込まなければならない。

かつては、一日一〇時間以上の取り調べが行われたこともあったが、現在は、被疑者の人権保護の観点から長時間の聴取は行われない。また、取り調べ中はさまざまな理由をつけて弁護人と接見する時間を与えないというのも、過去の話だ。現在は、希望すれば、被疑者は毎日でも弁護士と接見できる。おかげで、その都度、取り調べが中断されるようになった。

その上、取り調べは全て、録音録画で記録が残される。

そんながんじがらめの状態で、特捜検事は国会議員の罪を暴かなければならない。

冨永の相手は、国民から高い支持を受けて日本初の女性総理が確約された人物であるだけに、そのハードルはさらに高くなる。午後に行われた第一回の取り調べでは、越村は雑談にこそ応じるものの、事件については「黙秘します」と宣言した。

逮捕二日目――。

インターネットなどでは「国策捜査」という非難が起きていた。

五十嵐との入念な打ち合わせの後に、越村みやびを呼んだ。

逮捕当日は、多くの被疑者は眠れない長い夜を過ごすといわれている。そのため、取り調べ初日の被疑者は、緊張と睡眠不足で別人のような顔つきになっていることが少なくない。

ところが、みやびには、そんな様子がまったく見られなかった。化粧はしていないが、目には生気があり、いかにも政治家然とした態度で堂々としている。

日本初の女性総理と目されるほどの女は、こんなに強い精神力を持っているものなのか。

彼女を全面自白に追い込むためには、この鋼《はがね》の鎧《よろい》を脱がせなければならない。

「おはようございます。昨晩はお休みになれましたか」

「ぐっすりと。検事さんこそ、昨夜はさぞや美味しいお酒をお召し上がりになったんでしょうね」

声には健やかそうな張りすらある。

「お酒が飲めるのは、越村さんが全て罪を認めてくださって、起訴した時です。それが今日だと嬉しいんですが」

「じゃあ、その時は雪の鶴酒造が、秘蔵のお酒を進呈するわ」

越村の朗らかな態度に拍子抜けした。

「それでは、そろそろ本題に入ります」

「では、黙秘します」

あっけらかんとした軽い口調で、越村は沈黙という戦闘態勢に入った。

「越村さんは、昨年一一月一四日午後九時頃、六本木のホテル・グランドハイアットの一室で、ＪＷＦ代表取締役楽田恭平氏から現金二億円を賄賂として受け取り、当時策定中だった社会福祉健全化法案成立を約束したことについて、受託収賄罪の容疑がかけられています」

この事実は、楽田の元夫人である遼子から提供された「越村大臣裏献金記録」にあった念書を元に、特捜部で裏付け捜査を行って固めたものだ。

問題の日、楽田と越村双方が別々でグランドハイアットに宿泊していた。さらに、念書にあった越村の署名も、筆跡鑑定で九九％、越村の直筆であるとお墨付きをもらった。

そして、越村に渡った二億円については、現金不正持ち込みで逮捕された財部真理子が、一億二千万円を国内に持ち込んだと自白しており、また、その一週間後に同僚が同様に同額を国内に持ち込んだ上で、越村に提供したと供述した。

越村は、入手した二億円で与党の有力議員や厚労省の幹部らと頻繁に勉強会や懇親会と称する会食やゴルフコンペを行い、法案への理解を求めている。

勉強会や懇親会で関係者に現金が渡されたかについての証言は得られていないが、会食費の大半やタクシー代などを、越村が負担したことは分かっていた。

これらは、越村が総裁選を戦っている間の潜行捜査で丁寧に拾った情報で、取り調べの中で、一つずつ越村に当てていく。

ひとまず、今日は被疑事実についての彼女の反論を聞く予定なのだが、越村は、椅子に深く腰掛けリラックスして沈黙している。堂々たる態度だ。

「当時、越村さんは、厚生労働大臣の職にあり、健全化法成立に深く関与されていました。同法はそもそも、厚労大臣の諮問機関だったプラチナ・エンゼル会議からの答申を受け、厚労省が法案化したものです」

プラチナ・エンゼル会議から提案された草案について、既存のサ高住運営会社の大半が懲罰《ちょうばつ》対象となる点を厚労省官僚らは問題視した。そのため、法制化に当たっては規制を緩和し、罰則規定も大幅に軽減する改訂版が策定された。しかし、今年一月に、越村大臣が厳しい口調で責任者を詰《なじ》って、担当者を総替えした。

当時の草案担当者の話では、昨年の一〇月までは、大臣も厚労省案に一定の理解を示していた。そして双方の折衷案で再検討してほしいという程度に軽く指示されていただけなので、この措置には、皆が驚いたという。

「この突然の指示の変化は、楽田氏から裏金を受け取ったことが原因ではないのでしょうか。すなわち、既存勢力を排除し、楽田氏らの限られた企業が新規参入するための便宜を、越村さんがはかった」

官僚への聴き取りはもちろん、健全化法案制定の経緯を記録した文書も押収して、事実については丁寧に調べている。

冨永は、それらを踏まえた上で聴取しているのだが、越村の態度はビクともしなかった。

「では、この念書にご記憶はありませんか」

財部の証言は伏せたままで、念書をぶつけてみたが、越村は威厳を崩さず、黙秘した。

結構だ。まだ、取り調べは始まったばかりだ。だが、二〇日間ずっと完黙を続けるのは、よほどの精神力が必要になる。我慢比べなら負けない。

2

逮捕から三日目――。

〝越村みやびは、清廉潔白な政治家なんだよ。しかも、まもなく日本初の女性総理となるのも決まっているんだ。それを逮捕するなんて、検察庁は気がふれたとしか思えない！〟

テレビの向こうで、黛総理が声を荒らげている。

それを横目で見ながら、神林は原稿を書いていた。

テーマは、日本の高齢者対策の不備と利権に塗《まみ》れた介護福祉ビジネスの闇。越村逮捕翌日の朝刊から始まった大企画だ。

執筆陣には、厚労省担当や長年社会福祉や高齢者問題を担当している編集委員に加え、国会議員の汚職事件《サンズイ》を取材したベテラン記者を揃え、気合いの入った布陣となった。

神林は、越村事件専従だ。

次期総理を逮捕するからには、特捜部が問答無用の動かぬ証拠を握っているに違いない。そこを記事にしたいのだが、今のところ、神林には心当たりすらなかった。

ＪＷＦの財部真理子については、どこよりも早くその存在に光を当てたものの、それも既に他社に抜き返されている。

さらに、今日発売の「週刊文潮」で、楽田と財部の爛《ただ》れた関係をスクープされ、今や防戦一方だ。

「おい、神林！」

東條が叫んでいる。どうせ、他紙がまた特ダネを書いたと怒られるだけだ。

「見てみい、これ」

日本産業経済新聞のＷｅｂニュースの「特報」画面を、東條の太い指が指した。

暴落続くＪＷＦ　最大株主が事件直前　全株売却
ＪＷＦの元代表取締役副社長で、最大株主だった楽田恭平氏の元妻、烏丸《からすま》遼子氏が、保有株を約二カ月前に元夫に売却していたことが分かった。

そこまで記事を読んだところで、お叱りが飛んだ。

「おまえ、楽田の嫁について調べろって俺言うてたよな」

「すみません、連絡を取ってるんですが、つかまらなくて」

いきなり脛を蹴られた。

「離婚したことは、知ってたんか」

「いえ」

「それでも記者か」

「おかげさまで」

また脛を蹴られるかと思ったが、代わりに東條は記事コピーの束を突きつけてきた。

「この女が、特捜に夫を売ったんや」

「文潮に出た不倫記事のせいですか」

「かもしれん。けど、こいつ、子供を連れてロングアイランドに移住してたんやろ。夫を切り捨てて、新しいダーリンとやり直す気やな」

なんで、このおっさんはいつも話が断定なんだ。しかも、悔しいぐらいに当たる。

「こいつを、今すぐつかまえてこい。それができたら、特捜のカードが分かる」

「そこまで何でもお分かりなんですから、元夫人の居場所も教えてください」

さっきとは反対の脛を蹴られた。

「最近、真ちゃんはどうしてる？」

一面識もないくせに、東條は冨永を「真ちゃん」と呼んでいる。

「逮捕の日から一度も会えていません。竹原さんの話では、取調官は皆、拘置所に寝泊まりしているようだと」

「ほな、拘置所に出入りしているそば屋でバイトしてこい」

こういう冗談のようなことを、東條は本気でやらせる時がある。

「じゃあ、そのそば屋を教えてください」

「おまえホンマ使えんなあ。まあええわ。それで、今日の原稿は何や？」

連載企画の原稿だと言ったら、「そんなものはどうでもええ。一面用の原稿や」と返ってきた。

「デスクに聞いてください」

「ＢＤＢという外資系銀行を知ってるか」

「バーゼル・ダイヤモンド・バンクですか」

「お、賢いな」

珍しく褒めてくれた。

「暁光新聞で一番外資系企業に情報源が多いのが自慢でしたから」

「そうか。おまえ、元は経済部やったな。ほな当然、ＢＤＢにも知り合いおるな」

「一応。でも、なんで外資系プライベートバンクの名が出てくるんですか」

「資金難に困ってた雪の鶴酒造に最初に融資したのが、ＢＤＢやったらしい。で、楽田はＢＤＢに口座がある」

故に、雪の鶴酒造に融資したのは楽田だという発想か。ＢＤＢの日本支社は、個人資産家に向けた営業戦略で、かなりの日本顧客を有していると聞いている。だから、東條の推理は、弱い。

「俺が牽強付会《けんきょうふかい》に話をひっつけようとしていると言いたいんやろ」

その通りと頷いた。

「せやから、君の出番や。ＢＤＢのお友達に裏取ってこい」

また、そんな無茶を。

「プライベートバンクって、神父さんより口堅いですよ」

「その口を割らせるプロを、ジャーナリストっていうんやろ」

これ以上脛を蹴られるのはごめんなので、神林は出かける準備をした。

ＢＤＢの営業所は、六本木ヒルズの一室にある。神林が最後に日本駐在代表に会ったのは、二年以上前だ。果たしてまだ勤務しているのかも分からなかったが、とりあえず連絡を入れた。

幸運なことに駐在代表の松重《まつしげ》は、在籍していた。

ちょっと教えてほしいことがあると告げると、いきなり電話を切られた。

なんだよ！　もう一度、電話をかけ直そうとした時、登録していない番号からかかってきた。

「松重です。会社の電話では話したくないのでね」

どうやら、東條の推理はビンゴかもしれない。

「悪いが、今は取材を受けられないんだ」

「雑談でいいですよ。金沢の某企業に融資したヘルスケア・コンサル社長の噂話とか」

「神林さん、凄い調査力だね。だが、その件はお答えできない」

もう十分だった。楽田はＢＤＢを通じて、雪の鶴酒造に融資をしたのだ。これは、賄賂と取られる可能性がある。

「もしかして特捜部に接触されているんですか」

「何も言えない。しばらく電話をしないでくれないか」

答える前に電話が切れた。

3

逮捕から五日目――。

「楽田はずっとしゃべりっぱなしです。でも、被疑事実になると、のらりくらりとかわします。五日たっても、まだ門前でうろうろしている感じです」

割り屋のエースであるはずの藤山が、珍しく弱音を吐いた。

午後九時――、越村事件捜査班全員が弁当をつつきながら、報告会に参加していた。

「嫁が裏切ったとぶつけても変わらないのか」

「何の変化もありませんね。二人の関係はとっくに終わっていて、最近ようやく決着して晴れて独身になったとはしゃいでますよ。不肖藤山《ふしょう》、今度デートしようと誘っていただきました」

小さな笑いの輪が広がった。

「明日は、子供の絵で追い詰めます」

遼子が冨永の元を訪れた時、彼女は二人の子供たちが父の日に描いた絵を託した。夫と会った時に渡しそびれたので、逮捕したら見せてやってくれと言われたのだ。

七歳の長女は片手にスマートフォン、反対の手にワイングラスを持つ楽田らしき日本人男性を描いている。一方、四歳になったばかりの次女の絵では、金髪男性が描かれていた。

遼子の話では、現在一緒に暮らしている彼氏を描いたのだそうだ。

一体、この女はどこまで残酷なんだと思ったが、これは切り札になるかもしれなかった。

「期待しているぞ。で、冨永、越村は相変わらずか」

「完黙が続いています。表情すら変えません」

「なんだ、おまえは、感心しているのか」

羽瀬にしっかり胸の内を読まれている。

越村は初日からまったく態度を変えない。やつれた様子もない。看守の話では、夜もよく寝ているようだ。

「まるでこういう事態は想定内だったと言わんばかりの落ち着きぶりに、驚きはしています」

「普通なら激しく動揺し、絶望するはずの環境にいるのに、なぜそうならないのか。それは、越村が精神の安定を維持できる理由があるからだ。その不動心の原因を探れ」

確かにそうだ。彼女が微笑《ほほえ》みすら浮かべていられる依《よ》り処《どころ》は何か。それが分かれば、越村攻略の突破口になる。

4

逮捕から六日目——。

早朝から、自宅のインターフォンが鳴り続けている。俊策は暁光新聞のＷｅｂニュースを読んで、その理由を察した。

特捜部　重大関心

楽田容疑者　越村実家企業に不可解な融資

どこから情報が漏れたんだ。

連日、金沢地検で任意の事情聴取に応じているが、その時もこの件について尋ねられた。検察は、楽田から融資を受けたという事実を隠蔽《いんぺい》したくて、俊策が慌てて返済したのではないかと見立てている。そして、この「不可解な融資」は、楽田からの賄賂だと認識していただろうと俊策に迫っていた。当たらずとも遠からずだが、認めるわけがない。

俊策は妻同様、初日からずっと黙秘を続けていた。東京地検特捜部から派遣された検事は「このままだと、逮捕状を取らざるを得ない」と脅《おど》しを入れてくるが、それでも黙《だん》りを続けている。

検察が俊策の黙秘に痺《しび》れを切らして、メディアにリークしたのだろうか。

可能性はある。そろそろ聴取の停滞を打開するような刺激がほしいところだからだ。

だとすれば、今日は心して聴取に臨む必要があるな。

だが俊策には一抹《いちまつ》の不安がある。取り調べの最中に、かつて京都府警の公安に執拗《しつよう》に聴取された恐怖がフラッシュバックするかもしれないのだ。

それについては、過去の出来事を含めて萩原弁護士に打ち明けている。

――では、なおさら黙秘しましょう。そして、彼らの話をひたすら聞いてください。俊策さんの事情は、私の方から、東京地検に診断書をつけて伝えますから。

萩原事務所からは、検察OBでベテランの伊達《だて》弁護士と若い女性弁護士である峰松《みねまつ》弁護士が金沢まで出張り、二時間おきに、接見を要求してくれている。医師がそういう診断を下しているため、検察庁としても拒否できないのだ。

タイミングを見計らったように萩原から電話が入った。

「暁光新聞は読まれましたか」

「ええ。明け方から、メディアの連中が、ずっとインターフォンを鳴らしています」

「まもなく伊達と峰松がお宅に到着します。そしてこれ以上、俊策さんの平穏を乱すようなら、メディアスクラムとして告訴すると警告します」

それはありがたい。

「ご気分はいかがですか」

「いずれ、こういう記事が出るのは予想していたので、思ったほどは動揺していません。しかし、どこが情報源なのかは気になります」

そして、俊策なりの推理を萩原にぶつけた。

「あり得ますな。では、その件は私の方からメディアを通じて、検察に抗議します」

萩原には、ＢＤＢから融資を受けたことも、それを返済するために睦実商事から融資を受けたことも伝えている。ただ、ＢＤＢの融資を返済した理由については「よく分からないプライベートバンクから融資を受けるのはやはり不安で、睦実商事に相談したら、事業支援のための融資を引き受けてくれたので」と説明した。

萩原は、多くを尋ねなかった。優秀な弁護人とはそういうものらしい。

「特捜部への抗議として、今日は取り調べを拒否しましょう。そして、この情報漏洩《ろうえい》の真相を地検が我々に回答するまで、聴取には応じないと伝えます」

そう聞いて、心から安堵《あんど》した。

萩原のような弁護士がいてくれたら、逃げ切れるかもしれない。

俊策は礼を言って電話を切ると、家政婦に今日は出かけないと告げて、寝室に入った。

5

逮捕から九日目――。

楽田が陥落《かんらく》した。

決め手は、次女が描いたダディの絵だったそうで、全面自白したという。

楽田がアメリカ仕込みのヘルスケア・ビジネスを引っさげてＪＷＦを設立した当初、さまざまな業界の壁にぶつかったらしい。そんな中、救いの手を差しのべたのが、旧知の越村みやびだった。

――日本の介護問題と医療問題解決のためには、既得権益を守るために政治家を抱え込み、新規参入を阻《はば》む旧態依然とした社会福祉業界を叩き潰すしかない。力を貸してほしい。

そこで越村は、政府の社会福祉行政審議会の委員に楽田を抜擢《ばってき》する。審議会で楽田は、既存の発想にとらわれない社会福祉の提案を行うと同時に、越村と共に、社会福祉の健全化を妨げる福祉・介護事業者を糾弾《きゅうだん》した。そして追い詰められた福祉・介護事業者が手放した高齢者施設を安価で買い叩き、国内での介護ビジネスを着実に拡大する。

その頃から、越村は見返りを求めるようになったのだという。

——簡単に言えば、キックバックを求められたわけですが、越村代議士はもちろん、それを言葉にはしません。しかし、暗に大人の対応を迫るというような感じでした。私にとっては、そういう越村代議士の希望を忖度《そんたく》し、満たすことは当たり前のご恩返しだと考えたんです。

そして、越村との間に主従のような関係が生まれ、キックバックは恒常化していった。

——越村先生は、本当に意志の強い方です。誰もが安心して余生を過ごせる社会の実現に全身全霊をかけていた。政治家や企業人が汗を流すのが当然という信条を貫き、あらゆる努力を惜しまない。

それに、とにかく人を惹《ひ》きつけるパワーが強くて、つい手助けしたくなるんですよ。だから、賄賂を強要されたと思ったことはありません。そもそも僕ができる唯一の恩返しは、資金を提供することぐらいしかなかった。

楽田は、何度も嗚咽《おえつ》しながら越村を礼賛《らいさん》した。同時にあくまでも自分は隷属《れいぞく》していたという態度を崩さなかった。

「楽田の話を聞いていると、悪いのは全て越村だと言わんばかりじゃないか」

東京拘置所内の会議室で、羽瀬と藤山、そして冨永だけで情報交換している時に、羽瀬は呆れ返って言った。

「あいつは、カスっすよ。嫁に徹底的に裏切られた上に、子供からも見放されたと知って自棄《やけ》になって自白《うた》い始めたんですが、この被害者面がたまらなくウザい」

これで越村はますます追い詰められるだろう。

「冨永、これだけ揃《そろ》ったんだ。先生に言ってやれ。残り一一日間完黙しても起訴できるんだから、口を開けと」

そのつもりではある。しかし、相変わらず越村の抵抗は強固だ。

「彼女の不動心の源をずっと探しています。しかし、楽田が完落ちしても揺るがない気がします」

「他人事みたいな言い方じゃないか。なぜ、その源を見つけられないんだ」

分からない、というのが正直なところだ。

彼女の弁護人である萩原は、「社会福祉健全化法制定は越村代議士の悲願であり、誰かに頼まれて成立に尽力したわけではない。だから、受託収賄に当たらない。そもそも越村が現金を受領した証拠がない」と主張している。

萩原弁護士の論は詭弁《きべん》だから拠りどころにはならないと脅しても、越村は黙って微笑みを浮かべるばかりだ。

「最後は、総理が救ってくれるって思ってんすかねえ」

藤山の推理も可能性の一つだ。

「黛が法務大臣に指揮権を発動させるという奥の手を期待しているのなら、無駄だな」

羽瀬が断言した。

「どういうことっすか？」

「越村の逮捕状を取ると官房長に伝えた以上、官房長は即座に法務大臣に報告する。普通なら法務大臣は総理に報告するのだが、大臣はそれをやらなかったようだ」

初めて聞く話だ。

「宇崎大臣は、典型的な男尊女卑でな。大の越村嫌いなんだ。おまけに黛総理のことも快く思っていない。それで一矢《いっし》報いたようだ」

羽瀬の話では、宇崎は総裁選で越村に敗れた反主流派に属している。にもかかわらず大臣の座に就けたのは、黛が派閥均衡を図ったおかげだ。

近年、法相は「閑職」と目する総理が多く、経産相を強く希望していた宇崎は、問答無用でその「閑職」を押しつけられている。それを根に持っているらしい。

「宇崎大臣は、絶対に指揮権なんて発動しない。もし俺をクビにしたら、総理から指揮権発動を強要されたのを断ったのでクビになったと、メディアに訴えてやる、と息巻いているそうだ」

だとすれば、それを越村に伝えてみよう。その時、冨永の携帯電話が振動して、ショートメールが届いた。

知らない番号だったが、開いてみた。

〝お疲れさまです。暁光新聞の神林です。ずっと拘置所で寝泊まりって大変ですね。どうしてもお伝えしたい情報があります。お時間をください。絶対に損はさせません〟

6

逮捕から一一日目――。

前日、越村、楽田二人の容疑者に対して勾留延長が認められた。メディアには、楽田が自白を始めたようだという臆測記事が出始め、世間の騒ぎも大きくなった。神林に対する東條のプレッシャーも、日に日に強くなっている。

さらにそこに油を注ぐ出来事が、官邸で起きた。それまでずっと越村の無実を訴えていた黛総理が囲み取材に応じて、とんでもないことを言い出したのだ。

〝昨日、越村君の勾留延長が決定しました。国民の皆さんの政治不信を払拭《ふっしょく》するためにも、越村君の処遇について、党の方針を決めなければならない。

そこで、急遽《きゅうきょ》民自党内の両院議員総会を開催し、全会一致で、先の総裁選の無効を決定しました。もちろん私個人は、濡《ぬ》れ衣《ぎぬ》であってほしいと願っています。

しかし、仮にも日本最高の捜査機関に嫌疑を掛けられた段階で、日本の内閣総理大臣としてはふさわしくないと言わざるを得ない。「泣いて馬謖《ばしょく》を斬《き》る」と嘆いた諸葛孔明《しょかつこうめい》の心境だよ〟

どうすれば、こんな臭い演技ができるんだ、こいつは。

テレビ画面の中で、黛が深刻そうに眉間に皺《しわ》を寄せて語っている。神林は、思わず原稿用紙を丸めて、テレビに投げつけた。

〝なお、総裁については、越村議員の裁判が一定の決着を見るまで選挙は行わず、不肖黛が老体に鞭《むち》打って、続投する所存です〟

なんだ、黛にとっては、禍《わざわい》転じて福となすじゃねえか。

それにしても、冨永の奴、何してるんだ。

数時間おきに、ショートメールを送っているのに、完全に無視されている。

総理の発言に対する怒りも後押しして挑発的なメッセージを送った。

〝ご返事いただけなければ、明日記事にしちゃいますよ。そうするといろいろ面倒なことが起きるはずです〟

四日前、東條から三枚の写真を見せられた。塗料がはがれた酷い擦《こす》り傷と、へこみがある白いライトバンのボディ、そしてもう一枚の写真には、どこかの駐車場の柱についた金色の塗料が写っていた。

「この写真は、俺の金沢土産や」と東條は言った。

――このライトバンの持ち主は、越村俊策や。そして、この柱の傷は、ホテルオークラの地下駐車場で撮った。

そこで、神林の頭が一気に回転した。

つまり、片岡が楽田と一緒に運んだという三億円を、越村俊策が受け取ったかもしれないということだ。

あの一件は、越村みやびも秘書も全員揺るがぬアリバイがあって「片岡のガセネタ」だと、関係者は理解していた。どうやら、特捜部も同様の判断をしているらしい。

それが事実だったという目が出てきた。

ＢＤＢに続いて、新たな疑惑の浮上――。越村にとっては大ピンチ、検察には大チャンスのネタだった。

――これ、真ちゃんにプレゼントしたれ。見返りは、奴らが握っている決定的証拠や。

そして、どこで探ってきたのか、東條は、真ちゃんこと冨永検事の携帯電話の番号まで教えてくれた。

以降、神林はずっとショートメールを送っている。

ニュースでは、黛総理の発言について解説している。

〝この決定は、特捜部が越村容疑者を確実に起訴するという確信を得たからだと考えられます〟

スキンヘッドの社会部デスクは、当たり前のことを、さも重大そうに言った。

それに、七三分けの政治部デスクが続く。

〝事実上、黛総理は越村みやび容疑者を切り捨てたと考えるべきでしょうね。もともと、黛総理が自身の後継者に越村容疑者を選んだのは、短期間越村容疑者に総理の座を預けた後、もう一度復権するためと言われていたのですが、越村逮捕という棚ぼたのおかげで、堂々と任期延長を果たせました〟

だとしたら、黛はクソだ。

いや、とんでもない大ワルだ。

その時、スマートフォンがメールの受信を告げた。

冨永からだった。

〝情報とは？〟

メールでも無愛想なのか、あんたは。

〝お待ちしておりました！　白いライトバンの写真です。びっくりしますよ〟

7

すぐに、神林から返信が来た。

この日は、越村の聴取を行わず、ずっと放置していた。そろそろ相手を不安にさせる頃合いだった。

朝一番に拘置所に姿を見せた岩下特捜部長に、「越村の自白がない限り、楽田への念書だけでは、起訴できない」と言い渡された。

念書の文面が曖昧なのと、賄賂を渡したという楽田の証言があっても、越村側が受け取ったという裏付けが取れていないからだという。

ＢＤＢに情報開示を求めた結果、楽田が供述した日付に、特定の口座への送金があったことは裏付けられている。だが、振り込まれた側の口座がバミューダ諸島のプライベートバンクで、それへの手続きに時間がかかっており、情報開示までには相当かかりそうだ。

神林から接触があったことは、羽瀬に報告している。羽瀬は、「会え」と命じるが、冨永は躊躇《ちゅうちょ》していた。

しかし、そうも言っていられなくなってきた。

被疑者のいない取調室で、神林から来たメールを五十嵐に見せた。

「白いライトバンですか。ちょっと待ってくださいよ。何かの資料にあった気がします」

五十嵐がファイルにアクセスすると、すぐに答えが見つかったらしい。

「雪の鶴酒造のガサ入れをした事務官が、白いライトバン一台が帳簿には記載されているのに、社にはなかったと指摘しています」

五十嵐が、ディスプレーを冨永の方に向けた。

「それについて社員は、廃車処分にしたのを帳簿に記し忘れただけだ、と回答していますね」

ただ、廃車日が記載されていない。それを確認するよう五十嵐に命じてから、冨永は神林にメールを打った。

〝本日午後三時、北千住駅前の喫茶サンローゼで〟

午後二時半に、萩原弁護士が越村の接見に来る。メディアは検察官に取材ができないため、代わりに二時過ぎから「萩原待ち」をする。その隙を利用して、拘置所の裏口から出るつもりだった。

「検事、廃車時期は未確認だったそうです。今から確認すると言ってます」

五十嵐が送話口を手で押さえて言った。

「それでお願いします。自転車を借りてきてください。それで北千住まで行きます」

8

「東條さん、冨永検事が会うと言ってきました」

局長のデスクでタバコを吹かしている東條に、神林は伝えた。

「よっしゃ。ほな、明日の一面空けるぞ。必ず、冨永からネタ取ってこい」

果たして、あの男は腹を割るだろうか。

こちらがどれだけ情報を与えても、「国民として当然の義務です」と言って、聞くだけ聞いたらあとは無視しそうだ。見返りなんて要求すらできないかもしれない。

「なんや、その気弱な顔は？」

「いくら凄いネタを提供しても、あいつはネタをくれないんじゃないかと不安で」

また脛を蹴られるかと身構えたが、東條は腕組みをしたまま神林を見上げている。

「真ちゃんは、特捜部一の堅物らしいな。けどな、そんな奴が、なんでおまえに会うと思う？」

「それだけ手詰まりってことですか」

「俺はそう思う。それと、あいつのバックには羽瀬がおる。羽瀬は、目的は手段を凌駕《りょうが》するっちゅう古いタイプの特捜検事や。真ちゃんが嫌や言うても、羽瀬はおまえに会えと命じる」

「だからと言って、情報を交換してくれるかどうかは、分からないじゃないですか」

「おまえ、真ちゃんになんてメールしたんや」

正直に伝えた。

「結構。ええアプローチやな。情報をくれへんなら、写真はやらんと言うたれ」

そんなことぐらいで、堅物真ちゃんは態度を変えるだろうか。

「そこから先は、おまえの交渉力やな。神林、期待してるで。おまえは、やればできる子や」

おだてられて寒けを感じた。

羽瀬に、神林記者と会うと告げた。

「なんだ、まだ会ってなかったのか」

　羽瀬が呆《あき》れている。

「私のようなタイプは、副部長のように記者を上手に操れないと思います」

「そういう自覚を持つことは、悪いことじゃない。だが、今朝の部長命令を聞いただろ。あれは、もっと上の方から出ている方針のようだ」

「もっと上」が誰を指すのかは聞きたくなかった。そもそも、「もっと上」が、これまでの捜査に干渉しなかったのが不思議なぐらいだから、驚きもない。

「場合によっては、ある程度のネタを出してやってもいいぞ」

「それは、ありえません」

　羽瀬が両足をデスクに置いた。命令に従えというボディランゲージだ。

「手ぶらで記者に会って、情報提供をしてくれると思うか」

「悪事を暴くための情報を提供するのは、国民の義務です」

　鼻で笑われた。

「神林という記者は、それなりに優秀らしいぞ。しかも、バックには闘犬がついてる」

　伝説の社会部記者か。

「神林は、東條から因果を含められているはずだ。すなわち、おまえが情報提供しない限り、向こうもネタを出さない」

「では、どんな情報を出しますか？」

「それは、おまえが考えろ」

つまり、羽瀬は何も知らないというスタンスなわけか。

卑怯《ひきょう》だと思ったが、それは特捜部という組織では、重要な安全弁なのだろう。副部長があずかり知らないところで、平検事が独断で情報交換をする。もし、それがバレても、羽瀬は「何も知りません」と突っぱねられる。

「うまくやれば、新しい突破口が開くかもしれん」

そう願っている。

「その場合、金沢に行かせていただけませんか」

「越村は、どうするんだ」

「放置して、不安を募らせたいんです」

「おまえは、本当に残酷なヤツだな」

「容赦したくないだけです」

勝手にしろと言われた。

「夫の越村俊策はここ数日、検察庁からの情報漏洩《ろうえい》を理由に、任意同行《にんどう》を拒否しているそうです。彼を逮捕できませんか」

「逮捕するに足る物証があるのか」

「それは、神林記者次第でしょうが、たとえ何もなくても酒税法違反でいかせてください」

雪の鶴酒造は、昨年、単純な不手際による大量の返品に見舞われ、その処分に困って、酒を下水に流したという情報がある。酒は、蔵から外に出た瞬間、すべて税の対象となる。返品されたからといって、勝手に処分するのも違法だった。

「せこいな」

「罪は罪です」

9

暁光新聞の記者が見せたのは、ドア部分に酷い擦り傷がついた車の写真だった。

「これが、雪の鶴酒造の車だという証拠は」

そう言うと、次に車体を写した写真を差し出してきた。白いカローラのライトバンで、ボディには雪の鶴酒造と金色で書かれてある。神林が指さした場所には、やはり傷がある。

「いつ撮ったんですか」

「一一月三日です。弊社の東條が、前日にこの車に乗って越村俊策氏と話をしています。夜だったので定かではなかったのですが、傷を見つけて、念のために翌朝、同社の駐車場を再度訪れて撮影しました」

「それで、この写真がどうしたんです?」

「写真は、もう一枚あります。それをご覧になりたければ、私の質問に答えてください」

待ち合わせた喫茶店には、客はまばらだった。二人は、人目に付かない奥まった席にいる。こちらを気にしている客もない。

「越村を逮捕した決定的証拠とは何ですか」

「お答えできない」

「いつも、そんな感じなんですか」

「そんな感じとは？」

「木で鼻をくくったっていうんですよね、そういう無愛想な態度って」

冨永が立ち上がると、腕を掴まれた。

「短気は損気ですよ、冨永さん。このネタは、重要証拠にもなり得るんです。これを渡さず明日の朝刊一面で掲載することもできるんです」

「わざわざ私に言わなくても、ご自由になさったらよい」

「いえ、国民の義務を果たしたいんです」

ふざけやがって。思わず相手を睨んだ。

「だったら、つまらない交換条件など出さずに、黙って写真を提供すればいいでしょう」

「そうしたいんですがね。私も、プロとしての使命があるんです。だから、教えてください。越村逮捕に至った決定打とはなんですか」

ある程度の情報は出してもいい、と羽瀬に言われているが、神林の質問は重大すぎる。

「そんなものを教えられると思いますか」

「ヒントでいいです。民自党の政治家の誰かが密告したんですか」

コーヒーを飲んだ。ほとんど冷めていて香りもない。

その間も、神林は質問をぶつけてくるが、いずれも的外れだった。

「質問は、あと、三回にしましょう」

「つまり、全部外れってことか。分かりました。じゃあ、ちょっと考えます」

神林が考え込んでいる。それを待つ間にスマートフォンを見たら、五十嵐からメールが入っていた。ライトバンの処分時期は、ごく最近のことだと判明したらしい。その車は普段、社長の俊策が利用していたという。

神林が出し惜しみしている一枚も、それに関連しているのだろうか。

「もしかして楽田元夫人が、夫を売ったとか」

「写真を」

冨永は右手を差し出した。

「いや、ちょっと待ってくださいよ。まだ、チャンスが二回」と言ったところで、神林は意味を理解したようだ。

「そういうことか。だから、株も売ったのか。もしかして、裏帳簿の類いがあったとか」

「写真を見せてください」

その画像は、想像とは違うものだった。

「なんです、これは？」

薄暗い写真だった。地下駐車場だろうか。その柱に金色に光る傷のようなものが見えた。

「この、ライトバンの傷を見て下さい」

神林が指さしたのは、傷によって剝げた「雪の鶴酒造」という社名文字だ。

「一昨年、金沢市の地域振興協議会という団体が、伝統的工芸である金箔をPRしようと、地元業者のロゴや社名などを金文字にする運動を始めました」

神林がスマートフォンを操作して、その活動のホームページを示した。

「ライトバンの文字も、昨年その一環で塗装したんだそうです。この金文字にはちょっとした細工があります」

神林が、画面を指でスワイプした。真っ暗の中で、金文字だけが輝いていた。

「この金文字は、特殊な蛍光塗料なんです。だから、暗闇で光るんです。オークラの駐車場に行ってこの金に光る柱を見つけて下さい。金の塗料だけじゃなくて、ライトバンの塗料も見つかるのでは？」

できすぎじゃないのか。

それに、蛍光ゴールドで塗装した別の車が、柱に当たった可能性だってある。

しかし……、確かめる価値はあるかも知れない。

「ＪＷＦの元ＣＦＯが現金をオークラに持っていったという話が週刊誌に掲載されたことがありましたね。でも、結局裏付けが取れずにガセだと考えられていた。ガセじゃなかったってことかな」

「情報提供を感謝します」

写真三枚を手にして、冨永は立ち上がった。

「冨永さん、楽田が越村代議士に贈った賄賂について、元夫人が検察に情報を提供したと書いてもウソではないですか」

「お好きに。それと、この車の件はしばらく伏せてください」

「俊策が認めた際に、最初に教えていただけるなら」

「保証はできません」

「なら、私も同様です。でも、私は冨永さんを信じていますよ」


大収穫だった。

冨永が置いていったコーヒー代を手にして会計を済ませると、神林は店を出た。

待たせてあったハイヤーに乗り込むと、東條に電話を入れた。

〝せやから、楽田の元嫁捜せ、言うてるやろ〟

先日、東條にこっぴどく叱られて以来ずっと捜している。しかし、ロングアイランドの自宅は既に売却されているし、その後の足取りがまったく摑めない。

「俺では、捜せません。東條さんの地獄耳の出番ですよ」

〝あかんたれやなあ。ほな、おまえは原稿書け。明日の一面でやる〟

拘置所に戻った冨永は、写真の件を藤山に説明した。

「じゃあ、やっぱり片岡は真実を話していたのかあ」

「楽田は、なぜ、この話をしなかったんだ」

「全面自白はしましたが、細部は不明点も多いんです。特にこのネタは一度棄《す》てたので」

「もう一度、聞いてもらえますか」

藤山から三〇分後、電話があった。

「楽田が、オークラでの現金授受を認めました。急ぎでカネが必要だと言われたので、あの時はホテルで渡したそうです。ただし、誰に渡したかは不明だそうです」

「どういうことです？」

「現金を部屋に残して、カードキーを、エレベータホールの植栽の下に隠しておいたそうです。越村サイドの指示だったそうです」

そして、俊策がそのカードキーで中に入り、カネを手にした後、同様にキーをドアの下に残していったのか。

「楽田は受取人が誰なのか本当に知らないのか」

「知る必要もないものは知らないと、ふんぞり返っています」

## 10

逮捕から一二日目——。

俊策は、午前二時過ぎに自宅を出た。駐車場で数日前から借りている車に乗り込み、蔵に向かった。

どうしても気になる酒があった。新田のアドバイスを受けながら、すべての仕込みを俊策が手がけた純米大吟醸「北嶺」が、一番重要な時期を迎えているのだ。

会社の周辺にメディアがいないことを確認してから、俊策は通用口をくぐった。蔵人が交代で泊まっているのだが、さすがにこの時刻には誰もいない。蔵に入ると、酵母が元気よく働く音が聞こえた。

巨大な発酵タンクが並ぶ中、俊策は一番小さなタンクに立てかけたハシゴを登った。真っ白なもろみが一面に泡立っている。いい感じだ。

「元気いっぱいだな。この調子で頑張れ。でも、おまえの成長を見届けるのは難しいかもしれないいな」

今や、もろみは唯一の話し相手だった。

毎晩のように長電話したみやびは塀の向こうの人になったし、会社業務については専務と総務部長に任せっきりで、誰とも話さない時間が長くなっている。

俊策はもろみをコップに注いで試飲した。

こいつだけは、理想の味に到達できる。

「いつまで、おまえの面倒を見てやれるかな」

そう呟《つぶや》いた途端、泣きそうになった。

楽田は全面自白したらしい。その上、新聞やテレビが連日スクープを連発している。

だが前に進むしかない。

みやびが活動を開始したのは二二年前だ。いつか日本社会の病巣を治療する医者になると宣言して、ひたすら駆けてきた。やがて総理の座が見え始めた頃から、焦りが現れた。

もともとせっかちで、すぐ力まかせに突っ走ろうとする。それを俊策が制御してきた。そのブレーキが利かなくなったのは、この二年ほどか。

――総理になるための実績がいるの。だから、私の好きにさせて。

宿願だった社会福祉健全化法成立が現実味を帯びてきた時に、みやびは無茶を押し通した。

しかし、それ以前から、彼女を総理に推す声は、国民からも永田町からもあったのだ。無理せず、まず総理になることに専念して、それからじっくり法案の成立に取り組めばよかったのだ。

俺が暴走を止めていれば――。

俊策は、試飲したコップを丁寧に水で洗うと、タンクをひと撫《な》でした。

それから全てのタンクを見回ってから、俊策は蔵を後にした。

## 11

逮捕から一三日目――。

午後になって、雪の鶴酒造のライトバンが羽咋《はくい》市のスクラップ工場で発見されたという連絡が入った。

既に、廃車作業が進んでいたが、ボディはなんとか残っていたという。傷も確認した。ホテルオークラの駐車場の方は、警視庁の鑑識と協力して、僅かに残っていた塗料を採取し、科捜研で分析が行われていた。

金沢に出向くタイミングだと判断した冨永は、羽瀬に相談した。

「越村俊策が廃車処分にした車を見つけました。傷も残っていたそうです」

「それとオークラの塗料痕が一致するなんていうラッキーが起きたらいいがな」

羽瀬はいつも以上に虫の居所が悪そうだ。

「金沢に行かせてください」

「目的は？」

「俊策を取り調べたいんです」

「合意制度で自白を得ることについてどう思う？」

いきなり話題が司法取引に変わった。

「時と場合によっては、有効かと」

「社会福祉健全化法成立のために尽力してほしいという越村みやびから、カネを受け取ったという御仁が現れた」

「国会議員の誰かが自首したんですか」

「当人は越村を告発するために名乗り出たとのたもうている。そして、合意制度による公訴の不提起を求めている」

越村から賄賂を受け取ったが、告発の代償としてお目こぼしを求めるのか。

「誰です」

「助松陽次郎《すけまつようじろう》だ」

民自党の大物議員だが、頻繁に特捜部の捜査対象として名が挙がる人物でもある。当人は、平成の爆弾男などと嘯《うそぶ》いているが、目立ちたがりで喧嘩っ早く、永田町の鼻つまみ者だった。

メディアでは今、越村から賄賂を受け取った国会議員が誰かという臆測が飛んでいる。楽田リストなるものが複数出回り、現職国会議員の名前も取り沙汰されている。その中に、助松の名もあった。

「受理されたんですか」

「即断できるような話じゃない。越村から受け取ったという現金三〇〇万円を証拠物として持参した。なんでも、越村が札束に触れたので、指紋も採れるはずだとさ。こういうケースは初めてなので、法務省に確認中で即答はできないと保留中だ」

証拠の重要性、犯罪への関連性等を考慮して、必要と認められた場合、他人の特定の犯罪について真実を供述した被疑者を、検察官は起訴しない等の合意をすることができる。

「上が認める可能性はあるんでしょうか」

「それは幹部に聞いてくれ。楽田は自白《うた》っているが、越村を有罪に持ち込むにはまだ弱い」

ならば、迷う必要はないじゃないか。

「何か問題でも？」

「最初が肝心と言うだろ。その上、助松は札付きのワルだ。今期限りの引退を表明しているが、叩けば埃《ほこり》どころか汚物が出てきそうなぐらい黒い」

そういう奴と司法取引をするのは、特捜部の名折れだと羽瀬は言いたいらしい。

「この際、検察のメンツなど、どうでもいいのでは？」

羽瀬がテーブルの上に足を上げた。

「メンツの問題じゃない。助松の行為には、明らかに民自党の意図がある」

「意味が分かりません」

「奴は、青山経産相を総裁に推した大石副総理の懐刀だった。越村の罪を決定的にすれば、青山総理が現実味を帯びる」

そんなことは、どうでもいいじゃないか。

「おまえに政治的忖度《そんたく》の話をしても始まらん。要するに助松の訴えがあれば、金沢まで行かずとも、越村を落とせるだろ」

助松との間で司法取引が成立すれば、起訴のための大きな材料になる。しかし、やはり越村の自白が欲しい。

「揺らぐかもしれませんが、口を開くとは思えません。それよりも、夫を切り崩すべきだと判断しました」

「理由は？」

「越村のアキレス腱《けん》は夫です」

「永田町きってのおしどり夫婦だからか」

「俊策について書かれた過去の記事を読んでみました。彼は越村の露払いに徹しています。表には一切出ず、黙々と会社経営を続け、不器用ながら酒造りにも精を出している。その裏側で政策の素案づくりや戦略の立案を担って、妻のイメージアップに努めていますす。彼を黒幕と揶揄《やゆ》するメディアもありますが、的《まと》外れです。

二人の共同作業で〝政治家・越村みやび〟を創り上げてきた。そして妻が絶体絶命に追い詰められたら、全ての罪を被る覚悟をしていると思われます」

「安いドラマじゃあるまいし」

「ドラマではありません。越村夫妻の発言を全て抜き出しました。そこから、見えてきた真実です」


羽瀬が苦笑いしている。

「それなら、奴が罪を被って幕引きになるぞ」

そういう可能性もあるだろう。

だが、署名入りの念書を提示されても、楽田が全面自白しても、ビクともしない越村を、なんとかして揺さぶりたい。その一番の責めどころが、俊策だった。

「俊策が一人で罪を被るのであれば、それを越村にぶつけたいんです。清廉潔白を標榜する政治家が、夫を犠牲にしてでも総理への階段を上るのか。試す価値はあります」

羽瀬が珍しく腕組みをして考え込んでいる。

「おまえは、越村の政治家としての業を理解できているか」

「おっしゃっている意味が分かりません」

「越村が永田町の階段を着実に上がってきたのは、夫との共同作業の賜物だというのは理解できる。だが、女性議員というハンデを乗り越えて、権力闘争を生き抜いてきたのは、越村自身だ。傷だらけになり時に恥辱に塗れても彼女は、階段を上り続けた。偏《ひとえ》に総理になりたいという強い思いがあったからだ。だとすれば、自分の身代わりに夫が罪を被ると分かれば、それを利用する。それが政治家の業だ。そこに愛だの信頼だのは存在しない。おまえが俊策を取り調べ、奴が罪を被ってしまうと、越村は逆に勝ったと思うかも知れないぞ」

　政治コンサルタントの尾崎にも指摘されたとおり、俺は政治家の生理が理解できていない。越村のような議員でさえ、権力欲という魔物に食われるのか。越村は夫を犠牲に生き延びることを選択するかも知れない。

「越村が夫を犠牲にする選択をしても、やる価値があると思います」

「分かった。なら、やってみろ」


　遅い夕食を終えた俊策に、東京地検特捜部の冨永という検事から電話が入った。

「大変恐縮ですが、明日午前九時に、金沢地検までお運びいただけませんか」

「検察庁は、取り調べ内容を恣《し》意的にメディアに流しています。従って、任意での呼び出しを拒否しています」

「私は、奥さまの取り調べを担当しております。それに関して、お答えいただきたいことがあります」

　意図的なものだと分かっていても、検事の断定口調は、俊策を不安にさせた。

「具体的に何をお聞きになりたいんですか」

「電話では申し上げられません」

　無視せよという警戒心よりも、分からないものを放置したくないという欲求の方が勝《まさ》った。

「分かりました。では、お伺いします」

本当にそれでよいのか。

みやびを取り調べている検事が、わざわざ金沢まで足を運んできて、俺を取り調べる。よほどの重大事だと覚悟すべきだ。

だとすれば、あれか……。

検察庁の事務官から俊策のカローラの廃車時期について問い合わせがあったと、総務部長が言っていた。

まさかとは思うが、例の傷に気づいたのかもしれない。

萩原弁護士に連絡を入れようかと迷った末に、一晩考えることにした。

12

逮捕から一四日目——。

冨永は、金沢地検に出頭してきた越村俊策と会った。

華やかな妻とは正反対の地味な男だった。

「見ていただきたい写真があります」

冨永は、三枚の写真を並べた。

「越村さんが、普段利用されていたカローラのライトバンに間違いありませんか」

「事件のご質問については、黙秘します」

「このライトバンには、側面に擦り傷があります。どこで傷を付けたか覚えていますか」

俊策の瞳に感情的な揺らぎはない。質問を予想していたようだ。

「一一月四日、この車を廃車処分にされていますが、理由はなんですか」

雪の鶴酒造の社員の話では、既に二〇年以上乗り続けている文字通りの俊策の愛車だ。周囲が新車に換えようと言っても耳を貸さなかったという。それをなぜこの時期に、廃車にしたのか。

「昨日、羽咋市のスクラップ工場で、カローラを発見しました。まだ、処分されていませんでした」

俊策は顔色ひとつ変えない。

「この傷について精査し、塗料のサンプルを東京の捜査機関で調べました」

ホテルオークラの写真を指し示した。

「どこの写真かは、お分かりですよね。東京のホテルオークラの地下駐車場の写真です。車が柱を擦った痕が、僅《わず》かながら残っていました。蛍光ゴールドの塗料です」

俊策は沈黙したままだ。

「オークラの柱に残った塗料と、カローラの塗料の成分が一致しました。カローラの擦り傷に僅かに残っていたコンクリートも、オークラの柱の成分と一致しました」

それが、どうした？

俊策の目がそう言っていた。

「傷が付いたのは、今年の四月一四日。あなたが、ＪＷＦ社長の楽田恭平氏から三億円の現金をホテルオークラの一室で受け取った日です」

踏み込んでみたが、びくともしない。

「その日、楽田はホテルオークラの一室に現金三億円を運び込み、カードキーをエレベーターホールの植栽の下に置いて立ち去ったと言っています。このカネは、越村先生から無心されたものだとも自白しています。そして、このカネを、あなたがピックアップしたんですね」

無反応だ。

それから冨永は、長い沈黙につきあった。

かすかにエアコンの音がするだけの閉ざされた部屋で、ひたすら黙って向かい合っていた。

「一麴《こうじ》、二酛《もと》、三造りというのが、美味しい日本酒を造る極意だそうですね。本当に重要なのは、米を水に浸す浸漬《しんし》だと聞いたことがあります」

変化球を投げてみた。

「検事さんは、日本酒がお好きですか」

「嫌いじゃありません。で、その浸漬ですが、単に米を水に浸《ひた》せばいいってものではないらしいですね。今や杜氏なんて不要で、コンピューター制御で酒はできるという人もいますが、長年の試行錯誤に裏打ちされた経験値にはかなわない」

俊策の表情が緩んだ。

「そうですね。私自身、酒造りを学んで二〇年以上になりますが、この勘はなかなか会得できません」

「私は勘や感性という言葉が嫌いです。それは素人の発想です。匠《たくみ》は、さまざまなデータを頭に入れ、同時に現時点の状況を把握している。そして、過去の膨大な経験値と、現在の状況を比較検証して判断する。神業《かみわざ》とはそうやって生まれてくるんじゃないんですか」

「鋭いなあ。まったくその通り。でも、言うは易《やす》し行うは難《かた》しです。検事さんは造り酒屋にご縁の深い方なんですか」

「いえ、それを言うなら和菓子屋です。もっとも、根底にある考えは酒と似ているかもしれませんね。酒米と同じく、小豆も毎年品質が違います。水も同様です。餡《あん》の微妙な炊き加減が菓子の出来を大きく左右します」

冨永は、京都の実家の父を思い出していた。

――あんたは、ほんま筋がいいな。けど、せっかちや。それと柔軟性が足りへんな。なんとなくやのうて、しっかり古い記録を調べた上で、今年の塩梅《あんばい》を決める根気がない。跡を継ぎたいと思っていた頃、父にそう言われた。まだ、小学五年生だった。言われ

「今日は、諦めろ」

「理由を聞かせてください」

「決裁が下りない。部長に言わせると、逮捕状を取るには裏付けが弱いそうだ」

自白が必須ということか。

「羽瀬さんも同じ考えなんですか」

「俺は嫌な予感がするから、身柄をおさえるべきだと言ったよ」

俊策の自殺を懸念しているのだ。冨永も同感だった。

「だが、岩下部長様は、重要参考人の身の安全のために逮捕状を出すなんて無理だとおっしゃっている。まあ、理屈ではそうだ。自白《うた》ったのか」

「まだです。しかし、追い詰められていることは自覚しています。もう少しで彼の防波堤を破れます。逮捕の許可をいただきたい」

「無理だな」

岩下は今回のヤマにはやけに前のめりだった。だから、越村逮捕の際も、上とは相当やりあったと聞いている。何かあったのだろうか。

「逮捕状が取れないのは、部長のご一存ではないということでしょうか」

「俺は知らん。門前払いされたからな」

「もしかして政治的圧力があったとか」

「助松の自首を知って、総理周辺が焦っているようだ。官邸からの圧力などないと思う方が、どうかしているだろ」

　バカげた話だ。

「おまえ、部長のことをつまらない官僚主義者だと思ってるんだろう。だがな、政治的圧力をはね返すだけの決定的証拠を手に入れていないから、こういう事態になる。つまりは、おまえが悪いんだ」

　そうだ。だが、俊策は崖《がけ》っぷちなのだ。ここで自殺でもされたら元も子もない。

「ギリギリまで追い詰めたと思った時に、俊策は席を立とうとしました。そして、今夜はどうしても外せない用があるから帰ると言ったんです。彼自身が、これ以上の取り調べに限界を感じたんです。ですから、逮捕状を請求させてください」

　羽瀬が電話の向こうで考え込んでいる。

「説得してみるが、期待するな。なにしろ敵の一人は総理だからな」

　冨永が取調室に戻ると、俊策は帰ろうとした。

「もう少し、お時間をいただけませんか」

「任意での協力は、ここまでです。逮捕するというのであれば、別ですが。でも、そんなことをしたら、弁護士が黙っていませんよ」

　そういえば、東京から萩原弁護士が飛んできて、待合室で待っている。

　帰すしかないのか。

「では、明日もお話を伺えますか」

俊策が、苦笑いを浮かべた。

「明日は、明日の風が吹くって言いますからね。明日、再度お呼び出しください。では」

部屋を出ようとする俊策の背中を見て、冨永は思わず呼び止めてしまった。

「必ず、明日、お越しいただきますので」

俊策はそれには答えず部屋を出ていった。

「大至急、尾行チームを組織します」

五十嵐はそう言って受話器を上げた。


萩原弁護士と、二人の部下が受付で待っていた。

「俊策さん、良かった。解放されたんですね」

「お騒がせしました。私への疑いは晴れたようですから、ご安心を」

そんな気休めなど萩原は本気にしてなさそうだ。

「これから今後のご相談をしたいのですが」

運転手の大島が、すでに車寄せで待っているのが見えた。

「ちょっと考えたいことがあるんで、一人で帰ります。自宅で待っています」

弁護士たちの返事も聞かずに、俊策は車に乗り込んだ。

「お疲れさまでした。ご自宅でよろしいですか」

「金沢城に行ってくれないか。風に当たりたい」

それから暫くして、運転手が尾行に気づいた。

「特捜部のやりそうなことだな。気にせず、城に向かってくれ」

石川門前まで来ると、「すぐ戻る」と言って車を降りた。

夕暮れが迫り、空が赤みを帯び始めている。三の丸広場のベンチに腰を下ろした。復元された物見櫓《ものみやぐら》の影が長く伸びて、俊策の足元も暗くなった。

想定内だし、敗北感はなかった。冨永検事の思い通りにはならない。

既に準備はできている。どれも主犯が俊策であることを示す証拠だけを残した。遺書も自宅のデスクの引き出しに入れてある。

冨永は悔しがるだろうな。彼は俺を逮捕せず、釈放した――おそらくは、誰かの意向が働いたのだろう。

――君はまだ若い。ゆっくりと時間を掛けて心と体の傷を癒やせばいい。それから、また夢を追いかけたまえ。

不意に、十代目の言葉が蘇ってきた。今まさに座っているこのベンチで、十代目と話をした。その日から、みやびと俺の大きな夢が始まった。なのに――膝の上に置いた手に力が籠もった。

結局、自分は政治戦略を極めるに至れなかった。それどころか、妻一人すら幸せにできなかった。

学生時代に寝込みを襲われた時、俊策は男としての機能を失った。それでも、みやびは絶対に結婚したいと譲らなかった。

子どもが生まれなかったのも、楽田との爛《ただ》れた関係も、元はといえば全て俊策が原因だった。

そして、あの小賢《こざか》しい検事の言うとおり、俺はみやびが暴走するのを止められなかった。

「十代目、本当に申し訳ありません」

カラスがやかましく騒いでいる。夕暮れ前で、三の丸広場にも異常な数のカラスが飛来している。随分前から金沢城の問題になっていて、さまざまな対策をしても、カラスは一向に減らない。

カラスは仲間が死ぬと騒ぐ。仲間を悼《いた》んでいるという説があるが、それは誤りで、むしろ仲間が死んだ場所は不吉だと警告するために騒ぐらしい。

勢いをつけてベンチから立ち上がると、近くのカラスが一斉に飛び立った。

俊策は石川門を抜けると、石川橋から身を投げた。


冨永は、呆然《ぼうぜん》と五十嵐の報告を聞いた。

〝城に入って考え事をしているようでした。ただ、それまではまったく自殺するような素振りもなかったので、さすがに不用意には近づけませんでした。彼がベンチから立ち上がり、移動したので警戒のために近づこうとした矢先、何の躊躇もなく飛び降りてしまって。即死でした〟

普段は冷静な五十嵐が激しく動揺している。露骨に接近できない中で、ためらうことなく飛び降りられては、阻止は難しかっただろう。

悪いのは、五十嵐や尾行チームではない。俺だ。何がなんでも逮捕するべきだった。

「越村俊策氏は、検察権力の犠牲者です。われわれは、俊策氏を取り調べた冨永真一検事と、岩下希美《のぞみ》特捜部長に対して特別公務員暴行陵虐《りょうぎゃく》罪による告発も考えています」

金沢から東京拘置所に直行してきた萩原弁護士が、囲み取材に答えている。

その告発はさすがに無茶だろと神林は思ったが、熱のこもった萩原の口調が記者を圧倒した。

「これから、越村容疑者に、夫の死について報告されるんですよね、どのような言葉をかけられますか」

愚問連発で有名な記者が、最前列で頑張っている。

「検察に即座に取り調べを中止し、越村さんを釈放するように求めるつもりです」

「特別公務員暴行陵虐罪で告発するだけの事実があるんでしょうか」

思わず神林も質問してしまった。

「取り調べの後、私は俊策氏に金沢地検でお会いしているんです。あの時から様子が変だった。そして、地検からの帰宅途中で自殺したんですよ。それで十分では」

俊策の死が解せなかった。ずっと考え続けているのだが、釈然としない。

自殺で妻を救えると考えたのだろうか。

それとも、萩原が主張するように追い詰められたことによる衝動的なものか。

死人に口なし——。もはや真相は闇の中だ。

## 13

午後一〇時を過ぎて、金沢から東京拘置所に戻った冨永は、今から越村みやびを取り調べたいと羽瀬に懇願した。

「おまえ、自分の立場が分かっているのか。既に、検事正はおまえを謹慎処分にすると仰《おっしゃ》っている」

「お叱りはいくらでも受けます。ですから、お願いします」

押し問答の末に羽瀬が折れた。取り調べの制限時間は三〇分。夫の死の直前の様子を伝えるという名目だった。

金沢から移動している間に、石川県警の捜査員が、俊策の自宅から遺書を発見していた。東京地検特捜部長宛てのものもあった。

取調室に現れた越村は、冨永に促《うなが》されるまで椅子にも座らなかった。

「この度は、大変なご不幸が起きてしまい、心からお悔《く》やみ申し上げます」

「まるで他人事《ひとごと》ね。あなたが夫を追い詰めたくせに」

「そんな事実はありません」

「萩原弁護士から聞いたわよ。夫は、冨永検事に取り調べられた後、帰宅途中に金沢城に立ち寄り、橋から飛び降りた」

「俊策さんを死に追い詰めたのは、私ではなく先生ご自身ではないんでしょうか。ＪＷＦの片岡氏が証言したホテルオークラに現金三億円を運び、それを先生に渡したというのは事実だと裏付けられました」

俊策のライトバンの傷とオークラの駐車場の痕跡について説明し、写真もデスクに並べたが、越村は微動だにしない。

「楽田氏は全面的に罪を認め、先生への賄賂リストを詳細に説明しています。先生のご署名がある念書も、賄賂を贈った際に受け取ったと証言しています。

それだけの証拠が出てしまったから、ご主人は、あなたを庇《かば》うために死を選ばれたのでは？」

「違う。そもそも、夫が罪を認め観念して死を選んだように仰るけど、だったら、なぜ検察は夫を逮捕しなかったの」

「逮捕状の許可が出ませんでした」

「つまり、賢明な検察上層部は、起訴が難しいと考えたということでしょ」

そうであるなら救われる。だが、忖度なのか圧力なのかは分からないが、上層部は政治的判断をしたのだ。

「先程、先生は私が俊策さんを追い詰めたから自殺されたとおっしゃいました。しかし、何通もの遺書が、既に用意されていたことを考えると、先生に対する疑いが晴れそうもない時には、自殺するご覚悟だったのでは？」

越村俊策は遺書の中で、全ての行動は一存によるもので、妻は何の関与もしていないと明言している。

「自らの命を賭《と》して、あなたを守ろうとされた。まさに、妻の夢を命がけで叶えようとする夫の鑑《かがみ》だ。でも、そうではないですよね」

「何の話？」

俊策が妻宛に残した遺書については、教唆のおそれもあったため、本人に渡していない。ただ、萩原弁護士が接見した際に、その内容は告げられているはずだった。

また、特捜部長宛の遺書には、全ての罪は自分自身にあるとしたためられていた。

俊策は、十代目越村宗右衛門の恩義に報いるためと、女性総理第一号という妻の夢を叶えるために、粉骨砕身努力した。その結果、妻は総理候補の一人となった。同時に、社会福祉健全化法案成立によって、妻はいよいよ総理の座を摑むだろうと考え、与党内の反対派懐柔を目論んで、楽田恭平のカネを元に賄賂をまいた。

楽田の元部下の男が証言したホテルオークラの現金授受についても、俊策と楽田の間で行ったもので、妻はまったく知らないと遺書にはある。

俊策は一人で罪を被って、死んだ。決定的物証だと思ったライトバンの傷についても、俊策の一存と断言されてしまうと、もはや反論できない。

「先生と俊策さんは、政治に深い理解を示すご夫婦として知られています。俊策さんは政治学に関する論文もたくさん発表されている。そこで、お二人それぞれの政治活動についての情報や記事をかき集めました。

その結果、俊策さんが政治に強い関心を持たれたという点について、メディアは誤解していたということが分かってきました。政治に関心があるというと、世の中を良くしたいと考えたり、自らの思想や哲学の実現を目指すと思いがちです。実際、メディアの多くは、俊策さんをそういう観点で見ていた。

しかし、十代目宗右衛門氏が設立し引き継いだ私塾『流水塾』の冊子に、俊策さんが寄稿された論文を読んで、それが誤解だと気づきました」

論文は、二〇年以上前に書かれたものだ。

流水塾は、越村が官房長官に就任した時に閉鎖されている。理由は定かではないが、政治塾という存在が、越村みやびのイメージを曇らせると俊策が考えたのではないだろうか。

「政治とはパワーと戦略である――それが俊策さんの研究テーマでした。すなわち、志のある政治家に、政治的な力を与える戦略とは何ぞや、という。その研究の集大成が、越村みやびという議員でした。なぜ、俊策さんは躊躇《ためら》いもなく死を選んだのか。それは、

「二億円を受け取ったという念書は存在している。それについて答えないのは、やましいところがあるからだ。楽田は越村みやびにカネを払ったと、はっきり言っている」

「そうっすよ。カネの受け渡しは計八回、そのうちの六回がBDBから越村の匿名口座への振り込み、残りは逮捕事実であるグランドハイアットでの手渡し、もう一回はオークラです。しかし、オークラでカネを受け取ったのは俊策ですが、グランドハイアットの方は越村本人に渡したと、楽田は断言しています」

羽瀬は仏頂面で黙っている。

「それに助松先生の件については、まともな釈明として成立しません」

「あれは、忘れろ。上が合意制度の適用を認めないと判断した」

羽瀬が面白くなさそうに言った。

「だったら助松を逮捕しましょう。証拠は揃ってるんです」

「先輩、珍しく過激っすね。でも、私も大賛成」

「俺だって同意見だ。それに部長も検事正を説得にかかっている。だが、それでもまだ、弱いな。冨永、とにかく越村みやび本人からの自白を引き出せ」

それから羽瀬は冨永にだけ話があると言って、藤山を下がらせた。

「一つ方法がある」

「何ですか」

今は藁《わら》にでも縋《すが》りたい気分だった。

「神林を使え」

「メディアを、ですか？」

「越村夫妻は、夫の命と引き替えに妻の捲土重来《けんどちょうらい》を目指すという戦略だろ。ならば、それを、メディアを使って潰すんだ」

夫の死を利用して、政治的に生き残ろうとする越村を非難するという方法か。

15

逮捕から一五日目――。

神林は明け方に、スマートフォンの受信音に起こされた。冨永からのメールと知って灯りを点けた。

〝未明に失礼します。大至急、お会いしたい。北千住のホテル・ココ・グラン六〇一号室にいます。冨永〟

ベッドサイドの時計を確かめると午前五時四一分だった。

〝一時間で行きます！〟

皺《しわ》だらけのスーツのまま自宅を飛び出しタクシーを捕まえると、東條にメールした。

一分で返信があった。

〝おもろなってきたな。俺も行くわ〟

それは面倒だな。

だが、東條がいる方がいいかもしれない。

待ち合わせているホテルのロビーに到着したら、驚いたことに、東條が既に待ってい
た。

「おはようございます。冨永検事に、東條さんも同席するって断りを入れますか」

「何でや。断られたら元も子もない。黙っていけばええんや」

東條が先に歩き出した。

気むずかしい冨永が了承するのかが心配だったが、当たって砕けろだ。

連れの存在を知ると冨永は眉をひそめたが、相手が東條だと分かると部屋に入れた。

寝た形跡のないベッドに二人を座らせ、冨永はその正面に椅子を置いて座った。

「どうしてもご協力を仰ぎたいことがあって、お呼び出ししました」

心身ともボロボロ状態に見えた。この男にも、へこむことがあるということか。

だが、そこから語られた話は、神林の眠気を吹き飛ばした。

上着のポケットでＩＣレコーダーは作動していたが、冨永はメモも認めた。

約三〇分にわたって、冨永は現状について説明した。

「それが事実だとしたら、検察の完敗ってことでは」

「そこは我々の問題ですから、ご心配なく。こんな手を使った人物が、再び政界に戻る
のを阻止したいだけで」

「それって、国民が決めることじゃないですか」

「アホか、おまえは！　越村みやびはどう考えても真っ黒やろ。そんな奴を無罪放免すんのか。冨永さん、こいつは見過ごせませんわ」

こういう時に、東條はやけに正義の人になる。半分ぐらいは本心も入っているのだろうが、半分はネタを取るための方便《ほうべん》だった。

「夫の死を利用して生き残ろうとする毒婦なんていう非難を、新聞でやるのは難しいですよ」

たとえそれが真実でも、明白な裏付けがなければ、露骨な非難はできない。

「神林君には無理でも、私が知恵を絞ります。だから、冨永さんは、頑張って越村を割ってください」

最後に東條は、越村みやびが自白した際は、他社よりも早く一報が欲しいと頼んだ。

「そのつもりでおります」

憔悴《しょうすい》しきった冨永に同情しながらも、安請《う》け合いした東條が、どんな無理難題をこちらに押しつけるのかの方が気になった。

屈辱的な面談を済ませて、冨永はホテルの部屋で二時間だけ仮眠を取った。そして、羽瀬に電話で報告すると、すぐにチェックアウトして、東京拘置所に戻った。

東條という記者は、思ったよりも迅速に約束を果たした。

その日の暁光新聞の夕刊早版で、「食い違う証言。越村氏自殺で事件混沌《こんとん》」という見出しが躍《おど》り、楽田が越村代議士に賄賂を渡したと供述しているのに、越村は全ては死亡した俊策の一存だと主張しているという記事が出た。

さらに暁光のスクープを追認するように、特捜部長の岩下が意味深な発言をする。

「越村俊策氏の死については、特捜部として責任を感じてはいる。だからと言って、越村元大臣に対しての追及を緩めるつもりはない。死人に口なし、なんて言葉を私は認めない」

岩下部長とは思えない強気の訴えだった。さらに、検察や法務省周辺から、越村みや び容疑者が全ての罪を夫に被せて不起訴を狙っているようだという情報が流れ、それを多くのメディアが拾った。

予想外の追い風が吹いた。もっとも羽瀬の説明によると、本人が否認しても起訴せよと、官邸が圧力をかけてきたらしい。

止《とど》めは、黛総理だった。暁光のスクープ記事に答える形で応じた囲み取材での発言だ。

「夫が全ての罪を認めた遺書を残したことによって、越村君は潔白だという可能性が高くなった。だが、にわかには信じられないな。夫に全ての罪をなすりつけて生き残るという印象がある」

黛は、たとえ越村が不起訴でも、総裁に返り咲くことはないと明言した。

夜のニュース番組でも、総理の発言が一斉に取り上げられた。

冨永は、そのニュースの拡散に、言いようのない恐怖を感じた。

噂が噂でなくなり、重大事実となって一人歩きする。そこに様々な関係者の思惑が見え隠れし、既に最初の発信者の意図など霞《かす》んでいくようだった。

16

逮捕から二〇日後、勾留最終日――。

昨日までの四日間は、越村の取り調べは藤山が担当していた。割り屋のエースを投入せよという岩下特捜部長命令だった。

だが、この日は冨永が越村に向き合った。

「最後は、けじめをつけるために、真打ち登場ってことなのかしら?」

なぜかすっかり元気を取り戻している越村は、余裕すら漂わせて微笑んでいる。

「先日、お会いしてから私なりに色々と考えてみたんです。俊策さんが全ての罪を背負って自殺したことで、先生は不起訴を勝ち取るかも知れない。そういう先生の態度に世論が反発しているのをご存じでしょうか」

「あれは、あなた方がメディアに酷い話をリークしたせいでしょ。いずれ、しっかり調査した上で、情報漏洩《ろうえい》者を訴えるつもりです」

「確かに、先生に対する世間の誹謗《ひぼう》中傷は目に余ります。あれでは先生ご自身が生き残るために、俊策さんを自殺に追いやったように受け取れます。

しかし、それ以上に許せないのが黛総理です。まさか、あんなにメディアに同調するとは」

「黛総理に、あのように非難されたことについては心が痛みます」

「いや、あれは許せませんよ。そもそも総理は最初、先生を守ると言っていたのに、今や越村バッシングの急先鋒になっている」

越村は、冨永の意図が読めずに戸惑っているようだ。

「そんな世間話ばかりでいいの？　今日は、勾留最終日よ」

「国民感情というのは、怖いものですね。総理が漏《も》らした呟《つぶや》きが、多くの国民の怒りに火を点《つ》けた。そして不思議なことに、黛総理自身にまで火の手が回ってしまった。みるみるうちに支持率が下がった上に、総理を辞めよという声が日増しに高まっています」

「それだけ国民の目がしっかりしているのでしょう」

「ですが、越村先生への非難もやまない」

「また、その話？　聞くに堪《た》えないわ」

「たとえ先生が否認されても、我々は起訴致します。それだけの証拠が揃っています。また、そうすれば先生が再び政治の舞台に返り咲くチャンスが生まれると考えたからです」

そのために、助松代議士を収賄罪で逮捕する準備も始まっている。

興奮したのか、越村が立ち上がった。この二〇日間で初めて見る姿だった。

「何をバカな。あなた、恥をかくわよ。道義的責任はあっても、私は罪を犯してない」

「しかし、再起を図るにしても、このままの状態で国民が支持すると思いますか」

「そんなお気遣いなど無用です。それに私を政界復帰させたいなら、不起訴にすればいいだけの話よ」

「先生、落ち着いて。どうぞお座りください」

越村はすぐには従わなかったが、じっと黙っている冨永に苛立《いらだ》ったのか、やがて渋々と腰を下ろした。

「四日前、鍬守泰蔵さんが、金沢市内の病院でお亡くなりになりました」

越村が息を呑んだ。

「越村さんにとっても、雪の鶴酒造にとっても大切な方だったそうですね。そして、あなたが社会福祉健全化法案を、何がなんでも成立させようと決めたきっかけを作った方でもある」

藤山が取調中に、楽田から聞いた話だった。雪の鶴酒造の前杜氏だった人物が、能登半島の突端の古びたサ高住で、危篤《きとく》状態にあった。見舞いに訪れた越村は、入居者が酷い扱いをされている事実を知った。

肉親のように大切な老人が、運営会社の食い物にされ果てようとしている。だが、それを根本的に取り締まる法律はない。

高齢者を蔑《ないがし》ろにする社会はいずれ滅びると考えていた越村は、鍬守が置かれた状況を知って、己の非力さを痛感したという。

「俊策さんとお会いした日、私は能登半島の施設を訪ねました。すでに施設は閉鎖されていましたが、確かにあの場所は気が滅入りますね」

越村が地元の厚生局に命じ、施設には徹底的な立ち入り検査が行われた。そして多くの問題が発覚、閉鎖に追い込まれた。

「ただ、閉鎖されたことで、入居者の数人が人工透析治療を受けられなくなり、亡くなったそうです」

半ば強制的に施設を追い出されて、行き場を失ったのが原因だと聞いていた。

「何が言いたいの？」

「お年寄りに快適な住空間を提供するのが福祉の使命であるというのは賛成です。しかし、囲い込まれたとしても、人工透析を受け続けたら、長らえた命もあったのかも知れません」

「あなた、何も分かっていないわね。生きるとは、最後まで人間としての尊厳を棄《す》てないということなのよ。ただ、命を繋ぐだけなら、生きていると言わない」

それは、越村が常に訴えてきた。理想としては否定しない。だが、現実は一筋縄ではいかない。

「だから、ハイパー・サ高住のような施設が必要だと」

「その通り」

「目白にあるハイパー・サ高住の内覧会にお邪魔しました。ちょうど家内の母親が安心して住める場所を探していたので。あそこは素晴らしい空間ですね。叶うなら、あんな場所で余生を送りたいとは思いました」

「お義母《かあ》さまのご感想は如何でした？」

「施設としては絶賛でした。でも、義母《はは》も私たちも、あそこには住めません。財力が乏しいのも一因ですが、日々の暮らしをする場所としては、何かが違うと感じたからです」

「それは残念ね。人生の最後を飾るに相応《ふさわ》しい場所なのに」

「あそこは、日常を忘れて、一息つく場所です。しかし、私たちが求めているのは、今までの生活の延長線上で暮らせる飾らない場所です。ただ一点、高齢者であるがゆえに生じる不自由さを支援してくれるサービスがあれば嬉しい。だから義母は、自宅からほど近い従来型のサ高住を選びました」

　軽蔑するような視線をぶつけられた。

　そうか、この人には、そういう生活者の感覚が理解できないのかも知れない。

「鍬守さんを、金沢市内の病院に転院させたのは、越村さんだそうですね」

「そうです。それが、何か」

「病院で一番良い特別個室に転院させた。でも、数日後に鍬守さんの強い希望で、一般病棟に移られたのをご存じでしたか」

知らなかったようだ。

「高齢者福祉が求められているものは何だろうか。先生の捜査を続けるにつれ、そういう疑問が膨《ふく》らみました。簡単に答えは出ませんが、今の日本社会を見ていると、身の丈《たけ》に合った生活という価値が失われつつあると思います。しかし、その価値観を身につけて初めて、それぞれの豊かさの意味を知るのではないでしょうか。それが一番幸せな人生なのかもしれないと思っているんです」

「見解の相違ね」

「かも知れません。でも、政治とはただ理想を掲《かか》げるものではない。国民の生活を見つめ、本当に必要なものを考え出し、それを実現するための道筋を立てることこそ、重要なんじゃないでしょうか。何より、無理をしない」

最後の尋問を考えるに当たって冨永は、尾崎の言葉を思い出した。

——敵を作らず、些事《さじ》にこだわらず、その心持ちまさに行雲流水の人物こそが、総理にふさわしい。そのためにはね、いかに無理せず総理になれるかが大事なんだよ。

「人は誰でも失敗するものです。問題はその過ちを素直に認め、再起を期することではないんでしょうか」

「私は失敗しないし、過ちも犯していない。それはあなたの方よ」

「否認したままでの起訴になれば、裁判は長引きますよ。それだけ、先生の政界復帰が遅くなる」

「一度しくじれば、二度と表舞台には立てない。あなたのご高説は立派だけど、私は何も認めない」

今日の越村の精神状態は、いつになく不安定だった。余裕があるのかと思うと、ちょっとした言葉に過敏に反応する。あと一日頑張れば自由になれるという期待と、否認しても起訴されるかもしれないという不安が錯綜《さくそう》しているのだろう。

そもそも有罪に絶対的な確信がない限り起訴しないはずの検察が、しぶとく越村有罪を確信して攻めてくるのも信じられなかったはずだ。

「ご主人とお二人でされた記者会見を鮮明に覚えています。その時ご主人が、『感受性豊かな人間らしいリーダーこそが、現代社会の閉塞感を打ち破ってくれるのではないか』と仰っていた。

あれは、とても心に響きました。そんな首相が日本に登場してくれたら、この国も少しは良くなるとも思いました」

越村の体がわずかに揺らいだように見えたが、結局、その日も彼女は負けなかった。

この日、東京地検は、容疑否認のまま越村みやびを受託収賄罪と贈賄罪で起訴した。

越村みやびが起訴された日――、ＳＮＳに端を発したバッシングに耐えきれなくなった黛新太総理が辞任した。

急遽開かれた民自党幹部会は、総裁選で越村みやびに惜敗した青山省吾経産大臣を総裁に指名した。

【主要参考文献一覧】（順不同）


『検察vs.小沢一郎「政治と金」の30年戦争』産経新聞司法クラブ著　新潮社
『汚職・贈収賄　その捜査の実態』河上和雄著　講談社＋α新書
『知事抹殺　つくられた福島県汚職事件』佐藤栄佐久著　平凡社
『政治家秘書　裏工作の証言』松田賢弥著　さくら舎
『刑法総論　第3版』高橋則夫著　成文堂
『刑法各論　第6版　法律学講座双書』西田典之著　弘文堂
『刑法各論　第2版　伊藤塾呉明植基礎本シリーズ2』呉明植著　弘文堂
『最高裁判所判例解説　刑事篇　平成21年度』小森田恵樹著　法曹会
『［徹底解明］タックスヘイブン　グローバル経済の見えざる中心のメカニズムと実態』ロナン・パラン　リチャード・マーフィー　クリスチアン・シャヴァニュー著　青柳伸子訳　作品社
『タックスヘイブンの闇　世界の富は盗まれている！』ニコラス・シャクソン著　藤井清美訳　朝日新聞出版

『介護ビジネスの罠』　長岡美代著　講談社現代新書
『知識ゼロからの日本酒入門』　尾瀬あきら著　幻冬舎

※右記に加え、行政刊行物やＨＰ、ビジネス週刊誌や新聞各紙などの記事も参考にした。

# 謝辞

本作品を執筆するに当たり、関係者の方々からご助力を戴きました。深く感謝申し上げます。

お世話になった方を以下に順不同で記します。

ご協力、本当にありがとうございました。

なお、ご協力戴きながら、ご本人のご希望やお立場を配慮してお名前を伏せた方もいらっしゃいます。

髙井康行、木目田裕、平尾覚
宗像紀夫
高橋嘉信
高山善文、斉藤欣幸、山本猛嗣
乾正人、小川記代子、篠原知存、大竹直樹、牧野克也、梶原紀尚、小野木康雄、
時吉達也

【櫻正宗】山邑太左衛門、原田徳英
【御祖酒造】藤田美穂、横道俊昭
金澤裕美、柳田京子、花田みちの、家久来美穂里、松岡弘仁

【順不同・敬称略】

二〇一七年五月

を打てるか互いにやり取りをしないと。反対のための反対になって命を落とす人が出る前に」ii

カネ余りのアメリカ。自動車不況で財政破綻したデトロイトの再生を手掛けた投資会社を紹介したときは、

「アメリカの凄いところは、一度ダメになったところは完全にスクラップにする。すると土地の値段が安くなって再開発できる。つまりアメリカはこうした事態をチャンスととらえるが、日本はそうはできない。ああダメだったとなってしまうだけ。この投資会社も『ハゲタカ』ですよ」iii

議論の分かれるテーマであっても視聴者に迎合せず、取材から導き出される現実的でリアルな視点を毎回提示してくれた。テレビだということを忘れて思わず議論になることもあり、知的興奮を覚えたことも度々だった。真山の出演回数は都合十三回とかなり多い。彼がゲストだと聞くと番組収録が待ち遠しくてたまらなかった。その意味で一九年九月に番組が終了したのは返す返すも残念なことだ。

前置きが長くなってしまった。本題の「標的」についてである。初の女性総理大臣を目指す越村みやび。彼女がライフワークとして成立に執念を燃やすのがサービス付き高齢者向け住宅、いわゆる「サ高住」の規制強化を目指す新たな法律だ。みやびをめぐって東京地検特捜部にもたらされた内部告発をもとに内偵捜査を進める特捜検事冨永真一。そして特捜の動きを追いかける暁光新聞記者の神林裕太。物語は、みやび、冨永、神林

の三者の視点で重層的に紡ぎだされていく。本書のクライマックス、みやびと冨永の対決シーンでは思わずうなってしまった。私は文芸評論家ではないので陳腐な感想になってしまうが、本書の印象についても同じ形容をさせていただく。「リアルだなあ」

　なぜリアルといえるのか。個人的なことで恐縮だが、ＮＨＫの記者時代に私は比較的長く検察担当を務めた。本書にも出てくるＰ担だ。八〇年代後半、担当した途端にリクルート事件が火を噴き、佐川急便事件、自民党の金丸副総裁脱税事件、大手ゼネコン事件と続いた。怒濤の数年間だった。凡庸な記者なりに精一杯仕事をしたつもりだが、今でも他社に抜かれたときの夢を見ることがある。スクープした夢なんか一度も見たことがない。そんな私にとって印象的なエピソードが本書に出てくる。ヒラの検事に取材したことがばれると記者は出入り禁止になるというくだりだ。まったくその通り。検察庁は取材が難しい役所なのだが、とりわけ取材先は副部長以上の幹部だけというルールに縛られる。だからといって幹部が親切に教えてくれるわけでもない。他社とのし烈な取材競争に打ち勝つには、そんなルールには構っていられない。だから私もそうだが主要な社の記者は特捜部のヒラの検事の自宅に通う。しかし敵もさるもの。記者が来た時には検事は上司に報告することになっている。こうして取材したことがばれると「出入り禁止」となって幹部の取材もできなくなったり、記者会見に出席できなくなったりというペナルティーを受けるのだ。クロスボーダー部記者の神林が特捜検事の冨永に取材をかけたことを同期のＰ担の記者が激怒するというくだりがあるが、このＰ担の気持ち、私にはよくわかる。

私も現役時代にヒラの検事を取材して、ばれたことは何度もあるが、一方で親しくなった検事もいる。親しくなれたきっかけの一つは本書にもあるように、自分で仕入れた情報を提供できた時だ。検事も捜査につながるネタを欲しがっているから会ってくれる。ただ残念ながら、凡庸な記者にはそんな情報はめったに手に入らない。そうなると体育会系のノリだ。「もう来るな」と言われても繰り返し繰り返し通ううちに話をしてくれるようになる検事もいた。また本書では触れられていないが、実はヒラの検事と親しくなる方法がもう一つある。それが人事情報だ。検事も組織の人間だから自分や他人の評価、そして異動情報には強い関心を示す。検察担当記者は最高検察庁も含めて幹部と日常的に接するので、そこで仕入れた人事情報を教えることで親しくなれる。だから検察担当記者は検察人事に詳しくなくてはつとまらない。私自身NHKの人事には疎かったが検察人事は結構詳しかった。社会正義とか「巨悪は眠らせない」とは全く次元の異なる下世話な話だ。

さて、これまで記してきたように本書に描かれる場面は極めてリアルであり、登場する検察幹部やヤメ検の弁護士を実在の人物と重ねて「あの人に似てるな」と思わずニヤニヤしながらページをめくることもあった。

たまに検察官が登場する小説を見かけるときもあるが、これちょっと違うなと違和感を持つこともある。しかし繰り返しになるが、綿密な取材を踏まえて描かれた真山の本作は、登場人物の造形描写が巧みであり、検察担当記者だった私を堪能させてくれた。そしてそれだけでなく時代を象徴するように、越村みやびだけでなく東京地検特捜部長も女性。高齢化社会の住宅問題を取り上げ、マネーロンダリングのためのタックスヘイブンにも言及するなど、現代の事象をとり上げることで本書のリアリティはより高まっていると思う。

そして実はここからが重要なのだが、本作の素晴らしさはそのリアルさを踏まえ、あるいはそのリアルさを超えてワクワクドキドキするようなエンターテインメントの世界が構築されているということだ。ネタバレは避けるが、本書を読みながら私は「こんな検事がいればいいよな」とか「神林記者、うらやましいなあ」とか何度かつぶやくことがあった。そして時には「こんなことあるかな」というところも。つまり真山はリアルな描写をしつつ知らず知らずのうちに私をフィクションの世界に誘ってくれているのだ。真山はもはや記者ではない。手練れの物語作家に成長している。私たちは本書を開くだけで虚実ないまぜの「真山ワールド」に身を委ねることができるのだ。

本書の元となった新聞小説を書き終えた際のインタビューで真山は、あの「ハゲタカ」の他にもシリーズものをやりたかったと述べている。そう「ハゲタカ」の主人公鷲津政彦が様々な困難にぶつかりながら成長していくように、特捜検事、冨永真一もまた私たちの前に登場して新しい事件を手掛けてほしい。そして個人的に許されるのなら本書の主人公の一人、誰が何といっても魅力的な越村みやびが、この絶体絶命のピンチをどう乗り越えるのか、政治家として今後成長していくのか、その後を知りたい。そう思うのは私だけではないはずだ。

真山と新人時代を共に過ごしたＮＨＫの後輩記者は当時、真山がいつもこんなことを言っていたと教えてくれた。「小説家になりたい」「ミステリーが書きたい」「山崎豊子のようになりたい」

かつて番組賞の授賞式で「ようやく食えるようになった」と話した真山はいまや売れっ子作家の一人だ。記者の先輩でもある山崎豊子の仕事を引き継げるただ一人の作家になりつつあると言ってもいい。そんな真山の次回作を心待ちにしつつ、再びスタジオであるいは酒場でもいいのだが、現実社会の問題について、またじっくりと話をして知的刺激を受けたいとつくづく思う。

二〇一九年十月

（元ＮＨＫ解説副委員長　フリージャーナリスト）

---

i ii　未来世紀ジパング　二〇一九年九月十八日放送より

iii　未来世紀ジパング　二〇一八年九月十九日放送より

本書はフィクションです。
登場する企業、団体、人物などは全て架空のものです。

初出　産経新聞　二〇一六年七月〜一七年三月
単行本　二〇一七年六月　文藝春秋刊
DTP制作　エヴリ・シンク

文春文庫

標《ひょう》 的《てき》

定価はカバーに
表示してあります

2019年12月10日　第1刷

著　者　真《ま》山《やま》　仁《じん》
発行者　花田朋子
発行所　株式会社 文藝春秋

東京都千代田区紀尾井町 3-23　〒102-8008
TEL 03・3265・1211(代)
文藝春秋ホームページ　http://www.bunshun.co.jp

落丁、乱丁本は、お手数ですが小社製作部宛お送り下さい。送料小社負担でお取替致します。

印刷・凸版印刷　製本・加藤製本

Printed in Japan
ISBN978-4-16-791396-0

（　）内は解説者。品切の節はご容赦下さい。

堀川アサコ
## 予言村の同窓会
こよみ村中学同窓会で物騒な事件が出来。転校生・奈央と同級生・麒麟は心優しい犯人を前に戸惑う。ミステリとSFと恋愛がミックスした「ほのコワ」ファンタジー集。（藤田香織）
ほ-19-2

堀川アサコ
## 三人の大叔母と幽霊屋敷
不思議が当り前のこよみ村。村長の娘・奈央はBFの麒麟と今日も怪事件に首を突っ込む。予言暦盗難事件、三人の大叔母が村の古屋敷で暮らし始める話。予言村シリーズ第三弾！（東　えりか）
ほ-19-3

万城目　学
## プリンセス・トヨトミ
東京から来た会計検査院調査官三人と大阪下町育ちの少年少女が、四百年にわたる歴史の封印を解く時、大阪が全停止する!? 万城目ワールド真骨頂。大阪を巡るエッセイも巻末収録。
ま-24-2

真山　仁
## コラプティオ
震災後の日本に現れたカリスマ総理・宮藤は、原発輸出を推し進めるが、徐々に独裁色を強める政権の闇を暴こうとするメディアとの暗闘が始まる。謀略渦巻く超本格政治ドラマ。（永江　朗）
ま-33-1

真山　仁
## 売国
日本が誇る宇宙開発技術をアメリカに売り渡す「売国奴」は誰だ!? 検察官・冨永真一と若き研究者・八反田遙。そして「戦後の闇」が二人に迫る。超弩級エンタメ。（関口苑生）
ま-33-2

松原耕二
## 記者の報い
かつて友人を辞任に追い込んだ首都テレビのエース記者、岡村俊平。その報いが定年直前の彼に襲いかかる。視聴率絶対主義者、政権の番犬幹部など、現場を抉った長編。（北上次郎）
ま-36-1

円居　挽
## キングレオの冒険
京都の街で相次ぐ殺人事件。なぜか全てホームズ譚を模していた。「日本探偵公社」の若きスター・天親獅子丸が解明に乗り出すと、謎の天才犯罪者の存在が浮かび……。（円堂都司昭）
ま-41-1

（　）内は解説者。品切の節はご容赦下さい。

水野敬也
**雨の日も、晴れ男**
二人の幼い神のいたずらで不幸な出来事が次々起こるアレックスだが、どんな不幸に見舞われても前向きに生きていく……人生で一番大切な事は何かを教えてくれる感動の自己啓発小説。
み-35-1

三浦しをん
**まほろ駅前多田便利軒**
東京郊外〝まほろ市〟で便利屋を営む多田のもとに、高校時代の同級生・行天が転がりこんだ。通常の依頼のはずが彼らにかかると、ややこしい事態が出来《しゅったい》して。直木賞受賞作。（鴻巣友季子）
み-36-1

三浦しをん
**まほろ駅前番外地**
東京郊外のまほろ市で便利屋を営む多田と行天。汚部屋清掃、遺品整理に子守も多田便利軒が承ります。まほろの愉快な奴らが帰ってきた！　七編のスピンアウトストーリー。（池田真紀子）
み-36-2

三浦しをん
**まほろ駅前狂騒曲**
多田と行天に新たな依頼が。それは夏の間、四歳の女児「はる」を預かること。男手二つで悪戦苦闘していると、まほろ駅前では前代未聞の大騒動が。感動の大団円！（岸本佐知子）
み-36-4

三浦しをん・あさのあつこ・近藤史恵
**シティ・マラソンズ**
社長の娘の監視のためにマラソンに参加することになった広和は、かつて長距離選手だったが（「純白のライン」）。NY、東京、パリ。アスリートのその後を描く三つの都市を走る物語。
み-36-3

中村うさぎ・三浦しをん
**女子漂流**
女の業を体現し続ける作家・中村うさぎと、女戦線からの離脱を切に願う作家・三浦しをんの対談集。女子校時代の思い出から、女子のエロまで、互いの漂流人生を赤裸々に語り合う。
み-36-5

道尾秀介
**月と蟹**
二人の少年と母のない少女、寄る辺ない大人達。誰もが秘密を抱えるなか、子供達の始めた願い事遊びはやがて切実な儀式に変わり——哀しい祈りが胸に迫る直木賞受賞作。（伊集院　静）
み-38-2

（　）内は解説者。品切の節はご容赦下さい。

宮下奈都
## 田舎の紳士服店のモデルの妻
ゆるやかに変わってゆく。私も家族も——田舎行きに戸惑い、夫とすれ違い、子育てに迷い、恋に胸を騒がせる。じんわりと胸にしみてゆく、愛おしい「普通の私」の物語。（辻村深月）
み-43-1

宮下奈都
## 羊と鋼の森
ピアノの調律に魅せられた一人の青年が、調律師として、人として成長する姿を温かく静謐な筆致で綴った長編小説。伝説の三冠を達成した本屋大賞受賞作、待望の文庫化。（佐藤多佳子）
み-43-2

未須本有生
## リヴィジョンA
航空機メーカーで働く沢本由佳は社の主力機TF－1の改修開発を提案する。実際に動き出すと、ライバル企業の妨害や社内の不正など、次々とトラブルが起きるが……。（吉野　仁）
み-53-2

村山由佳
## 星々の舟
禁断の恋に悩む兄妹、他人の恋人ばかり好きになる末っ子、居場所を探す団塊世代の長兄、そして父は戦争の傷痕を抱えて——愛とは、家族とはなにか。心震える感動の直木賞受賞作。

む-13-1

村山由佳・坂井希久子・千早　茜・大崎　梢
額賀　澪・阿川佐和子・嶋津　輝・森　絵都
## 女ともだち
人気女性作家8人が「女ともだち」をテーマに豪華競作！「彼女」は敵か味方か？　微妙であやうい女性同士の関係を小説の名手たちが描き出す、コワくて切なくて愛しい短編小説集。

む-13-51

村田沙耶香
## コンビニ人間
コンビニバイト歴十八年の古倉恵子。夢の中でもレジを打ち、誰よりも大きくお客様に声をかける。ある日、婚活目的の男性がやってきて——話題沸騰の芥川賞受賞作。（中村文則）
む-16-1

森　絵都
## カラフル
生前の罪により僕の魂は輪廻サイクルから外されたが、天使業界の抽選に当たり再挑戦のチャンスを得る。それは自殺を図った少年の体へのホームステイから始まって……。（阿川佐和子）
も-20-1

（　）内は解説者。品切の節はご容赦下さい。

森 絵都
**風に舞いあがるビニールシート**
自分だけの価値観を守り、お金よりも大切な何かのために懸命に生きる人々を描いた、著者ならではの短編小説集。あたたかくて力強い6篇を収める。第一三五回直木賞受賞作。（藤田香織）
も-20-3

森 絵都
**架空の球を追う**
生きている限り面倒事はつきまとう。でも、それも案外わるくないと思える瞬間がある。日常のさりげない光景から人生の可笑しさを切り取った、とっておきの十一篇。（白石公子）
も-20-4

森 絵都
**異国のおじさんを伴う**
仕事に迷う。人生に迷う。旅先で出会う異質な時間に心がゆれる……。いまを生きる人たちの健気な姿を、短篇の名手が愛惜をこめて描きました。いとおしい十の物語！（瀧井朝世）
も-20-7

森 博嗣
**少し変わった子あります**
都会の片隅のそのお店は、訪れるたびに場所がかわり、違った女性が相伴してくれるいっぷう変わったレストラン。そこで出会った一人の女性に私は惹かれていくのだが。（中江有里）
も-22-2

望月麻衣
**京洛の森のアリス**
少女ありすが舞妓の修業のために訪れたのは知られざる「もう一つの京都」!?　しゃべるカエルの〝ハチス〟と、うさぎの〝ナツメ〟とともに、町に隠された謎に迫るファンタジックミステリー。
も-29-1

望月麻衣
**京洛の森のアリスⅡ**
自分探しの羅針盤
もう一つの京都の世界で、暮らし始めた少女ありす。だが、ある日突然、両想いの王子、蓮が老人の姿に！　同じく、この世界に迷い込み老いてしまった二人の女。ありすは皆を救えるか。
も-29-2

山本文緒
**プラナリア**
乳がんの手術以来、何もかも面倒くさい二十五歳の春香。矛盾する自分に疲れ果てるが出口は見えない――。現代の〝無職〟をめぐる心模様を描いたベストセラー短篇集。直木賞受賞作。
や-35-1

（　）内は解説者。品切の節はご容赦下さい。

柳　広司
**ロマンス**
退廃と享楽に彩られた昭和の華族社会で、秘かに葬られた恋と事件――。ロシア人の血を引く白皙の子爵・麻倉清彬の悲恋譚と、極上の謎解きゲームを融合させた傑作。（宇田川拓也）
や-54-1

柳　広司
**虎と月**
父は虎になった。ただ一篇の詩を残して――。変身の謎を解くため旅に出た僕は、真相を探り当てることができるのか？　中島敦の名作「山月記」を、斬新な解釈で読み解く異色ミステリ。
や-54-2

椰月美智子
**伶也と**
七十一歳で伶也とともに餓死するまで、彼のためにすべてをなげうった直子の半生。残ったものは一体なんだったのか。恋愛を超えた究極の感情を描く、号泣必至の問題作！（豊崎由美）
や-67-1

山本周五郎・沢木耕太郎　編
山本周五郎名品館Ⅰ
**おたふく**
生涯膨大な数の短編を遺した山本周五郎。時代を越え読み継がれる作品群から選ばれた名品――「あだこ」「晩秋」「菊千代抄」「ちゃん」「松の花」「おさん」等全九編。（沢木耕太郎）
や-69-1

九《いちじく》　星鳴《せいめい》
**K体掌説**
Kは小噺のK、簡潔のK、奇態のK。つまりKなる体の掌編。これすなわち〝K体掌説〟と呼ぶ。刊行当時覆面作家登場と話題を呼んだ、夢枕獏の別の筆名による短編集。（嵐山光三郎）
ゆ-2-34

唯川　恵
**テティスの逆鱗**
女優、主婦、キャバクラ嬢、資産家令嬢。美容整形に通う四人の終わりなき欲望はついに、禁断の領域にまで――女たちが行き着く極限の世界を描いて戦慄させる、異色の傑作長編。（齋藤　薫）
ゆ-8-4

柚木麻子
**終点のあの子**
女子高に内部進学した希代子は高校から入学した風変わりな朱里が気になって仕方ない。お昼を食べる仲になった矢先、二人に変化が……。繊細な描写が絶賛されたデビュー作。（瀧井朝世）
ゆ-9-1

（　）内は解説者。品切の節はご容赦下さい。

柚木麻子
**あまからカルテット**
女子校時代からの仲良し四人組。迫り来る恋や仕事の荒波を、稲荷寿司やおせちなど料理をヒントに解決できるのか――彼女たちの勇気と友情があなたに元気を贈ります！（酒井順子）
ゆ-9-2

柚木麻子
**ナイルパーチの女子会**
商社で働く栄利子は、人気主婦ブロガーの翔子と出会い意気投合。だが同僚や両親との間に問題を抱える二人の関係は徐々に変化して――。山本周五郎賞受賞作。（重松　清）
ゆ-9-3

吉村　昭
**闇を裂く道**
大正七年に着工、予想外の障害に阻まれて完成まで十六年を要し、世紀の難工事といわれた丹那トンネル。人間と土・水との熱く長い闘いをみごとに描いた力作長篇。（髙山文彦）
よ-1-53

吉田篤弘
**空ばかり見ていた**
小さな町で床屋を営むホクトは、ある日、鋏ひとつを鞄におさめ、好きな場所で好きな人の髪を切るために、自由気ままなあてのない旅に出た……。流浪の床屋をめぐる十二のものがたり。
よ-28-1

渡辺一史　原案
**こんな夜更けにバナナかよ　愛しき実話**
筋ジストロフィーで寝返りも打てない、だけど、自由に暮らしたい！　わがまま患者とボランティアの壮絶ながら命の輝きに満ちた日々。実話から生まれた映画のノベライズ。
わ-18-2

ジョン・ヴァードン（浜野アキオ　訳）
**数字を一つ思い浮かべろ**
頭に思い浮かべた数字を当ててしまう手紙。一面の雪景色の中で消える殺人者の足跡……まるで奇術のような謎また謎に挑む退職刑事ガーニー。謎解きと警察小説を融合させた野心作。
ウ-23-1

陳　浩基（玉田　誠　訳）
**世界を売った男**
目が覚めると六年後！　殺人事件を追っていた刑事の体にいったい何が？　香港の雑踏を疾走する男が辿り着く驚愕の真相。アジアの本格推理の鬼才、衝撃の長編デビュー作。（恩田　陸）
チ-12-1